※북장 등 일부 요소는 연출입니다. 상세한 내용은 본편의 상황을 보고 확인하시기 바랍니다.

시야를 가득 메우는 하얀 거미 떼.

낳아 놓은 알에서 작은 거미가 태어나고, 그 거미가
사냥을 나가 마물 시체를 가지고 돌아온다.
그 와중에 마물에게 격퇴당하는 거미도 있겠지만
설령 죽어 나갈지라도 그보다 빠르게 새로운 거미가
태어난다면 문제없지 않은가.

지옥 같은? 우습군!
그야말로 생지옥이로다!

인류 최강의 마법사가

엘룬 대미궁에서 목격한

장면이란······.

거미입니다만, 문제라도?

6

저자 **바바 오키나**

일러스트 **키류 츠카사**

contents

미궁의 악몽에 관한 보고서, 전편

미궁의 악몽(이후 악몽으로 호칭)이란 추정 위험도 신화급으로 추측되는 거미 마물이다.

악몽의 최초 목격 정보는 왕국력 841년, 엘로 대미궁에서.

엘로 대미궁에서 마물의 활동이 활발해지는 이변이 발생, 오우츠 국은 동맹국 렝잔드 제국에 사태의 해결을 의뢰.

그 요청을 받아 파견된 기사단이 조사 중 악몽과 조우.

기사단장 및 동행했던 미궁 안내인의 판단에 따라 교전을 벌이지 않고 즉각 철수했다.

동 기사단장은 즉각 지원을 요청했다.

제국은 이 요청을 받아들여서 소환사 뷔림스를 필두로 정예 부대를 파견.

악몽과 교전한 결과, 부대는 뷔림스를 제외하고 전멸.

그 후 악몽은 엘로 대미궁 바깥에서 출현.

오우츠 국의 엘로 앞 요새를 파괴.

한동안 행방이 묘연해진다.

동 시기, 악몽에게 호응한 것처럼 지하 암반을 무너뜨리고 퀸 타라텍트가 엘로 대미궁에서 모습을 드러내는 사건이 일어난다.

브레스로 비네 산을 격파한 뒤 퀸 타라텍트는 다시금 대미궁으로 되돌아갔다.

퀸 타라텍트의 이러한 활동 내력과 악몽의 연관성은 불명.

다음으로 악몽이 모습을 나타낸 때는 다음 해, 왕국력 842년.

구 사리엘라 국, 케렌 령에서.

구 케렌 령 중심가의 부근에 둥지를 틀고 체재했다.

이때의 체재 기간 중 병들어 몸져누운 영주민을 치료하고, 당시 숫자가 불어났었던 도적을 퇴치하고, 부근의 마물을 쫓아내는 등등의 활동을 벌였다고 알려져 있다.

이렇듯 인간에게 이득을 주는 행위는 여신교의 거미 신수 전설을 이용하기 위해 사리엘라 국이 프로파간다로서 과대 선전을 벌인 결과가 아니겠느냐는 입장도 있다.

제국 부대의 파멸, 오우츠 국의 요새 파괴 등 그때까지 벌였던 인간에게 해를 끼치는 행위와 정반대의 태도이기 때문이다.

그렇지만 오랜 기간을 바로 근처에 머무르면서도 영주민에게 전혀 피해가 없었던 점, 모든 영주민의 증언 따위를 감안했을 때 앞서 언급된 사항은 사실이라고 보는 견해가 우세하다.

이에 대하여 오우츠 국은 사리엘라 국에 항의.

자국에 피해를 준 마물을 신수로 숭상하는 처사는 언어도단이라 선언한 뒤 사리엘라 국에 악몽을 인도하라고 요구했다.

이에 대하여 사리엘라 국은 요청을 거부.

양국 사이에 긴장이 고조됐다.

본래 신언교를 신앙하는 오우츠 국은 여신교를 신앙하는 사리엘라 국과 적대 관계에 있었지만, 이 건을 계기로 양국의 관계는 단숨에 악화 일로를 걷게 된다.

덧붙여서 악몽에 관한 교섭을 담당했던 오우츠 국의 외교관이 수수께끼의 변사를 당하는 사건이 일어난다.

변사의 원인은 악몽에게 있다 하지만 진위는 불명.

일설 중에는 사리엘라 국이 암살하지 않았겠느냐는 추측도 있다.

이 사건이 결정타가 되어 양국은 전쟁을 개시.

국경 부근의 자트너 평야에서 개전.

연후에 자트너의 비극이라 불리게 된다.

사리엘라 국의 전력은 4만 2천.

반면에 오우츠 국은 제국 및 신언교를 신앙하는 나라 다수의 지원 부대가 합류하여 총수 5만 3천에 달했다.

이때 악몽은 자트너 평야까지 사리엘라 국의 군대를 따라온 뒤 개전과 동시에 오우츠 국의 군대에게 마법 공격을 개시했다.

그로 인하여 오우츠 국 연합의 1할이 소실됐다고 알려져 있다.

과장하지 않고 시체도 남기지 못한 채 소실된 결과를 보면 악몽이 날린 마법의 규모와 위력을 족히 짐작할 수 있겠다.

악몽의 공격 한 번으로 인하여 오우츠 국 연합은 사기가 꺾여서 열세에 몰리게 됐다.

그러나 자트너의 비극에 대하여 우리나라에 남아 있는 기록은 여기에서 끝난다.

우선 전장이 몹시 혼란스러웠던 데다가 그 이상으로 진실을 아는 생존자가 너무 적기 때문에 정사(正史)로 기록할 수 없었던 까닭이다.

악몽이 무차별 공격을 벌였다는 설이며 악몽이 누군가와 대결했다는 설도 있지만, 진위는 불명.

다만 한 가지 명확한 점은 악몽의 폭거로 인하여 양국에서 큰 피해가 발생했다는 사실뿐이다.

1 여행은 벗과 함께, 세상은 무정하도다

구름 한 점 없이 맑은 날.

눈부시게 내리쬐는 햇볕은 따스하고, 상쾌한 바람이 불어 열기를 식혀주기에 무척 산뜻한 기분이다.

참 좋은 날씨.

이런 날에는 소풍이 제일이지!

"흐엥. 흐엥."

다만 현실은 잔혹하도다.

이리도 좋은 날이건만 울창하게 자라난 나무에 가로막혀서 햇빛은 닿지 않는다.

그리고 벌써 숨을 헐떡거리는 소녀. 음, 아니지. 갓난아기가 한 명.

왠지 입에서 새어 나오는 호흡 소리가 요상한 울림으로 들리고 있다만 신경 쓰면 지는 거다.

갓난아기인데도 똑바로 서서 길도 안 난 산 중턱을 터벅터벅 걷고 있는 것도 신경 쓰면 안 된다.

곧 죽을 것 같은 표정으로 갓난아기가 걸어 다니는 모습, 옆에서 보면 호러가 아니려나.

보통은 말이 안 되는 광경이란 쓱 봐도 놀라는 법이지.

물론 절찬 행진 중에 있는 이 갓난아기는 평범한 갓난아기가 아니랍니다.

나와 마찬가지로 전생자이고 게다가 흡혈귀의 진조라는 덤까지

13

붙어 있다.

참고로 스테이터스는 이런 느낌.

〈인족 · 흡혈귀 LV 1, 이름: 소피아 케렌^{네기시 쇼코}

스테이터스

HP: 23/37(녹) (상세)　　　　　MP: 3/62(청) (상세)

SP: 0/86(황) (상세)　　　　　 : 19/86(적) (상세)

평균 공격 능력: 34 (상세)　평균 방어 능력: 41 (상세)

평균 마법 능력: 59 (상세)　평균 저항 능력: 61 (상세)

평균 속도 능력: 33 (상세)

스킬

「흡혈귀 LV 2」　　　「불사체 LV 1」　　　「HP 자동 회복 LV 4」

「MP 회복 속도 LV 2」「MP 소비 완화 LV 1」「SP 회복 속도 LV 3」

「SP 소비 완화 LV 3」「마력 감지 LV 3」　　「마력 조작 LV 3」

「기척 감지 L 4」　　「마투법 LV 1」　　　「기투법 LV 1」

「은밀 LV 4」　　　　「무음 LV 2」　　　　「권속 지배 LV 1」

「염화 LV 7」　　　　「집중 LV 5」　　　　「연산 처리 LV 2」

「기억 LV 3」　　　　「병렬 사고 LV 5」　　「예측 LV 2」

「감정 LV 3」　　　　「물 마법 LV 1」　　　「얼음 마법 LV 1」

「부식 내성 LV 1」　　「상태 이상 내성 LV 5」「공포 내성 LV 5」

「밤눈 LV 7」　　　　「오감 강화 LV 4」　　「생명력 LV 2」

「마력량 LV 3」　　　「순발력 LV 4」　　　「지구력 LV 4」

「강화 LV 2」　　　　「견고 LV 2」　　　　「술사 LV 3」

「호법 LV 3」　　　　　「질주 LV 2」　　　　　「선망 LV 4」

「n%I=W」

스킬 포인트: 73800

칭호

「흡혈귀」　　　　　　「진조」　　　　　　　「시조」

「악식」　　　　　　　　　　　　　　　　　　　　　　　　⟩

갓난아기 주제에 이미 약한 마물과 비슷한 수준의 스테이터스를 보유한 건에 대하여…….

게다가 스킬도 잔뜩.

뭐, 전투 계열의 스킬이 허술하니까 막상 마물과 싸우면 지겠지만.

그래도 경이적인 성장 속도잖아?

영재 교육 어쩌고는 시작하는 시기가 빠르면 빠를수록 효과적이라는 증명이 되지 않을까, 요게.

맞아요, 지금 나는 흡혈 양에게 영재 교육을 베풀어 주고 있답니다.

결코 학대를 목적으로 이런 짓을 하는 게 아님을 미리 변명하련다.

흡혈 양은 당장에라도 쓰러질 듯한 표정을 짓고 성큼성큼 기특하게도 걸음을 멈추지 않는다.

멈출 수 없다.

왜냐하면 내 실에 묶인 채 꼭두각시 인형 신세가 되어 강제로 걸음을 떼고 있으니까.

후후후. 본인이 한계를 맞이하든 말든 이 방법을 쓰면 한계를 돌파해서 단련을 거듭할 수 있다는 말씀!

수련하고 싶으면서도 힘든 건 싫다고 의지박약한 소리를 늘어놓는 그대에게 최적의 단련 방법이지요.

지금이라면 무료 요금으로 체험 코스 접수 중.

그런 관계로 이렇게 걷게 만듦으로써 물리계 능력치와 스킬을 성장시킨다.

흡혈 양은 육체적으로는 아직 갓난아기니까 이렇게 걸어 다니기만 해도 상당한 운동이 돼서 능력치와 스킬이 성장한다.

보통은 아직 걸음마도 못할 나이지만 말이야.

전생자이고 보통이 아닌 데다가 스테이터스라는 혜택을 누리고 있는 덕분에 가능한 수련법이었다.

물리 쪽은 이러면 된다고 치고, 마법 쪽도 물론 빼놓지는 않았다.

스킬 포인트를 써서 습득시킨 물 마법, 얼음 마법을 연습함과 동시에 걸을 때는 마투법을 발동함으로써 마법 쪽 능력치도 쭉쭉 올린다.

어째서 흡혈 양한테 이런저런 수련을 팍팍 시키고 있느냐면 이동 중에 심심하니까.

현재 우리는 사리엘라 국의 수도를 향해 이동 중.

그렇기는 한데 내 모습이 반인반거미의 아라크네인 탓에 사람들의 눈에 띄면 대소동이 벌어질 것은 틀림없음.

또한 흡혈 양과 그 종자, 메라는 흡혈귀이고 이걸 들키면 여러모로 안 좋다.

게다가 흡혈 양은 이유는 모르겠지만 엘프에게 목숨을 위협받는 위태위태한 처지에 있고…….

그런고로 사람들의 눈을 피해서 가도를 지나지 않고 깊은 산이라든가 숲속을 나아가고 있다.

끝도 없이 이렇게 울창한 산이며 숲을 쭉 다니다 보면 싫증도 나고 물린단 말이야!

그래서 이동 중 시간 때우기로 흡혈 양 육성을 하고 있는 거죠.

어쨌든 걸어 다니기만 해도 수련이 되니까!

그렇지만 이제 슬슬 흡혈 양이 진짜로 한계를 맞이할 것 같으니까 이쯤 해서 한 번 휴식을 취해야겠다.

MP, SP는 괜찮다 쳐도 HP까지 줄어들고 있거든.

흡혈 양의 몸에 감아 놓았던 실을 회수했다.

그 순간 흡혈 양은 글자 그대로 실이 끊어진 인형처럼 털썩 쓰러졌다.

오오, 안면으로 콱 부딪쳤는데 괜찮을까?

쓰러져서 꿈쩍도 안 하는 흡혈 양을 보고 메라가 허둥지둥 달려들었다.

"아가씨?! 아가씨! 제 목소리가 들리십니까?!"

메라가 흡혈 양의 작은 몸을 똑바로 들어 올려서 흔들어도 반응 없음.

완전히 기절하셨군요.

메라가 호흡 유무를 확인하고 있었다.

음, 일단은 살아 있거든?

죽지 않도록 아슬아슬한 선에서 딱 멈췄다니까?

눈알을 까뒤집고 게거품 물고 있어도 걱정은 안 해도 돼요.

메라가 구급 처치를 펼치는 가운데 나는 나대로 다음 작업에 착수했다.

다음 작업, 식사 준비다!

주변에 널린 나뭇가지를 적당히 모아다가 거기에 내 실을 더해서 불을 붙였다.

내성을 부여하지 않으면 내 실은 훨훨 타오른다.

엘로 대미궁 중층에서는 이거 때문에 고생이 참 많았지만, 환경이 바뀌면 약점도 이점으로 바뀐다.

그렇게 불을 붙인 다음은 공간 마법의 수납 마법, 공간 수납에서 프라이팬이며 조미료를 꺼내 놓고 요리 준비를 척척 해치웠다.

후후후. 아라크네가 되고 인간 모양의 팔을 획득한 나는 마침내 내 손으로 요리도 할 수 있게 되었도다!

유감스럽게도 전세에서는 전자레인지 땡이라든가 끓는 물 3분짜리까지 2대 간단 요리법밖에 할 줄 몰랐던 까닭에, 손 많이 가는 식사는 못 만들지만 말이야.

전자레인지도 컵라면도 없는 이 세계에서는 내 요리 실력이 필연적으로 떨어져 버린다는 뜻이지.

응?

전자레인지 땡이든 끓는 물 3분도 요리는 아니라고?

그거야 받아들이는 인간의 마음가짐에 달린 문제잖아.

내게는 그게 요리의 기본이었거든.

참고로 요리 도구라든가 조미료 등등은 흡혈 양의 집이었던 저택에서 슬쩍 빌려 왔다.

불에 타 무너지는 저택에서 식재료며 가재도구를 들고 나온다?

이 말만 들으면 그냥 불난 집에 도둑놈이지만, 집주인이 죽은 데다가 상속권을 갖고 있는 흡혈 양이 허락했으니까 문제없음.

아무러면 메라랑 흡혈 양한테 허락은 안 빼먹고 받았죠, 뭐.

그런데도 「탈취」라는 스킬이 생겼다.

쳇이올시다.

뭐, 그건 그렇다 치고. 공간 수납으로 고기를 꺼내 프라이팬에 얹은 다음 쓱쓱 굽는다.

무슨 고기냐고 물어보면 안 된다.

굉장히 짙고 칙칙한 빛깔을 띤 고기지만 물어보면 지는 거다.

적당히 조미료를 휙휙 뿌리고 다 구운 고기를 접시에 잘 옮겨 담았다.

완성~.

요리 완료와 거의 동시에 부활한 흡혈 양에게 접시를 건네줬다.

메라에게도 같은 요리를 내주고 나서 또 요리를 재개했다.

이번에는 짙고 칙칙한 색을 띤 고기가 아니라 제대로 식용이라고 말할 수 있는 고기를 굽는다.

향긋한 냄새가 주위에 가득 퍼져 나가자 흡혈 양의 눈이 프라이팬 안의 고기와, 자기 손에 들린 접시의 짙고 칙칙한 빛을 띤 고기 사이에서 왔다가 갔다가 했다.

안 된단다. 지금 굽는 고기는 내가 먹을 거거든.

다른 사람의 식사를 부러움 가득 담긴 눈으로 쳐다보면 안 돼요.

"시로 님, 아가씨께도 제대로 된 식사를 내어 주시면 안 되는 겁니까?"

메라가 그런 흡혈 양을 보다 못했는지 내게 의견을 제시했다.

시로는 마왕이 제멋대로 나한테 붙여 놓은 별명 비슷한 이름이다.

이상한 별명이지만 이제는 뭐라고 불평하기도 귀찮아져서 그대로 받아넘기고 있다.

아, 지금은 먼저 메라한테 대답해줘야지.

음, 그러니까.

잠깐만 기다려봐.

저스트 어 모멘트!

갑자기 말 걸면 내가 난처하잖은가.

나의 커뮤니케이션 능력 갖고는 갑자기 말 걸었을 때 뭐라고 대답해야 할지 막막하단 말이야!

으아아. 진짜 어떡한담, 어떡해야 된담.

진정해라.

이런 때는 소수를 헤아리면 된다던가?

소수는 고독한 숫자.

1, 2, 3, 엑~!

틀렸어!

애초에 1은 소수가 아니잖아!

음, 무슨 질문을 받았더라?

맞아, 흡혈 양에게 독 없는 음식을 나눠 달라는 그런 요청이었던가?

그렇지만 나라고 심술 때문에 독 요리를 대접하는 건 아니다.

색깔만 봐도 알겠지만 흡혈 양과 메라에게 건넨 요리는 독이 들어 있었다.

즉 독 내성을 올리기 위한 요리였다.

이걸 계속 먹으면 내성이 올라가고 악식 칭호도 획득할 수 있으니까 일석이조.

유일한 단점은 맛이 나쁘다는 거 하나뿐이니까 안 먹을 이유가 없잖아!

뭐, 나는 이미 상태 이상 무효 스킬을 갖고 있으니까 안 먹지만!

응. 그러니까 한마디로 안 된다고 말해 주면 돼.

말하자.

말한다.

10초만 더 센 다음에 말하는 거야.

10, 9, 8, 7, 6, 5, 4, 3, 2, 1.

『메라조피스, 괜찮아. 어차피 말해도 안 들어줄 텐데.』

내가 각오를 다지고 입을 열려고 한 순간, 흡혈 양이 염화를 날렸다.

그래서 메라도 체념했는지 한숨을 쉬고 내게서 시선을 돌리고 말았다.

아, 아아~.

나의 실낱같은 노력이 물거품으로…….

응. 대체로 이런 느낌이랄까.

나는 한마디를 소리 내려고 해도 커다란 노력과 시간을 쏟아부어야 한다.

그렇지만 아무도 내 처지를 이해해주지 않는다.

결과, 내가 막상 말을 하려고 해도 그 전에 이런 느낌으로 대화가 뚝 중단되어 버린다.

덕분에 나는 제대로 문답을 성립시킨 적이 없었다.

이래서야 인간의 입을 달고 있어도 말할 기회가 없군요!

뭐, 말을 안 해도 된다면야 더 좋은 일이 없겠지만 말이야.

흡혈 양과 메라는 고개를 휙 돌려 버렸으니까 다시 요리를 시작.

구운 고기를 집어서 빵과 야채와 함께 끼워서 다른 한 명의 동행자에게 내밀었다.

"고마워~."

다른 한 명의 동행자, 마왕 아리엘은 구김살 없는 미소로 내가 건네는 고기 빵을 받아 들었다.

믿을 수 있겠어?

겉모습은 겨우 10대 초반으로 보이는 여자애가 마왕이거든?

나 같은 거미는 원 펀치로 그냥 쓱 날려 버릴 만큼 강하거든?

게다가 바로 얼마 전까지는 잡히면 죽는 진짜배기 술래잡기를 벌였던 사이이기도 하다.

어째서 나는 이런 녀석이랑 같이 여행을 하고 있담?

신기하다.

나도 내 몫의 고기를 야채와 함께 빵에 끼워서 먹기 시작했다.

응응! 꿀맛!

이렇게 신기한 멤버끼리 여행을 하게 된 계기는 흡혈 양의 아버지가 다스리던 도시에서 발생한 소동이었다.

뭐, 그 소동이란 게 무엇이었냐면 흡혈 양의 아버지가 다스렸던 도시가 다른 나라와 벌인 전쟁에 져서 함락됐다.

그때 이런저런 일을 겪어서 우리 네 명은 함께 행동하게 됐다.

응.

뭔 말인지 모르겠다고?

나도 잘 모르겠네!

어쩌다가 이렇게 됐담?!

뭐, 흡혈 양과 메라는 대충 이해가 된다.

사실대로 말하면 흡혈 양과 메라가 집 없는 떠돌이 신세가 된 데는 나에게도 살짝 책임이 있으니까.

흡혈 양의 아버지가 다스리던 도시, 아니, 도시가 있는 사리엘라 국은 이웃 나라 오우츠 국과 애당초 관계가 나빴다.

게다가 난감하게도 오우츠 국이라는 나라가 말이야. 엘로 대미궁의 출입구가 있는 나라였던 거야.

맞아, 내가 엘로 대미궁을 나올 때 날려 먹었던 그 요새가 있는 나라 말이야…….

반면에 사리엘라 국은 거미를 신수로 떠받든다는 이상야릇한 종교를 신앙하잖아?

넵, 제가 엄청나게 숭배를 받았습죠.

그 결과 오우츠 국이 가만있을 리 없었다. 이 자식들, 우리 요새를 때려 부순 마물을 떠받들다니 뭔 수작질이야? 싸우자는 거냐? 앙?

사리엘라 국도 맞대응. 시끄럽다, 이놈들아! 불만 있거들랑 확 덤벼라, 인마!

요런 느낌으로…….

그래서 진짜로 전쟁까지 벌어지는 이 세계는 참 대단하구나!

핫핫하~. 차마 못 웃겠다.

제정신이야?

아니, 진짜 좀, 뭐랄까 진짜, 응.

내가 그 도시에 자리 잡았던 탓에 이렇게 일이 커질 줄이야. 왠지 미안하더라.

아니, 뭐, 애당초 사리엘라 국과 오우츠 국은 사이가 나빴던 것 같고. 내 활동은 계기가 됐을 뿐이겠지만, 그래도 얼마간이나마 책임을 안 느낄 수도 없지 않겠느냐는 게 맞지 않으려나.

그런고로 집 없는 떠돌이 신세가 된 흡혈 양과 메라를 그대로 내버리기는 좀 켕겼다.

딱히 책임지라는 말을 듣지는 않았다만 뒤치다꺼리를 팽개치기도 좀······.

그나저나 또 한 명의 동행자, 마왕 아리엘.

이 녀석과 같이 여행을 하게 된 건에 대해서는 도통 알 수가 없다.

원래는 적대 관계였던 마왕이랑 대체 왜 같이 여행길에 올라야 하냐고?!

오월동주(吳越同舟)가 딱 이거네!

아니, 응, 사실은 알고 있거든.

서로 간에 손쓸 도리가 없는 교착 상태인 탓에 이렇게 같이 감시한다는 건 말이야.

그렇다, 아직 나와 마왕의 싸움은 끝나지 않았다.

지금은 서로 기회를 엿보고 있을 뿐. 즉 소강상태.

냉전이라고 표현할 수도 있겠다.

나는 단순하게 마왕에 비해 역량이 한참 못 미쳐서 승산이 없기 때문에…….

마왕은 불사신이나 다름없는 내 부활의 비밀을 밝혀내지 못해서 이대로는 본인의 군세에 점점 피해가 누적되기 때문에…….

서로 간에 부득이하게 휴전하는 데 동의한 거다.

뭐, 휴전을 제안받았을 때는 내가 불사신 발동에 제한이 걸려 있는 상황이어서 들어줄 수밖에 없었지만 말이야.

내 불사신의 비밀은 우선 첫째로 불사 스킬의 효과. 그리고 산란 스킬로 낳아 놓은 알에 의식을 옮겨 담는 유사 전생, 알 부활.

이 두 가지로 불사신이 되어 있다.

불사 스킬은 이름 그대로 이 세계의 시스템 안에 한해서는 죽는 경우가 사라지는 스킬.

다만 거기에도 샛길이 있다.

그 약점을 보완하는 수단이 알 부활.

불사 스킬을 관통당해서 육체가 소멸할지라도 그 육체를 버리고 부활하는 방법이다.

이 두 가지가 함께 갖춰져 있는 한 나는 결코 죽지 않는다.

그렇기는 한데 마왕이 휴전을 제안하러 왔을 때 나는 알을 전부 소비해 버려서 알 부활을 못 쓰는 상황이었다.

그리고 마왕은 불사 스킬을 관통하는 방법을 갖고 있었다.

응, 예스밖에 할 대답이 없었지!

다행히도 그 후 새로 알을 설치하는 데 성공했으니까 이제 살해당할 걱정은 없다.

없기는 한데 그래도 마왕이랑 같이 다니는 이유는 메리트가 있어서다.

그게 무엇이냐, 나는 마왕이라는 전력에 기대를 하고 있다.

엘프를 상대하기 위한 전력으로…….

내가 흡혈 양의 아버지가 다스리고 있던 도시에 자리 잡고 살았던 이유는, 흡혈 양이 엘프의 표적이 되었다는 사실을 알아서였다.

병렬 의사 녀석들은 마더의 혼을 잡아먹고 있었는데, 아무래도 마더의 기억이며 사고까지 같이 삼켜서 영향을 받아 버린 것 같았거든.

뭐, 그건 그렇다 치고. 흡혈 양을 습격한 엘프, 포티머스인가 하는 녀석과 위태롭게 지구전을 벌이는 상황에 몰렸었는데, 이게 또 좀 사기스러웠다.

여러 가지 의미로 사기스러웠더랬지.

강하기도 했고, 기계이기도 했고, 스킬도 능력치도 봉인당했고…….

진짜 죽는 줄 알았어.

마왕이 도중에 난입하지 않았더라면 아마 진짜로 위험했을 거야.

그런고로 앞으로도 언제 포티머스에게 습격당할지 모르는 흡혈 양과 함께 행동하려면 마왕이라는 호위 역은 필수였다.

마왕도 엘프라는 종족을 싫어하는 눈치였고, 아니지, 마왕이 엘프를 싫어하니까 아마 마더도 덩달아서 엘프를 싫어하는 거지. 그러니까 포티머스가 나타나면 자발적으로 싸워줄 거 아냐.

그게 아니더라도 마왕이랑 부질없는 싸움을 계속할 의미도 없었으니까.

솔직히 이미 나도 마왕도 둘 다 싸울 이유가 없다.

내가 마왕, 정확하게는 마왕의 부하, 마더에게 반기를 든 사정이란 마더가 권속 지배라는 스킬로 나를 지배하려고 했기 때문이었다.

마더는 병렬 의사한테 역공을 받아 혼을 뜯어먹힌 데다가 내 손에 이미 숨통이 끊어졌다.

마왕은 마더의 구원 요청을 받아 나를 말살하러 온 녀석이었는데 그러다가 병렬 의사 중 하나, 전직 몸 담당이 혼에 기생을 하는 바람에 본인에게도 빨리 나를 해치워야 하는 이유가 생겼다.

그렇지만 지금은 전직 몸 담당과 거의 융합이 돼버린 상황이라고 한다.

혼을 잡아먹히고 탈취당할 위기를 벗어나기 위해 저항하다가 그렇게 된 모양인데, 근본은 마왕이니까 양쪽의 기억과 의사를 모두 이어받은 셈이다.

융합된 걸 물릴 순 없다지만 혼을 약탈당할 걱정은 사라졌으니까 역시 나랑 적대할 이유가 없다.

뭐, 서로 간에 앙심은 남아 있지만…….

반대로 말해서 앙심만 휙 무시해버린다면 서로 간에 적대할 이유가 딱히 없거든.

나도 마왕도 싸워 봤자 디메리트밖에 없는걸.

그러니까 지금의 휴전 상태를 진정한 동맹 관계로 발전시키는 길을 선택할 수도 있기는 한데 말이야.

뭐, 당장 결정 내려야 하는 건 아니다.

마왕에게 내 불사신의 비밀이 들통나지 않는 한 내 신상의 안전은 보장돼 있다.

그리고 하루아침에 들통날 만한 비밀도 아니었다.

과연 들킬 날이 오기는 올까?

당사자인 나도 마땅한 대책이 안 떠오르는걸.

애초에 불사 스킬은 알아낸다고 쳐도 알 부활을 어디 상상이나 할까?

그런고로 시간은 넉넉히 있다.

그동안 어떻게 할지 결정하면 된다.

뭐, 그동안 아무것도 안 하고 적당주의로 때울 생각은 없지만…….

마왕이나 포티머스에게 대항할 수 있도록 스킬과 능력치를 매일 단련할 거다.

흡혈 양한테 스파르타 교육을 하는 것도 처음에는 그 일환이었거든.

마왕이 갖고 있는 칭호 「인형 술사」를 얻어 가질 수는 없을까~ 그런데 인형이 딱히 없네~ 앗, 저기 마침 괜찮은 녀석이 있구나!

그래서 흡혈 양을 실로 묶어 꼭두각시 인형으로 만들었다.

그랬더니 흡혈 양한테 죽순이 뽁뽁 올라오는 것처럼 스킬이 막 생겨났고, 재미있어서 육성 게임 비슷하게 제대로 단련을 시켜봤다.

캬~ 우리 애 강하당~! 의욕이 팍팍 나서 고무운, 쿨럭쿨럭, 조련 개시!

처음에는 물론 흡혈 양 본인한테도 보호자 메라한테도 맹렬한 항의를 받았지만, 마왕이 완전 호의적인 해석으로 두 사람을 설득해준 덕택에 지금은 마지못해서 따라주고 있었다.

마왕 왈, 나는 흡혈 양의 장래를 염려하니까 지금부터 미리 능력치와 스킬을 단련시켜주는 거야.

말 못 한다.

처음에는 내가 칭호를 얻기 위한 제물로 삼았을 뿐이고, 그다음은 하루 종일 심심하니까 놀이 삼아서 이것저것 해보고 있다는 말은 못 하지.

그치만 마왕이 그런 식으로 설득해준 덕분에 나는 무료함을 달랠 수 있어서 해피~. 흡혈 양은 강해지니까 해피~. 모두가 행복해지는 관계가 만들어졌으니까 win-win이라고 봐도 되겠지?

말주변 없는 나는 설득 자체가 무리니까 고마웠다.

마왕 씨, 설마 이런 데서도 도움이 될 줄이야.

진지하게 화해도 한번 고려해보고 싶어졌달까?

과연 전직 몸 담당과 융합한 만큼 나를 위해서 갖은 힘을 써주는구나.

"어? 뭔지 잘 모르겠지만 갑자기 막 화가 치미네? 왜지?"

마왕이 고기 빵을 우걱우걱 먹다가 이상하다는 듯 고개를 갸웃거렸다.

이상하네요~.

화기애애란 말은 안 어울리는 식사가 끝났다.

아~ 맛있어라~.

흡혈 양과 메라는 맛있지 않은 독 요리를 먹는 탓인지 뭐라 말할 수 없는 표정을 짓고 있었지만…….

"윽!"

어서어서, 밥 다 먹었으면 즐겁고 즐거운 데스 매치를 시작합시다!

흡혈 양의 몸에 실을 둘러 감아서 강제적으로 일으켜 세운 뒤 걸음을 떼어 보낸다.

빨리 강해지려면 일분일초도 아쉽답니다.

적어도 눈 뜨고 있는 동안은 내내 단련해야 강해지죠!

에잇, 얍~. 아장아장, 아장아장.

흡혈 양이 무지막지하게 싫은 표정을 짓고 걸어 나아간다.

그래도 이렇게 단련을 쌓으면 스킬도 능력치도 쭉쭉 오른다는 건 내가 입증을 완료했거든.

살짝 힘든 걸 참아서 강해질 수 있으니까 괜찮지 않아?

덧붙여서 이러는 동안 나도 항상 단련을 쌓아 스킬을 성장시키고 있다.

병렬 의사들이…….

응. 마더를 잡아먹고 변질돼버린 녀석들을 알 부활과 같은 요령으로 새 몸에다가 옮겨 담아 내 안에서 쫓아냈는데, 아무래도 이 녀석들이 알아서 수행을 쌓고 스킬을 연습하고 있나 봐.

그게 전부면 괜찮은데, 아마도 놈들이 제멋대로 스킬 포인트를 써서 새 스킬을 습득한 것 같거든~.

어느새 낯선 스킬이 추가돼 있는 상태창이 종종 보인단 말이지.

방금 전 불쏘시개에 불을 붙였을 때도 병렬 의사들이 제멋대로 습득한 불 마법을 써먹었지.

불 마법, 나는 불 속성이랑 되게 안 맞으니까 습득하는 데 스킬 포인트가 엄청 필요했을 텐데…….

덕분에 그 많던 스킬 포인트가 꽤 허전해졌다.

불평을 쏴주고 싶긴 한데, 전에 가능했던 혼을 경유한 대화는 녀석들이 몸을 갖게 된 탓인지 더는 못 쓰는 처지였다.

염화 스킬이 마찬가지로 나도 모르는 사이에 생겨난 걸 보면 아마 자기들끼리도 대화를 못 하는 상황이 아니려나?

그러니까 불평을 쏴줄려면 직접 만나러 가야 한다는 건데, 그 녀석들이 지금 어디에 있나 모르거든.

아마도 엘로 대미궁에 있지 싶은데, 엘로 대미궁의 어디에 있나 모른다는 거야.

마왕의 감시를 굳이 피해서 만나러 가야겠다는 생각도 안 들고…….

딱히 불평할 방법이 없겠다, 나 대신 스킬을 단련해주고 있으니까 비긴 걸로 쳐줘야겠지. 응응.

병렬 의사가 수련한 스킬은 나한테도 제대로 반영되는 것 같으니까.

그 녀석들이 수련하면 수련할수록 내 스킬도 올라간다.

내가 아무 짓을 안 해도 스킬이 올라가니까 오히려 이득인가?

제멋대로 행동하는 짓은 좀 그렇지만, 이번에는 어른답게 대응해서 관대한 마음으로 용서하리라.

으음, 더 이상 제멋대로 행동하지 않는 한…….

안 하겠지?

안 하면 좋겠다~.

왠지 불길한 예감이 드는데 분명히 쓸데없는 걱정이야.

그렇다고 치고 넘어갈래.

만담 병렬 의사 대화집 첫 번째, 스킬을 배웠도다!

"스킬을 배워랏!"

"전부 다! 스킬 전부 다 내놔라!"

"아니, 전부는 무리거든."

"일단 마법 스킬은 전 속성 확보해 두세."

"찬성."

"잠깐 기다려. 불 마법 습득하는 데 스킬 포인트 10000이 필요한데?!"

"10000이래. 푸헤헹."

"대체 얼마나 불에 약하다는 거람."

"에라이."

"근데 배웠다?!"

"물러날쏘냐! 빌까보냐! 후회는 없도다!"

"그거 죽기 직전에 소리치는 대사잖냐!"

"암튼! 배운 건 좋은데 어쩔 거야, 이거? 레벨 1짜리 마법이라서 불씨밖에 안 될 텐데?"

"게다가 레벨 올리는 거 엄~청나게 힘들 텐데."

"모르오!"

"후회는 없댔잖아……."

R1 할아범, 여행을 떠나다

마력을 응축시킨다.

다만 그 완성도는 바랐던 결과와 한참 달랐다. 너무나도 엉성한 짜임.

떠올려본다, 그분의 솜씨를…….

엘로 대미궁에서 만났던 거미 마물, 그분을…….

아예 예술의 경지에 다다랐던 그분의 마법 솜씨에 비하면 내 마법 따위, 이리도 졸렬할 수가 없다.

이따위가, 이따위 결과가 제국은 물론 인족 최강이라는 말까지 듣는 내 실력인가?

결단코 용납 못 한다.

나는 기필코 최강이어야 한단 말이다.

다른 누구보다도 마도의 진수와 가까운 데에 있어야 한다.

그리하지 않으면—.

"마법 최강의 로난트. 그리고 검술 최강의 나. 너와 내가 있고, 거기에 용사를 더하면 무적 아니겠나. 마족 따위에게 뒤처질 순 없지. 제국을 지키기 위해, 인족을 지키기 위해 나와 너에게 힘이 있는 거다."

그렇게 말해줬던 녀석은 선대 검제다.

나의 벗.

젊은 시절에 함께 제국을 지켜 나가자고 맹세를 나눈 전우.

그랬건만 놈은 자취를 감췄다.

내게는 아무 말 않고…….

검신이라고 칭송받았던 남자의 실종.

그 사건은 제국뿐 아니라 인족 전체에도 불안의 그림자를 드리웠다.

그래서 더더욱 나는…….

"로난트 님~. 엉덩이가 아프다."

"이 녀석 보게나. 일단 분류학적으로는 간신히 여아에 들지 않느냐. 잘도 당당하게 그런 대사가 튀어나오는구나."

덜그럭덜그럭 흔들리는 마차 안, 내 옆에 앉아 있는 오렐이 부끄러운 줄도 모르고 불만을 늘어놓았다.

뭐, 이리도 승차감 나쁜 승합 마차 안에서 죽치고 있다 보면 엉덩이가 아픈 건 어쩔 수 없겠지.

나는 통각 무효 스킬을 갖고 있기에 신경 쓰이지 않는다만, 오렐은 그런 스킬을 갖고 있을 리 없으니까.

"간신히 여자라는 말씀은 좀 심하지 않습까? 이렇게 러블리한 여자애한테 할 말이 아닙다!"

"까분다. 성인도 안 된 어린애 따위야 남아든 여아든 거의 다를 바가 없잖느냐. 그러니까 간신히 여아라고 말해준 게다. 여인 취급을 받고 싶거들랑 어디 거기에 걸맞도록 처신해보거라."

그렇게 받아치자 오렐은 「끄으응!」 하고 신음했다.

오렐은 내 수발을 들어주는 꼬마다.

나이는 일곱, 아니, 여덟이던가?

뭐, 둘 다 똑같잖은가.

결국은 그냥 꼬맹이라는 게니까.

툴툴거리면서 토라진 꼴은 과연 본인의 말대로 귀여운 구석이 보인다만, 역시 꼬마인 탓에 귀여울 따름이로다.

여인으로서 어여쁘다 할 수는 없지, 암.

뭐, 나에게 꼬마아이를 괴롭히는 취미는 없었다.

오렐에게 치료 마법을 걸어 엉덩이의 통증을 없애줬다.

"오오! 역시 로난트 님! 얍! 세계 제일의 마법사!"

그 즉시 기분이 좋아지는 오렐.

이런 부분이 어린애 같단 말이거늘…….

"치켜세운들 아무것도 안 나온다? 게다가 나는 결단코 세계 제일이 아니란다."

"에이, 또 또. 겸손하셔라~."

겸손해서 하는 소리가 아니다.

그분에게 패배를 겪고 나는 제 자신의 미숙함을 깨달았다.

악몽이라는 호칭으로 불리게 된 거미 마물, 그분께 실로 철저하게 박살 났으니까 말이다.

부대 하나를 이끌고 그분과 싸운 결과는 나와 다른 한 명의 지휘관이었던 뷔림스를 제외하고 전멸.

아니, 싸웠다는 표현은 옳지 않군.

그것은 싸움이라고도 부를 수 없는 단순한 살육이었으니.

최강의 마법사라 인정받았던 내가 도주라는 선택밖에 취할 수 없었느니라.

어떤 마물이든 내가 있으면 안심이라고 허세 부리면서 경솔하게도 그분의 둥지를 불태워버렸던 행동이 애당초 잘못이었다.

조금 더 신중하게 처신했다면 결과가 달라질 수도 있었다.

모든 것은 나의 미숙함이 불러일으킨 결과일지니.

그럼에도 불구하고 부대 전멸의 책임을 떠안은 자는 다른 한 명의 지휘관이었던 뷔림스뿐이었다.

뷔림스는 마의 산맥이라고 불리는 곳, 산악 지대라는 가혹한 환경에 더해 강력한 마물이 도사리고 있는 위험 지대로 좌천당하고 말았다.

내가 자택 근신이라는 처벌 같지도 않은 처벌을 받았는데도 뷔림스에게는 사실상 죽으라고 말하는 듯한 지령.

아무리 실패를 저질렀을지라도 제국은 나를 놓아줄 의향이 없다는 뜻일지어다.

내가 살아남은 것은 정작 뷔림스 덕분이었건만…….

함께 살아남은 동료가 아니었던가. 뷔림스는 꼭 살아남기를 바라지만 이번만큼은 당사자의 실력을 믿을 수밖에 없겠군.

"흐갹?!"

마차가 한 차례 거하게 흔들리자 엉덩이를 호되게 부딪친 오렐이 비명 지른다.

아무래도 목적지에 도착했나 보군.

"자, 내리자꾸나."

"로, 로난트 님. 엉덩이가 아파서 못 움직이겠습다."

엉덩이를 감싸 쥐고 신음하는 오렐에게 나는 하는 수 없이 다시금 치료 마법을 걸어줬다.

마차에서 내리자 코를 푹푹 찌르는 악취가 물씬 풍겼다.

마차에 타고 있을 때부터 풍기기는 했다만 막상 악취의 원인이 되는 장소에 내려서니 한층 더 짙은 냄새로 느껴졌다.

"으으."

실제로 옆에 선 오렐은 코를 틀어잡고 얼빠진 얼굴을 내보이고 있었다.

마차의 마부에게 여기까지 데려다준 운임을 건넸다.

승객은 나와 이 녀석뿐.

지금 이곳에 오려고 하는 별종은 거의 없는지라 승합 마차를 잡아타는 데 애를 먹다가 내가 억지를 부려서 마차를 출발시켰다.

그 보답으로 조금이나마 운임을 넉넉히 쳐주니까 마부는 희색 띤 얼굴로 왔던 길을 되돌아갔다.

"자, 가자꾸나."

제자리에 못 박혀 있는 오렐은 내버려 두고 걸음을 뗀다.

뒤쪽에서 허둥지둥 나를 따라오는 기척이 느껴졌다.

뭐, 뒷걸음치고 싶어지는 기분은 이해가 된다.

오렐은 이래 봬도 귀족의 말단에 속한 신분.

아무리 가난한 귀족의 막내딸일지언정 명색이 양갓집의 여식, 게다가 저 어린 나이에 이런 장소를 방문할 일은 보통 없을 테니까.

적군의 침공을 받아 함락당하고 유린당한 도시를 무엇하러 온단말인가.

이곳은 사리엘라 국 케렌 령의 중심이 되는 도시.

아니, 도시였다고 표현해야 옳겠군.

이 도시는 바로 얼마 전 오우츠 국과 벌인 전쟁에서 함락당했고, 현재는 오우츠 국의 지배하에 들어갔다.

"멈춰라!"

파괴당한 문 앞에 서 있던 병사가 이쪽으로 소리 질렀다.

그자의 정지 신호를 무시하고 더욱 가까이 가자 병사가 화급히 손에 든 창을 겨눠 쥐었다.

"멈추라고 말했을 텐데!"

"자네, 그런 소리는 상대를 보고 나서 하게나. 내가 누구인지 모르는 겐가?"

나의 거들먹거리는 태도에 병사들은 얼굴을 서로 마주 보면서 어쩔 줄을 모르는 모습이었다.

"자네들은 오우츠 국의 병사일 테지? 상관에게서 내 소식을 듣지 못했는가? 나는 렝잔드 제국의 필두 궁정 마도사 로난트. 이 도시에 있었다는 악몽에 관한 조사를 위해 급히 내방하였네."

내 이름을 듣고 병사들이 모두 동요에 휩싸였다.

내 얼굴은 모른다 해도 내 이름은 들어 알았을 테지.

설령 만에 하나 모를지라도 렝잔드 제국의 필두 궁정 마도사라고 자처하는 인간을 홀대하기란 버거운 법.

오우츠 국과 렝잔드 제국이 형식상으로는 동맹국이지만, 그 실태는 렝잔드 제국에 오우츠 국이 복종하는 속국과 다름없었다.

종주국으로 받드는 제국의 요인, 게다가 필두 궁정 마도사라는 거물을 감히 허투루 대할 수야 있겠는가.

"무얼 멍청히 서 있는 겐가. 얼른 상관을 불러오든가 아님 그리로 나를 안내하게!"

나의 일갈을 듣고 병사 중 한 명이 서둘러 문 안쪽으로 달려갔다.

상사에게 판단을 요청하러 갔을 테지.

그자를 나는 팔짱을 끼고 점잖게 고갯짓하면서 지켜봤다.

한편 내게로 빤히 흘기는 시선이 꽂혀 들고 있었다.

뒤쪽에서 대기하고 있는 오렐 녀석이로군.

고개 돌리지 않아도 어이없어하는 저 녀석의 얼굴이 훤히 들여다보인다.

이토록 당당하게 이름을 밝힌 뒤 거들먹거리는 언사와 태도로 방문을 고했음에도 불구하고, 내가 이곳에 온다는 소식이 오우츠 국에는 전달되지 않았을테니까!

왜냐하면 이 몸은 현재 근신 중이었다!

오우츠 국은 물론이고 제국에도 비밀로 하고 왔단 말이다.

일반병은 물론이고 저쪽 어딘가에 있을 상관도 그런 소리는 들었을 리가 없다.

그래도 당당하게 굴면 어떻게든 되는 법이다.

그대로 문 앞에서 기다리고 있으려니까 방금 전 달려갔던 병사가 두 명의 인물을 데리고 돌아왔다.

그중 한쪽 인물을 보고 나는 내심 으엑, 하면서 허둥거렸다.

"방문을 환영합니다. 로난트 님."

온화한 미소를 띤 장년의 남자이지만, 내 이름을 부르는 목소리와 함께 「뭐하러 온 거요, 당신」이라는 불평이 들린 것 같았다.

"으음. 네 녀석도 용케 무사했구나. 티바."

화기애애하게 악수를 나누면서도 내심으로는 골치 아픈 녀석이 튀어나왔다고 조바심이 솟았다.

티바는 제국의 작위를 갖고 있는 기사 중 한 사람이다.

현 검제의 신뢰도 두터운 성실한 인간이었다.

사리엘라 국에 대항하기 위한 부대의 총대장 신분으로 여기에 누군가가 있는 줄은 알았다만, 설마 그자가 이 녀석일 줄이야 실로 난감한 오산이었다.

총대장이 나와 안면 있는 사이인 것은 이상한 일이 아니다만, 그게 하필이면 가장 골치 아픈 녀석한테 걸릴 줄이야 운이 없군.

"오우츠 국의 관계자분들에게는 이쪽의 연락 미스로 로난트 님의 방문 소식이 전달되지 않았던 것을 사죄드리겠습니다. 급한 말씀을 드려 죄송합니다만, 로난트 님의 체류 허가를 내어 주시겠습니까?"

티바가 골치 아픈 까닭은 이렇듯 극히 성실할 뿐 아니라 임기응변으로 행동할 줄 안다는 점이었다.

함께 다가온 오우츠 국의 장관에게 능란한 말주변으로 내 체류 허가를 휙 받아내 버렸다.

"그러면 저는 로난트 님을 안내해야 하오니 이만. 자, 로난트 님, 가십시다."

티바에게 안내받아서 도시 안으로 진입했다.

"그래, 로난트 님께서는 무얼 하러 온 겁니까?"

걸어가는 도중 티바가 방금 전의 온화한 미소는 온데간데없이 싸늘한 시선을 보내면서 묻는다.

"음. 이 도시에 나타났다는 악몽의 정보를 탐색하러 왔다네."

"그러셨군요. 로난트 님에게는 복수해야 할 상대였지요. 아차, 이 이야기는 비밀이었던가요?"

공식적으로 엘로 대미궁에서 그분과 교전을 벌인 인원은 뷔림스의 부대뿐이라고, 그렇게 처리됐다.

나는 거기에 자리하지 않은 사람이 됐다.

제국 제일의 마법사가 패배했다는 사실을 세상에 차마 공표할 수는 없었던 게지.

"그나저나 공식적으로는 당신이 그 사건에 관련되지 않은 것으로 처리되었을지언정 지금은 근신 중일 텐데요. 방종한 행동은 아무쪼록 삼가주십시오."

티바는 이렇게 요구를 대범하게 받아주면서도 그다음은 정론을 들이대니까 질이 나쁘다.

이래서 상대하기가 까다롭단 말이다.

이 녀석, 오렐. 그렇게 존경하는 눈빛으로 티바를 바라보지 말거라.

"그러하시다면 이 도시에 머무르는 동안 감시를 붙이겠습니다. 본국으로 연락을 넣을 테니 마중 나올 때까지 얌전히 계십시오."

"거절한다!"

나의 즉답에 티바는 어이없다는 태도를 숨기려고도 하지 않고 한숨 쉬었다.

"로난트 님, 악몽은 그 전장에서 대마법의 직격을 받아 죽었습니다. 시체도 남지 않았고 흔적조차 찾아볼 수 없으니 어딜 뒤진들 발견되지 않을 겁니다."

"바보 같은 소리 말거라. 그 정도로 그분께서 죽을 리 없거늘. 네 녀석 또한 그 전장에 있었다면 그분이 고작 그 정도로 죽을 리 없음을 알아차렸을 터인데?"

티바가 내게 지적받고 입을 꾹 다물었다.

오우츠 국과 사리엘라 국이 전투를 벌인 지역에 그분께서 나타나 맹위를 떨쳤다.

그 자리에 제국군 총대장 티바가 부재했을 리는 없었다.

자기 눈으로 직접 그분의 힘을 목격했다면 인간의 힘으로 그분이 어찌될 리가 없다고 족히 확신했을 터…….

그분께서는 지금도 어딘가에 살아 계시다.

그럼에도 행선지를 알 수 없기에 이렇듯 단서를 찾아 이 도시에 왔을 따름이다.

"로난트 님, 설령 악몽이 살아 있다 하여도 그것을 찾아 어쩌시려는 겁니까?"

"뻔한 걸 묻는군. 제자로 받아 달라 간청할 게다!"

그렇다, 그것이야말로 나의 목적.

내 마도 실력은 최고라고 자부했었다.

한데도 그분 앞에서는 어린애 장난이나 마찬가지였다.

그분의 마도 실력을 나도 뒤따라가려 한다면 그분께 사사하는 것이 가장 빠른 방법.

내 선언을 들은 티바는 시간이 멈춘 것처럼 몇 초간 굳어 있었다.

"바보입니까? 이런, 아니죠. 죄송합니다. 의문형으로 물을 말이 아니었습니다. 바보로군요."

가차 없구먼!

"마물에게 제자로 받아 달라 간청한다? 게다가 자신을 죽일 뻔했던 상대에게 말입니까? 이전부터 궁금했습니다만, 머리는 괜찮으십니까?"

진짜로 가차 없구먼!

그때 이쪽을 향해 달려오는 병사의 모습이 눈에 들어왔다.

병사는 티바에게 무언가 호소했고 그 말을 들은 티바가 나를 돌아봤다.

"죄송하게 됐습니다만, 급한 용무가 생겼습니다. 나중에 제국의 주둔지로 와주시거든 숙박할 장소는 마련해드리겠습니다. 일단 로난트 님께서는 이 도시를 절대로 떠나지 말아주십시오. 이 도시에 붙어 있기만 하면 되십니다. 그러면 악몽을 조사하든 무엇을 하든 상관 않겠습니다. 저는 이만."

빠른 말로 주절거리고 병사와 함께 달려가는 티바.

뭐, 여기는 이제 막 점령한 도시니까 문제 한둘쯤 일어날 테지.

게다가 오우츠 국의 병사들은 전쟁의 불문율도 무시한 채 기습을 펼쳐 무고한 주민에게도 무기를 겨눴다고 했다.

도처에서 불타 무너진 주거지, 눌어붙은 냄새와 시체의 냄새가 감도는 참상을 보면 이 도시가 감당해야 했던 비도한 행위의 정도는 일목요연하도다.

나는 그 참상으로부터 애써 눈을 돌리고 그분을 쫓아가는 데 보탬이 될 만한 단서를 찾아 도시 안을 또다시 걸어 나아갔다.

뭐든 여기에서 행방을 알아낼 단서가 발견되면 좋으련만……

그런 바람에 마력 감지 등등을 구사하면서 도시의 상황을 살펴보고 다닌 결과, 아무리 봐도 한 군데 이해할 수 없는 장소가 있었다.

그곳을 향해 걸음을 떼어 놓다가 발견한 것은 유난히 큰 저택.

다만 흐릿하다. 외관의 규모와 달리 마력이며 존재감 따위가 너무나도 흐릿하다.

그 탓에 커다란 위화감을 불러일으킨다.

이렇듯 기묘한 저택의 문 앞에는 이제까지 봤던 오우츠 국의 병사와 다른 복장의 병사가 서 있었다.

"멈추시오. 이곳은 그 누구일지라도 들여보내지 말라는 분부요."

병사는 손을 들어서 내게 경고를 보냈다.

"그래도 아무쪼록 통과할 수는 없겠는가?"

"미안하게 되었소."

"나는 이래 봬도 제국의 필두 궁정 마도사라는 신분을 갖고 있네만?"

"미안하게 되었소."

으으음!

역시 이렇게 되는가. 내가 신분을 밝혀도 꿈쩍을 않는구먼.

이 병사는 오우츠 국의 소속이 아니다.

백색을 기조로 하여 은근한 품위가 있는 디자인의 복장은 이자가 신언교의 병사임을 나타낸다.

신언교는 성(聖) 아레이우스 교국을 거점으로 하는 거대한 종교 조직.

그곳이 상대여서야 제국의 위광도 통하지 않는군.

"이곳은 전 영주의 저택이라고 알고 있네만, 내부에서 무슨 일이 벌어졌는가?"

"본인에게는 아뢸 수 있는 말씀이 없소이다."

끄으응!

안으로 들어가기는 포기한 뒤 병사에게서 정보를 캐내려고 시도해봐도 쌀쌀맞은 대답이 돌아올 뿐…….

만만치 않군.

다만 신언교 병사가 굳이 이곳을 감시 중이라는 사실만으로도 이곳에 뭔가 숨겨져 있음은 명백할지니.

그 무언가의 정체를 모르겠다만…….

"무슨 일입니까?"

병사를 때려눕히고 저택에 휙 들어가버리자는 위험한 충동이 스쳐갔을 때 저택 안쪽에서 어느 노인이 온후한 목소리로 말을 건넸다.

병사를 동반하여 저택 안에서 나타난 자는 목소리의 인상과 다르지 않게 인자한 할아범 같은 노인.

그 얼굴에는 다른 사람을 안도케 하는 온화한 미소가 떠올라 있었다.

다만 나는 그자의 모습을 본 순간부터 형용할 수 없는 뭔가를 감지했다.

"넷! 이자가 저택 안을 보여 달라고 청하였습니다."

"그렇습니까?"

본래부터 여기에 있던 병사가 노인에게 보고한다.

"당신은 누구십니까?"

"로난트라고 하는 자오만."

"그렇습니까. 당신이 그 이름 높은 로난트 님이셨군요. 만나 뵙게 되어 영광입니다."

"어이쿠, 무슨 말씀을. 나야말로 이런 데서 신언교의 교……."

그다음 말은 노인이 집게손가락으로 「쉿」 하고 침묵해 달라는 신호를 보냈기에 잇지 못했다.

"저는 평범한 노인입니다. 신언교에 살짝 연이 있을 뿐, 그럼요."

"그러신가? 그대가 그리 말한다면야 그런 줄로 알아야겠군."

섣불리 덤불을 들쑤셔서 뱀을 끄집어낼 필요는 없다.

"저택 안은 내키는 대로 둘러보셔도 괜찮습니다."

"괜찮으시겠는가?"

"예. 더는 무엇도 찾아낼 것이 없는지라."

그리 말한 노인은 병사들과 함께 저벅저벅 사라져 갔다.

그들의 뒷모습을 묵묵히 지켜본다.

신언교의 병사가 있었다는 사실도 놀라웠다만 저런 인물까지 찾아왔다는 것이 훨씬 놀라운 일이로군.

감정은 하지 않았으니 스테이터스를 꿰뚫어 보지는 못했다.

다만, 감이지만 저 노인의 스테이터스는 특별히 높지는 않을 게다.

나라면 수행원으로 있는 병사들까지 한꺼번에 상대하기도 수월할 테지.

그러나 저 노인에게는 분명 나에게 경계심을 불러일으키는 뭔가가 있었다.

스테이터스로는 가늠할 수 없는 무언가가…….

"저 할아버지는 누구임까?"

"모르는 게 약이니라."

전혀 정체를 알 수 없음에도 신언교의 수뇌로 군림하고 있는 인물 따위는, 모르는 게 약일뿐더러 관련되지 않는 게 현명할지니.

어째서 이러한 장소에 저런 대단한 신분을 지닌 인간이 있단 말인가.

그것만으로도 이 저택 안에서 발생한 사건이 심상치 않았음을 대변해준다.

그 후 노인의 모습이 보이지 않게 되고 나서 충분한 시간을 보낸 뒤 저택 내부를 둘러봤지만, 녀석이 말했던 대로 무엇 하나 발견할 수 없었다.

다만 희미하게 남아 있는 전투의 자취, 그 흔적을 은폐하기 위해 여기저기를 들어내 놓은 벽과 바닥.

게다가 유난히 마력의 흐름이 희미한 공간만이 이곳에서 무슨 사건이 벌어졌음을 나타내고 있었다.

그 무언가를 결국 못 알아낸 채 끝나버렸다만…….

"으음."

저도 모르게 침음한다.

제국에서 전이도 못할 만큼 멀리 떨어진 이 땅에 왔음에도 불구하고 지금으로서는 그분의 행방과 관련된 정보는 일절 없음.

두 손 든 상황이로다.

기껏해야 첫날 신언교 교황과 맞닥뜨린 것밖에 특이 사항도 없고…….

아니, 애초에 티바가 온종일 내게 병사를 붙여서 행동을 감시하고 있는 탓에 제대로 움직이지도 못하는 상황이니, 이 도시에 더 머물러 봤자 어쩔 도리가 없겠군그래.

이런 때는 일단 초심으로 돌아가서 내가 그분을 만났던 장소를 다시 가보기로 할까?

그렇다면 티바가 눈을 떼고 있는 지금이 좋은 기회로구먼!

"오렐. 나는 이제부터 잠깐 위험한 장소에 다녀오마. 너는 여기에 남아서 정보 수집을 속행해 다오."

"네엣?! 이런 불길한 데에 저 혼자 놓고 가시는 검까?! 아니, 그보다 티바 아저씨가 이 도시를 떠나지만 말라고 실컷 다짐을 놓았잖습까."

오렐의 불평을 무시하고 전이를 발동시킨다.

전이 목적지는 세계 최대의 미궁, 엘로 대미궁.

그곳에서 나는 절반은 당첨, 절반은 꽝 제비를 뽑게 되었다.

Aurel Stadt
오렐 슈

본명 오렐 슈태트. 렝잔드 제국의 가난한 시골 귀족의 막내딸. 본가가 가난한 탓에 신부 수업이라는 명목으로 돈벌이를 하러 다니고 있지만, 「~슴다」라는 독특한 말버릇 때문에 취직자리를 좀처럼 찾지 못했고 그렇게 곤란해하던 차에 로난트에게 발탁됐다. 말버릇만 무시한다면 나이에 비해 야무지고 우수하지만 본인에게 고칠 의향이 없다는 것이 옥에 티. 고용주를 대할 때도 전혀 거리낌 없는 말투로 받아치는 유들유들한 성격의 소유자. 이런저런 부분에서 상식을 벗어난 로난트와 티격태격하면서도 잘 지내고 있다. 잘 지내는 까닭에 앞으로도 로난트에게 마구마구 휘둘리게 된다.

Character
Collection

「오렐 슈」

血1 행복과 불행

와카바 히이로라는 인간의 첫 번째 인상은 「인생의 승리자」였다.

전세의 내 별명은 리호코.

리얼 호러의 앞 글자에 코를 붙여서 리호코.

어떤 정감도 재치도 아무것도 없이 단지 오로지 나를 바보 취급하기 위해서 갖다 붙인 별명.

참고로 리호코는 고등학생 때의 별명이고 중학생 때는 흡혈귀라고 불리고 다녔어.

네기시 쇼코라는 본명보다도 오히려 별명을 기억하는 사람이 더 많을 수도 있겠네.

저런 소리를 듣는다 해도 어쩔 수 없을 거야.

내 전세의 외모는 빈말로도 괜찮다는 말은 못 했으니까.

창백한 피부.

삐쩍 마른 몸.

거울 앞에서 나를 마주 바라보는 것은 푹 파인 볼에 허망한 눈빛을 지닌 시체 같은 얼굴.

입을 벌리면 어긋난 치열과 삐죽거리는 덧니.

그중에서도 송곳니만큼은 마구잡이로 자기주장을 한다.

누가 어떻게 봐도 못생긴 외모.

그것이 전세의 나였다.

자기 자신의 외모를 나는 몹시 싫어했다.

어떻게 좋아하겠어?

나 자신은 아무 잘못을 안 했는데도 용모가 못생겼다는 단지 그 이유 때문에 괴롭힘을 당한다거나 험담을 들어야 했으니까.

그랬던 내가 보기에 와카바 히이로라는 여자는 너무나도 큰 축복을 받았다.

용모에서…….

처음 그 모습을 봤을 때 세상에는 이런 미인이 정말로 존재하는구나 싶어서 놀랐는걸.

그만큼 와카바 히이로는 미인이었다.

그러니까 「인생의 승리자」.

저 용모만 있다면 인생이 즐거워서 못 견딜 지경일 텐데, 라고 그때는 부러워했더랬지.

솔직히 질투했어.

나는 갖고 있지 못한 빼어난 용모를 갖고 있는 와카바 히이로를…….

그러니까 나는 고등학교 생활에서 그 아이를 자주 쳐다보고는 했었다.

와카바 히이로는 좀처럼 말을 안 했다.

필요 최저한의 말만 하려 했고, 다른 사람과 적극적으로 커뮤니케이션을 취하려고 하지 않았다.

배타적.

나도 남의 말을 할 처지는 아니지만 용모 때문에 주위 사람들이 멀어져 가는 나와 달리, 와카바는 주위를 접근시키지 않으려고 한다는 느낌.

사람을 물리친다는 결과는 같음에도 의미는 완전히 달랐다.

내가 먼발치에서 혐오받았던 데 반하여 와카바는 먼발치에서 신성시되었다.

고고함이라고 표현하면 되는 걸까?

그런 느낌으로 접근하기는 어렵지만 멋지다는 분위기가 있었지.

나와 와카바 히이로, 둘의 차이는 용모.

단지 하나의 차이 때문에 주위의 반응은 이토록 달라졌다.

외모가 좋으면 사람들이 보내는 감정도 좋아진다.

외모가 나쁘면 사람들이 보내는 감정도 나빠진다.

날 때부터 결정된 격차.

노력으로는 어쩔 도리가 없는 출발선의 차이.

태어난 순간에 이미 나보다도 훨씬 더 축복받은 삶을 갖게 된 와카바 히이로는 그럼에도 언제나 시시하다는 듯이 굴었다.

무엇이 그리 불만인 걸까, 와카바가 즐거운 기색으로 지내는 모습을 나는 본 적이 없었다.

언제나 무감동할 뿐 표정이 바뀌지 않는다.

무슨 생각을 하는지 알 수 없는 그 눈은 마치 세계를 전혀 바라보지도 않는 듯 느껴졌지.

그럼에도 불구하고 전부 다 꿰뚫어 보는 것처럼 초연하기도 했다.

분하게도 와카바 히이로가 신성시되었던 이유를 나도 이해할 수 있었다.

와카바는 보통 사람의 이해가 미치지 못하는 무언가를 갖고 있었다.

용모와 더불어서 그 때문에 사람들의 눈에 신비적으로 보이게 된다.

많은 자질을 갖고 있는 와카바 히이로.

그런 와카바 히이로에게 일방적으로 질투하는 나.

그 추한 감정을 품는 나 자신마저도 너무 싫었다.

그래도 어쩔 수가 없는 거잖아. 아니면 대체 어떡해야 됐을까? 얼굴이 예쁘장했다면 인생도 달라졌을까? 그래서는 태어난 순간부터 내 인생이 잘못됐다는 말이나 마찬가지였다. 외모가 추하니까 속마음도 추한 게 아니다. 외모가 추하기에 속마음까지 추하게 되는 환경이 있다.

외모가 빼어나다면 단지 그 하나만으로도 「인생의 승리자」.

그것이 내가 내린 결론.

"그럼 우리는 저 도시에서 하룻밤 보내고 올 테니까 시로는 여기에서 기다리고 있어."

「인생의 승리자」 중 필두라 할 수 있는 와카바 히이로, 즉 시로는 지금 이 순간에 한창 불행을 맛보고 있었다.

우리는 사정이 있어 사람들의 눈을 피해 여행하고 있지만 거기에도 한계가 있었다.

식량 등등의 구입도 겸해서 잠시 어딘가 도시에 들르기로 했는데, 시로는 외견이 문제가 되어 함께 데려갈 수 없었다.

그러니까 여기에 두고 간다.

솔직하게 지금 심정을 말할게.

쌤통!

아무리 얼굴이 예뻐도 그야 마물을 데리고 도시 안에 들어갈 수는 없잖아!

재회한 와카바 히이로의 모습은 인간이 아니었다.

상반신은 색깔이 하얗다는 점을 제외하면 전세와 그리 다르지 않은 모습이었지만, 하반신은 거미.

이른바 아라크네라고 불리는 마물의 모습이었다.

전세 때부터 이 녀석은 진짜 인간이 맞을까, 라는 제법 실례되는 의문을 품은 적은 있었는데 설마 진짜로 인간을 그만뒀을 줄은 상상을 못 했거든.

인간을 그만뒀는데도 위화감이 없는 데다가 역시 미인이라는 건 변함없어서 약이 오르지만…….

약이 올라도 단지 그 이유 때문에 쌤통이라는 생각은 안 한다.

지금 내 속이 시원한 이유는 이제까지 오는 길에 나를 취급한 방식 때문이라고!

나는 아직 젖먹이거든요?!

어째서 나이 때문에 자기 뜻대로 일어서고 걷지도 못하는 게 당연한 내가, 길도 안 난 산 중턱을 죽죽 걷고 걷고 또 걸어야 하는지 도대체 모르겠네?!

이상하지 않아? 누가 봐도 이상하잖아!

아리엘 씨가 군이 고행을 겪어야 하는 이유를 설명해주지 않았다면 확 미쳐버렸을지도 몰라.

아리엘 씨의 말로는 스킬과 능력치를 성장시키기 위해서라고 하거든.

이 세계에는 스킬이며 능력치 같은 별난 기능이 있어서 단련을 쌓음에 따라 강해질 수 있었다.

시로는 내 스킬과 능력치를 성장시켜주기 위해서 그런 짓을 하는 것이라고······.

아리엘 씨는 장래의 내 안부를 염려하여 하는 일이라고 말해줬지만, 정말 그럴까?

참고로 시로는 「히이로(姬色)니까 히메(姬)라고 부르자. 리본 달아줄까? 변신은 못하겠지만」「탈락」「그러면 시로라고 부르자. 강아지, 고양이 같기는 해도」「······마음대로 하든가」 이렇게 아리엘 씨와 대화를 나눈 다음에 붙게 된 호칭이었다.

시로와 비교하면 히메가 훨씬 더 좋을 텐데 별난 아이다.

리본 얘기는 왜 나왔던 걸까?

이것저것 수수께끼 같은 대화였지만, 그날부터 아리엘 씨는 정말로 시로라고 부르기 시작했다.

아리엘 씨는 틀림없이 장난삼아서 굳이 이상한 이름으로 부르는 걸 텐데, 그 이름으로 불리는 본인은 특별히 신경 쓰는 것 같지 않았다.

그렇다면야 거기에 편승하는 형태로 나와 메라조피스도 시로라고 부르기로 했다.

이제껏 당한 처사를 떠올려보면 이 정도 소소한 앙갚음은 용서받을 수 있을 거야.

"아이~ 유감이네~. 시로는 여관에서 만들어주는 맛있는 식사도 못 먹을 테고, 따뜻한 침대에서 잠들지도 못할 거 아냐. 굉장히 굉

장히 유감스럽지만, 이번만큼은 어쩔 수 없다는 거 알지? 안심하렴! 시로 대신에 우리가 마음껏 실컷 즐기고 올 테니까!"

아리엘 씨가 불난 집에 부채질 하듯 무척 흐뭇한 미소를 지은 채 고했다.

그에 반해서 시로는, 표정에는 별 변화가 없었지만 새어 나오는 위압감이 불어난 상태였다.

두 사람 사이에 보이지 않는 불꽃이 흩날리는 것 같아.

무섭다.

쌤통이 어쩌고 변변찮은 기쁨은 일순간에 휙 날아갔다.

이거다.

어떤 부조리한 처사를 당하고도 이 두 사람에게 거스르지 못하는 까닭은 이것 때문이다.

개인이 지닌 무력.

고작 한 사람이 군대를 상대로 싸울 수 있는 압도적인 위력의 힘.

전세의 상식으로 받아들이기 힘든 스테이터스라는 개념에 의한 힘.

그 힘을 앞에 두고는 나도 메라조피스도 저항할 방법이 전혀 없었다.

거슬렀을 때 그 힘이 이쪽으로 휘둘러지지 않을까, 그렇게 생각하면 무슨 일을 시키든 결국은 순순히 따를 수밖에 없게 된다.

"두 분 모두 그쯤 하십시오. 아가씨께서 무서워하십니다."

그럼에도 불구하고 메라조피스는 저 강대한 두 사람에게 겁먹지 않은 채 의견을 제시한다.

"아차차. 미안, 미안. 그럼 갈까? 시로도 너무 삐치지 마. 선물은 안 빼먹고 사다 줄게."

아리엘 씨가 위압감을 흩어버리고 손을 팔랑팔랑 흔들면서 등을 돌리고 걸어 나아갔다.

그 뒷모습을 배웅하며 시로가 작게 한숨을 쉬고 제자리에 쓱 앉았다.

양옆에는 아리엘 씨가 소환한 퍼펫 타라텍트라 불리는, 마네킹 같은 외견을 지닌 마물들이 감시자처럼 붙어 서 있었다.

"그러면 잠시 다녀오겠습니다."

시로와 퍼펫 타라텍트를 멀거니 바라보고 있던 내 몸이 두둥실 조심스럽게 들려 올라갔다.

올려다보니 후드 안쪽으로 숨겨져 있는 메라조피스와 시선이 마주쳤다.

줄곧 억지로 걸어 다녀야 했기 때문에 메라조피스가 이렇게 안아 주는 것도 꽤나 오랜만이다.

그야 뭐, 도시로 들어가려면 아기를 안고 다녀야겠지. 안 그러면 부자연스러운걸.

평범하게 걸어서 아리엘 씨의 뒤를 쫓아가려고 했었는데, 누구누구한테 꽤나 악영향을 받았나 보다.

메라조피스가 앞서 나가고 있던 아리엘 씨에게 따라붙었다.

나의 걸음으로는 아예 못 따라잡았을지도⋯⋯.

"괜한 도발은 부적절한 상황이라 여겨집니다만?"

메라조피스가 걸음걸이를 아리엘 씨에게 맞추면서 등에다 대고 말을 건넸다.

메라조피스는 용케 이 무서운 사람한테도 자기 의견을 말하는구나.

처음에는 내 처우에 상당히 반대하기도 했고 말이지.

결국 시로가 말없이 살기를 들이부은 탓에 강제로 입을 다물어야 했지만……

"응~. 나도 말이야. 시로한테는 이래저래 복잡한 심정이거든. 뭐, 살짝 삐걱삐걱하는 정도는 봐주면 안 될까? 괜찮아. 그러다가 누구 하나 죽자고 쌈박질까지 벌이는 일은 없을 테니까. 나도 쟤도 그렇게 어리석지는 않거든."

아리엘 씨와 시로의 관계가 몹시 복잡하다는 것은 알겠다.

그야 바로 얼마 전까지는 서로를 죽이려 들었던 사이이니까.

서로 간에 더 이상 싸워 봤자 손해뿐이라는 공감하에서 휴전한 뒤 지금은 동맹 관계를 이뤄 냈지만, 그럼에도 최근까지 서로 죽이려 들었던 상대와 사이좋게 지낼 수는 없는 노릇이다.

아리엘 씨는 시로에게 부하들이 죽어 나간 원한이 있다고 하고, 반면에 시로는 더 높은 전투력을 지닌 아리엘 씨를 아직껏 경계하고 있다.

함께 행동할 수 있다는 것이 기적으로 생각될 만큼 두 사람의 사이는 살벌했다.

중간에 끼어 있는 우리의 처지도 좀 헤아려주면 좋을 텐데.

삐걱삐걱한 분위기에 휩쓸려 같이 행동해야 하는 신세인 탓에 신경이 곤두선단 말이야.

그게 전부라면 좀 나을 텐데, 방금 전처럼 두 사람의 위압감을 직접 겪게 되면 실제로 피해를 받게 되거든……

심장에 나쁜걸.

도시 내부는 통행료만 지불하면 문제없이 진입할 수 있었다.

메라조피스의 옷차림 때문에 한바탕 말썽이 날 수도 있겠다고 각오했었지만 그런 일은 전혀 없었다.

지금 메라조피스의 복장은 햇빛을 최대한 쬐지 않도록 온몸을 전부 둘러서 가린 로브 차림.

시로가 메라조피스를 위해 만들어준 후드 달린 로브는 척 봐도 몹시 수상쩍다.

수상쩍기는 한데 이 세계에서는 마물의 소재로 곧잘 무기, 방어구를 만들어 쓰는 까닭에 이렇게 수상쩍은 복장의 인간은 의외로 잔뜩 있다고 한다.

아니, 수상하다고 느끼는 감각은 내게 전세의 상식이 있기 때문일 뿐 이 세계에서는 그냥 평범한 차림이라는 뜻이겠지.

이런 어긋남을 실감할 때마다 내가 아직 이 세계에 녹아들지 못했다는 사실을 실감하게 된다.

아마도 그래서일까? 이런 처지에 놓이고도 현실감이 충분하지 않은 탓에 슬픔이라든가 그런 감정이 별로 느껴지지 않는 이유는······.

부모님을 떠나보냈고 집도 잃었고, 마치 도망자처럼 사람의 눈을 피해야 하는 나날을 보내고 있는데도 불구하고 감정이 현실에 따라붙지 못하고 있다.

이번 삶에서 나는 축복받았다.

태어난 곳은 작위를 가진 유복한 가문이고, 전세의 일본처럼 편리한 생활을 누리지는 못할지라도 이 세계에서는 평균 수준을 크게 웃도는 환경이 갖춰져 있었다.

게다가 무엇보다도 부모님이 미남, 미녀였다.

미남에 미녀, 즉 「인생의 승리자」.

전세 때부터 쭉 이어졌던 나의 지론.

부모님이 미남, 미녀인 만큼 두 사람의 아이로 태어난 나 또한 장래에는 분명 미인이 될 것이다.

그렇다면 나의 이번 삶은 전세와 달리 충분히 행복해진다.

한심하게도 그런 식으로 낙관했었지.

그렇지만 그런 식으로 낙관이라도 안 하면 못 버틸 심정이기도 했는걸.

왜 아니겠어. 정신을 차리고 보니 느닷없이 이세계에서 갓난아이가 되어 있잖아.

긍정적으로 밝은 미래를 떠올리지 않으면 못 버텼단 말이야.

그렇게 현실을 받아들일 때까지 꽤나 갈등했었지만, 그 부분은 생략하겠어.

하지만 긍정적으로 이번 삶을 살아가자고 다짐했는데도 이러저러하는 사이에 또 밑바닥 인생.

마치 와르르 소리를 울리면서 내가 그렸던 행복한 미래가 무너지고 말았다.

남은 것은 내 한 몸과 메라조피스뿐.

이번 세상에서 내게 애정을 쏟아주었던 부모님도, 거창한 저택도, 지위도 재산도 권력도 모조리 다.

정말이지 실소가 나올 만큼 밑바닥으로 나가떨어졌다.

그래도 이 현실을 감정이 따라잡지 못하는 까닭은 아마 한 번 죽어서 모든 것을 잃어버린 경험 때문이 아닐까.

　많은 것들을 잃어버렸다는 사실은 변함없지만 역시 전세와 비교하면 애착이 모자랐다.

　저번 삶과 이번 삶은 보낸 세월의 길이가 한참 다른걸.

　부모님이라는 말을 들었을 때 제일 먼저 떠오르는 것은 저번 세상에서 함께 살았던 엄마, 아빠의 얼굴.

　나와 마찬가지로 엄마도 아빠도 용모는 변변찮았고 내세울 만한 장점이라고는 선량한 구석밖에 없었다.

　도통 출세를 못했던 만년 평사원 아버지.

　전업 주부인 주제에 요리 솜씨는 보잘것없던 어머니.

　이번 삶의 부모님이 훨씬 더 스펙은 뛰어났지만 아무래도 내게는 전세의 부모님이 더 친근감 있는 사람들이었다.

　그럴 수밖에, 전세의 부모님은 비뚤어지게 자란 나를 대할 때도 한가득 애정을 쏟아부어줬다.

　어째서 이런 얼굴로 낳았느냐고 폭언을 날리는 나에게 그럼에도 애정을 갖고 대해줬다.

　내세울 것은 선량함밖에 없는 사람들이었지만 내게는 정말 존경할 만한 부모님이었다.

　그 때문인지 이번 삶의 부모님을 도무지 진짜 가족이라고 받아들이기가 버거웠다.

　이번 삶의 부모님, 거기에 그 두 분을 따르는 메라조피스에게는 미안한 마음이지만…….

이번 삶의 부모님도 내게 애정을 쏟아줬으나 정을 느끼고 부모님으로 받아들이기도 전에 두 사람 모두 죽고 말았다.

아니, 그 이전의 문제겠다. 이 세계에서 살아간다는 실감 자체가 아직 확실하게 느껴지지 않았으니까.

저번 세상의 나, 이번 세상의 나. 이래저래 아직 갈등을 떨쳐 내지 못한 상황에서 이런 사건을 겪게 되었으니까.

문을 지나서 도시 안으로 들어간 다음 여관에 들러 방 하나를 잡았다.

그러고는 나와 아리엘 씨는 여관에 남고 메라조피스가 물품을 구입하러 외출했다.

애당초 이 도시는 여행에 필요한 물자를 구입하러 왔을 뿐이니까 메라조피스가 매입만 마치고 나면 그대로 도시를 떠나도 문제없는데 말이야.

굳이 여관에서 묵는 이유는 분명 시로한테 심술을 부리려는 게 틀림없겠네.

나로서는 하룻밤이라도 마음 푹 놓고 쉴 수 있으니까 바라 마지않는 입장이었지만…….

내가 후유, 하고 한숨을 돌리는 동안 아리엘 씨는 침대 위에서 느긋하게 뒹굴뒹굴하고 있었다.

……정말 시로한테 말했던 대로 마음껏 즐기고 있구나, 이 사람.

겉보기는 10대 초반 정도의 여자애니까 저런 행동도 별로 위화감이 안 느껴지지만, 이런 사람이 진짜 마왕이라는 거지?

왠지 신기한 기분이야.

"응? 왜?"

내 시선을 알아차렸는지 아리엘 씨가 침대 위에서 상반신을 일으켜 내게 묻는다.

『아, 아뇨……』

설마 머릿속에 떠올리고 있던 생각을 그대로 입에 담을 수도 없었던 탓에 잠시 우물거렸다.

"이미지가 달라서?"

그리고 내 속마음을 아리엘 씨는 아무렇지도 않게 딱 알아맞혔다.

"뭐, 나 같은 꼬마 여자애가 마왕이라는 말을 들어도 잘 안 믿기겠지."

내심 당황하는 나에게 아리엘 씨는 신경 쓰는 기색도 없이 실실 웃어줬다.

저 미소를 보고 있으면 힘이 빠진다.

아리엘 씨는 언제나 미소를 거두지 않는다.

생글생글 붙임성이 좋고 이렇게 여행을 하는 내내 나와 메라조피스의 안부를 늘 배려해줬다.

그뿐 아니라 매번 말없이 일을 벌이는 시로를 대신해서 사정을 설명해주기도 했다.

솔직히 아리엘 씨가 없었더라면 이 여행은 성립되지도 못했을 것이다.

그렇게 세세한 배려를 할 줄 아는 아리엘 씨는 확실히 마왕하고는 이미지가 맞지 않았다.

『그러게요. 마왕이라면, 뭐랄까, 좀 더 오싹오싹하고 무시무시하다는 이미지가 있으니까요. 아리엘 씨처럼 다정한 분을 마왕이라고 해도 솔직히 감이 잘 안 와요.』

"그렇겠지, 뭐. 음, 내가 다정한 사람이 맞는가는 다른 문제지만."

내 솔직한 감상에 아리엘 씨는 고개를 끄덕거렸다.

"뭐, 나 자신도 잘 안 어울린다는 자각은 있거든. 어쨌든 외모가 이런 꼴이니까."

그렇게 말한 아리엘 씨가 어깨를 으쓱거렸다.

『외모도 분명 그렇지만요, 꼭 집어서 말씀드리자면 알맹이가 더 이미지랑 안 맞아요. 아리엘 씨는 친절하잖아요.』

나는 생각했던 바를 솔직하게 말했다.

확실히 아리엘 씨의 외모는 마왕이라는 이미지에는 맞지 않는다.

그래도 그 이상으로 성격이 마왕이라는 이미지와 맞지 않는다.

모름지기 마왕이라면 도무지 말이 통하지 않는 절대악 같은 인상이 앞서니까.

실제로 인족에 퍼져 있는 마왕의 이미지는 그런 느낌이고…….

인족을 침공해서 멸망시키고자 여념이 없는 마족의 왕.

아리엘 씨는 이렇게 문제없이 인족의 도시에도 녹아들어 있고, 아예 말이 통하지 않는 악당들의 대장이라는 이미지와 거리가 멀다.

"아하하~. 그야 내가 전부 아닌 척 가면을 쓰고 있으니까. 소피아랑 메라조피스한테 친절한 건 확실히 동정이 드는 면도 있지만, 나머지 절반은 타산적인 이유거든~."

아리엘 씨가 아무렇지도 않게 뜻밖의 발언을 했다.

"소피아랑 메라조피스한테 친절하게 굴면 시로도 내 인상을 좋게 가져주겠지? 앞으로 사태가 어떻게 튀어 나갈지 나도 잘은 모르겠지만 말이야, 조금이라도 점수를 벌어 두고 싶어서야. 괜히 오래 산 게 아니거든. 착한 사람 연기도 인족들 틈에 섞이는 것도 식은 죽 먹기야."

그 폭로를 듣고 나는 쩍 벌어진 입을 다물 수가 없었다.

아리엘 씨, 외모는 소녀여도 무척 오래 살아왔다는 사실은 알고 있었고 그만큼 대인 관계의 경험치도 많아서 외면을 좋게 꾸미는 정도쯤이야 간단하겠지만요, 그걸 나한테 말해도 되는 건가요?

그런 속사정은 말을 안 하고 가만있어야 인상이 더 좋아질 텐데 말이죠.

『저기요, 그 말씀을 제게는 안 하는 게 좋지 않은가요?』

나도 모르게 묻고 말았다.

"후후. 사람은 말이야. 대가 없는 봉사에는 속내가 있지 않을까 의심하는 생물이거든. 저쪽의 속담에도 있잖아? 공짜보다 비싼 값은 없다고. 맞지?"

아리엘 씨가 고개 돌린다.

거기에는 물품을 구입하러 갔다가 돌아온 메라조피스가 멈춰 서 있었다.

"어서 와."

"……예, 이제 막 돌아왔습니다."

아리엘 씨의 인사에 메라조피스가 서먹서먹하게 대답했다.

메라조피스의 태도를 보고 방금 전 아리엘 씨의 발언은 나에게 들려주려는 것이 아니라 메라조피스에게 하는 말이었다는 사실을 깨달았다.

메라조피스는 아리엘 씨가 베풀어주는 후의의 이면에는 속내가 있지 않을까 경계하고 있었다는 거네.

물론 경계해 봤자 아리엘 씨의 힘을 앞에 두고는 전부 무의미하겠지만……

애당초 나는 아리엘 씨와 얼굴을 마주 대한 채 방금 전 말을 듣고도, 이 사람은 진짜 친절함으로 도와주고 있다는 생각밖에 들지 않는다.

"너희들은 내 도움을 받아서 윈. 나는 너희들을 잘 대해주고 시로에게 환심을 살 수 있으니까 윈. 양쪽 다 win-win으로 같이 이득을 보는 관계니까 이러면 된 거야. 아무것도 신경 쓸 필요 없어."

아리엘 씨가 그렇게 말하는데도 메라조피스는 불만스러운 얼굴이었다.

그야 그렇겠지.

왜냐하면 win-win이라고 표현하기에는 우리가 받는 대가가 너무나도 크고 거대하니까.

시로의 환심을 사는 그런 정도의 메리트만으로 우리의 뒤치다꺼리를 대체 어떻게 봐주겠어.

역시 그런 메리트, 디메리트는 빼놓고 친절하게 대해준다는 생각밖에 들지 않는구나.

메라조피스도 비슷한 결론에 도달했을까, 포기했다는 듯 한숨을 내뱉고는 의혹을 눌러 삼킨 것 같았다.

메라조피스는 짐작은 해도 내 신변의 안전을 위해 끝내 의심을 거둘 수 없었던 거야.

아리엘 씨는 그런 사정을 알고 있기에 굳이 이렇게 관계를 정리해준 게 아닐까?

메라조피스가 더 이상 쓸데없이 조바심을 내지 않도록…….

밑도 끝도 없는 의심 때문에 신경을 곤두세우다 보면 가만있어도 지쳐버리는걸.

아리엘 씨는 메라조피스가 납득할 만한 구실을 마련해줬다.

그 배려를 메라조피스도 받아들였다.

지금의 대화는 그런 주고받음이라고 생각한다.

본인의 말대로 괜히 오래 산 게 아니구나.

이런 세심한 배려를 할 줄 아는 사람이니까.

"그러하시다면 시로 님을 대하는 언동을 조금 더 개선하셔야 하지 않겠습니까?"

그렇지만 메라조피스도 가만히 당하기만 하진 않았다.

"아야! 거길 푹 찌를 줄이야. 되게 뜨끔하네!"

아리엘 씨는 호들갑스럽게 한숨짓더니 본인의 이마를 톡 때렸다.

우스꽝스럽고 까불거리는 태도였지만 저 사람의 눈 깊숙한 곳에서는 복잡한 감정이 엿보였던 것 같다.

사람의 내밀한 속마음을 이토록 잘 이해할 줄 아는 아리엘 씨도 시로와 관계를 구축하기는 정말 만만치가 않다는 뜻이 되려나.

막간 종자의 갈등

침대 위에서 아가씨가 가만히 숨소리를 내며 잠들어 있다.

흡혈귀가 야행성이라고는 하나 이제껏 겪은 여행의 피로가 작용했을 터다.

오랜만에 제대로 된 장소에서 누워 잠들 수 있다는 안심감도 더불어서 아가씨께서는 깊은 수면에 빠져든 듯 보였다.

무리도 아니었다.

전생자인 아가씨가 비록 정신 연령은 높을지라도 본인의 신체는 아직 너무나도 어리니까.

사실은 이토록 고된 여행길을 견딜 리 없었다.

본래는 부모의 보호하에서 매일매일 편안한 잠자리에 들어야 하는 연령이었다.

그리하거늘 어찌 사태가 이리되었단 말인가…….

돌아가신 아가씨의 부모님을 떠올리면 이제 눈물이 나오지는 않아도 가슴 먹먹해지는 설움이 복받친다.

끝없이 잠겨 들어가는 그 나락의 무게를 천천히 호흡과 함께 뱉어내고 기분을 가라앉혔다.

아무리 한탄한들 두 분께서 되살아나지는 않는다.

과거를 한탄할 틈이 있다면 차라리 아가씨의 미래를 위해 고민해야 한다.

그것도 아가씨의 의사에 달린 문제이기는 하지만…….

아가씨가 어떤 선택을 하든지 간에 나는 아가씨를 전력으로 지켜 드릴 뿐.

그것이 주인님과 사모님께서 최후의 순간에 내게 남긴 부탁이니까.

돌아가신 두 분의 유지를 위해서라도 내가 반드시 아가씨를 지켜 드려야 한다.

다만, 그럼에도, 그러려면 어떻게든 극복해야 하는 문제가 있었다.

조용히 아가씨의 곁에서 물러났다.

침실로 나오자 거실에는 아리엘 님이 의자에 편히 앉아 있었다.

"소피아는 잠들었어?"

"예. 제대로 된 침대에 눕는 것은 오랜만이니까요. 푹 잠들어 계십니다."

"그래? 그러면 메라조피스는 이제 외출하면 되겠네?"

아무렇지도 않게 꺼내는 그 말의 의미를 나는 일순간 이해하지 못했다.

"어? 안 가려고? 흡혈하러."

이어지는 말이 나를 경직시켰다.

얼굴이 딱딱하게 굳어버린다.

이분은 나더러 흡혈을 하러 다녀오라고 말한 것이다.

즉 인간을 덮치고 오라는 말을 한 것이다.

"안 가겠다면 별로 상관없어. 그런데 곤란해지는 사람은 너잖아? 소피아는 진조니까 피를 안 마셔도 문제없지만, 메라조피스는 그렇지 않거든. 이제 슬슬 제대로 피를 섭취하지 않으면 힘들어질걸?"

아픈 데를 찔려서 나는 입을 다물었다.

나는 아가씨에게 피를 빨림으로써 흡혈귀가 됐다.

거기에 불만은 없다.

그 상황에서는 나도 아가씨도 살아남을 방법이 달리 없었으니까.

그렇지만 불만은 없을지라도 불안감이나 불편함이 생긴다.

흡혈귀의 약점.

흡혈귀가 된 나는 반드시 피를 마셔야 살아갈 수 있는 몸이 되었다.

그뿐 아니라 햇빛을 뒤집어쓰면 피부가 타오르고, 그 밖에도 몇몇 약점이 더 있었다.

진조로 태어난 아가씨께서는 그런 약점을 염려하지 않아도 된다.

그러나 권속에 불과한 나는 아가씨처럼 내성을 갖지 못했다.

이제껏 여정에서는 시로 님이 만들어주신 로브로 온몸을 덮어 가림으로써 햇빛을 차단하고, 중간중간 시로 님이 사냥한 마물의 피를 입에 넣어서 버틸 수 있었다.

그럼에도 마물의 피는 결국 임시방편에 지나지 않았다.

이 입에 맞는 것은 인간의 피다.

마물의 피로도 목숨을 부지할 수는 있겠지만 그래서는 여차할 때에 힘을 발휘할 수가 없게 된다.

실제로 날이 지날수록 나는 몸이 무거워지는 감각을 맛보고 있었다.

흡혈귀가 된 이후 나는 스테이터스가 상승했지만 이대로 피를 마시지 않고 매일을 보내다 보면 머지않아서 인간이었을 때와 마찬가지의 수준, 혹은 그보다 더 약해져버릴 테지.

아가씨를 지키기 위해서는 피해야 하는 상황이었다.

스스로도 잘 알고 있었으나 역시 인간을 덮쳐서 피를 빨아 마시는 행위에는 거부감이 앞서 나왔다.

아가씨를 반드시 지켜드려야 한다는 사명감과 무고한 행위에 대한 혐오감이 충돌하는 탓에 행동으로 옮길 수가 없었다.

"가지 않겠다면 굳이 도시에 들른 게 헛수고가 되는데 말이야."

투덜거리는 아리엘 님의 말소리가 귀를 푹 찔렀다.

아리엘 님의 말씀인즉 내게 피를 공급하기 위해서 이 도시에 들렀음을 뜻하고 있었다.

물자 보급 따위는 어디까지나 부차적일 뿐, 본 목적은 바로 흡혈이라고…….

확실히 듣고 보니 이상한 말은 아니었다.

아리엘 님도 시로 님도 식량은 자급자족이 가능하고, 우리의 사정을 감안하면 무리하면서 도시에 들를 필요도 없었다.

굳이 용건을 만들어 도시에 들른 이유는 나를 위해서다.

"하오나, 인간을 덮친다는 것은…….."

그런 배려까지 다 받아 놓았거늘 그럼에도 나는 미처 결단을 내리지 못했다.

"으음, 마음은 모르는 바가 아니지만 말이야. 언젠가는 각오를 다지지 않으면 자꾸자꾸 더 힘들어지기만 할 텐데? 이런 건 차라리 빨리빨리 경험하는 게 나아. 질질 끌면 끌수록 결심을 못하게 될걸?"

아리엘 님의 말씀은 옳았다.

이대로 현재 상황을 질질 끌기만 한다면 언제까지고 앞으로 나아가지 못한다.

이미 나는 인간이 아니잖은가.

인간이 아닌 흡혈귀가 된 이상 흡혈귀로서 살아 나가야 한다.

아리엘 님은 진심으로 내 안부를 걱정해서 이렇게 제안을 해주시고 있다.

하지만 지금껏 인간으로서 살아왔던 내 양심이 흡혈귀의 삶을 부정했다.

나의 내면에서 미처 받아들이지 못하고 있는 답답함이 불경하게도 자신을 친인처럼 염려해주고 계시는 아리엘 님에 대한 반발심으로 바뀌려고 한다.

입을 열었다가는 감당 못 할 말이 튀어나올 것 같아서 나는 각오도 미처 다지지 못한 채 도망치듯 바깥으로 다리를 움직였다.

밤중의 도시 안을 정처 없이 걷는다.

한심한 놈.

아가씨를 지켜드리겠다고 굳게 다짐했음에도 불구하고 지금의 나는 자기 자신만으로도 힘에 겹지 않은가.

이따위 꼴로 어떻게 감히 아가씨를 지켜드리겠다는 말인가.

애초에 현재 상황에서는 아가씨뿐 아니라 나도 포함하여 아리엘 님과 시로 님의 보호를 받고 있었다.

반드시 보호하겠다고 맹세한 작자가 보호를 받고 있다.

두 분에게만 할 말이 아니었다.

아가씨에게도 나는 보호받고 있다.

흡혈귀가 되지 않았더라면 나는 그 자리에서 이미 죽었을 테니까.

거기에 불만을 품어서는 안 된다.

거기에 불만을 품는다 함은 자신의 목숨이 붙어 있음에 불만을 품겠다는 말과 다르지 않았다.

그 이상으로 흡혈귀의 삶을 부정하는 행위는 곧 아가씨를 부정하는 행위가 된다.

그것만큼은 절대로 용납할 수 없었다.

다른 누가 무엇이라 하든지 나만큼은 아가씨를 긍정해드려야 한다.

그것이 아가씨를 지키겠다고 아가씨의 부모에게 맹세했던 나의 책임이겠다.

육체적인 안위뿐 아니라 아가씨의 마음까지도 내게는 지킬 의무가 있었다.

그러니까 나도 흡혈귀가 된 현실을 받아들이고 그에 따르는 삶을 살아야 한다.

설령 인간을 덮쳐서 생피를 빨아 마시는 명백한 범죄 행위일지라도 기꺼이……

결의를 굳힌 그때 눈앞으로 여성이 지나가고 있었다.

젊은 여성이다.

이런 한밤중에 바깥을 돌아다니는데도 발걸음에는 불안의 빛이 보이지 않고 자신감이 가득 흘러넘친다.

허리에는 언뜻 봐도 손때 묻도록 오래 썼음을 알아볼 수 있는 검이 달려 있었다.

차림새로 짐작하건대 모험가.

게다가 분위기를 보면 햇병아리라고 평할 수 없을 만큼 어엿한 기량을 갖춘 검사.

여성은 긴장한 기색도 없이 사람들의 왕래가 드문 골목길로 들어섰다.

그 등 뒤를 따라간 것은 무의식적인 행동이었다.

꿀꺽, 입맛을 다시다가 퍼뜩 정신 차렸다.

나는 지금 저 여성을 사냥감으로 인식했다.

그 사실에 아연실색했다.

그럼에도 다리는 멈추지 않았다.

본능이 저 여성의 피가 극상의 맛임을 알리고 있었다.

햇볕에 탄 건강한 갈색 목덜미에 엄니를 박아 넣고 피를 빨아 마시고 싶다.

그런 충동이 덮쳐들었다.

그런 본능에 대하여 이성이 제동을 건다.

범죄 행위라고…….

그렇지만 이성의 그런 인식에 대하여 본능과는 다른 냉정한 부분이 속삭거리고 있었다.

범죄라고 인식하는 그 마음은 인간의 잔재에 지나지 않노라고.

정녕 흡혈귀로서 살아가는 삶을 각오하겠다면 인간의 윤리에 사로잡혀서는 안 된다.

"실례합니다."

짧은 갈등을 끝내버린 뒤 나는 여성에게 말을 건넸다.

"그래, 왜?"

뒤를 밟고 있었던 내 존재를 이미 뻔히 다 알아차린 듯 여성은 당황하지 않고 뒤돌아섰다.

자연체로 보이면서도 손은 언제든 검을 뽑기 위해서 방심하지 않고 긴장돼 있었다.

……바보인가, 나는.

어디를 봐도 숙련된 전사임을 알 수 있는 상대를 가장 첫 번째 사냥감으로 선택하다니 어찌 이리도 무모할 수가 있는가.

아무래도 나는 어지간히도 마음이 조급했었나 보다.

그래도 이제 와서 물러날 수는 없었다.

지금 물러나면 아마도 나는 두 번 다시 인간을 덮칠 수 없을 것이다.

여성의 눈을 똑바로 보고 마안을 발동시켰다.

흡혈귀가 갖추고 있는 힘의 하나, 최면의 힘을 지닌 마안.

눈을 마주친 상대를 잠깐 동안 꼭두각시로 만드는 효과가 있었다.

"헉?! 느닷없이 공격을 펼칠 줄이야, 제법이군그래!"

그러나 여성이 곧장 눈을 돌렸기에 마안의 효과가 끊어져버렸다.

그뿐 아니라 재빨리 검을 뽑아 들고 이쪽으로 휘둘러 댔다.

즉시 옆으로 피했다만 내가 의도한 이상으로 몸이 세차게 날아 그대로 벽에 부딪치고 말았다.

아차!

인간이었던 시절의 감각으로 휙 물러나버렸다!

나는 흡혈귀가 된 까닭에 인간이었던 시절보다 능력치가 현저히 상승했다.

인간이었던 시절의 감각으로 전력을 다해 뛰어서 물러나면 이렇게 되는 것도 당연하다.

"끄악?!"

당황하는 내 어깨에 검이 꽂혀 들었다.

그대로 관통한 검이 벽에다가 나를 꽉 고정시켜 놓았다.

"맥은 도대체 뭐지? 움직임은 아예 형편없는데. 그런데도 내 감이 이 녀석은 위험하다고 소리를 지르네? 영문을 모르겠군."

여성이 검을 돌려서 상처 부위를 헤집었다.

통증이 덮쳐들었지만 상상했던 만큼 대미지가 크지는 않았다.

그야 그럴 수밖에—.

나는 흡혈귀.

인간과 달리 재생 능력이 월등하다.

"뭐?!"

여성이 놀라 소리 질렀다.

내가 검에 꿰뚫린 채 한 걸음 앞으로 내디뎌서 여성의 목으로 손을 뻗었으니까.

움직임을 봉인한 줄 여겼던 상대가 설마 제 몸에다가 더욱 깊숙이 검을 밀어 넣으면서 닥쳐든다는 예상은 못 한다.

여성은 즉시 검을 손에서 놓고 거리를 벌리려고 했지만 그보다는 내 손이 목을 거머쥐는 속도가 더 빨랐다.

목을 붙잡아서 그대로 자세를 반전.

방금 전과 반대로 여성을 벽에 밀어붙여서 틀어박았다.

그다음은 고통에 일그러진 여성의 눈을 들여다봤다.

"으, 앗?!"

최면의 마안의 힘을 발휘하고 동시에 목을 조른다.

여성은 저항을 시도했으나 마안의 힘과 목을 졸리는 괴로움 양쪽을 모두 견디지는 못했다.

눈에서 이성의 빛이 사라졌다.

그것을 확인한 나는 여성의 목덜미에 망설이지 않고 엄니를 박아 넣었다.

"어서 와."

아리엘 님이 인사하는데도 나는 대답할 기력이 없었다.

말없이 머리 숙이는 것이 고작이었다.

그대로 바삐 다리를 움직여 침실로 걸어간다.

"고생 많았어."

옆을 지나갈 때 아리엘 님은 고생했다는 말을 건넸다.

역시 이번에도 대답하지 못하고 도망치듯이 침실로 들어갔다.

침대 위에서 아가씨는 편안히 잠들어 있었다.

그 모습을 본 순간 힘이 쭉 빠져서 주저앉고 말았다.

바닥에 주저앉은 채 떨리는 손을 마주 대고 기도하는 모양을 만든다.

주인님, 사모님, 여신님.

부디 아가씨의 앞날을 굽어봐주시옵소서.

그리고 아가씨를 지키기 위해 죄를 범하는 저를 용서해주십시오.

처음으로 맛본 피 맛은 도취될 만큼 감미로웠다.

그대로 전부 다 남김없이 빨아 마시고 싶다는 충동에 휩싸였을 만큼…….

엄니를 박아 넣음으로써 여성의 전부를 지배한 듯한 저열한 희열이 고조되기도 했다.

이성을 총동원하여 간신히 자제할 수 있었지만 그대로 충동에 휩쓸렸다면 과연 어떻게 됐으려나.

나는 자기 자신이 두려웠다.

피를 빨리면서 넋을 놓은 여성에게 마안의 힘으로 오늘 밤 겪은 일을 잊어버리도록 암시를 걸어 뒀으나, 그것이 제대로 성공했는가 확인까지 할 여유는 없었다.

그저 오로지 현장을 당장 벗어나야겠다는 생각으로 머릿속이 가득했었다.

그곳에 머물렀다가는 충동을 못 이기고 진짜 여성의 피를 바짝 빨아 마실 것 같았기에…….

손이 떨린다. 손뿐 아니라 몸 전체가 떨린다.

이것이 흡혈귀의 마땅한 삶인가.

인간을 덮치고 피를 빨아 마신다.

앞으로는 그렇게 살아가야만 한다.

버틸 수 있는가? 내가?

흡혈귀가 되었다는 사실에 불만은 없다.

불만은, 없을 터인데.

없어야 한단 말이다.

안 그러면 아가씨는 외톨이가 되어버린다.

아무도 아가씨를 지켜드리지 못한다.

내가 아가씨를 지켜드려야 하지 않은가.

그 맹세를 내가 깨뜨릴 수는 없다.

절대로.

그렇지만 오늘 밤은, 오늘 밤만큼은 약한 모습을 보이는 저를 용서해주십시오.

몸을 부들거리면서 나는 계속 줄곧 기도했다.

2 남의 집 아이 옷바라지

서~글~픈~ 사~람~, 남~겨~졌~도~다~.

작사 작곡, 나.

제기랄, 마왕 녀석.

나 혼자 노숙을 시켜 놓고 녀석들은 여관에서 편하게 지내겠다고?

따뜻한 침대, 게다가 여관에서 제대로 된 식사까지 먹는다?

용서 못 해!

젠장! 나도 먹고 싶다고!

흥! 됐다, 뭐. 나는 나대로 마물 고기 파티를 열어줄 테야.

마물 고기를 잔뜩 꺼내다 놓고 닥치는 대로 구워서 먹는다.

위쪽의 인간 입과 아래쪽의 거미 입까지 두 주둥이로 동시 냠냠이다!

분풀이로 과식을 감행하는 나를 인형 거미 두 녀석이 체육 시간에 앉는 자세로 앉아서 지켜보고 있었다.

마왕이 내 감시를 맡기려고 소환한 녀석들이거든? 그나저나 어쩐지 고기 구워 먹는 나를 부러운 듯이 보는 것 같은데 착각일까?

인형 거미는 인형의 몸을 내부에 있는 손바닥 사이즈의 거미가 실을 써서 조종하는 마물이다.

당연히 겉모습은 인형과 다를 바 없고 표정은 아예 바뀌지도 않는다.

그래도 분위기로 은근슬쩍 전해지거든.

투시를 발동하고 인형의 안에 있는 본체를 들여다보면서 고기를 손에 들어 좌우로 흔들어본다.

인형의 머리 부위는 안 움직이지만 인형의 안에 있는 본체 거미가 고기의 위치를 따라 꼬물꼬물 움직였다.

그렇구나. 너희도 먹고 싶구나.

음음, 같이 남겨졌도다를 당한 동지니까.

이번에는 관대한 마음을 발휘해서 고기를 나눠 주겠어.

인형 거미들에게 고기를 내밀었다.

고기를 본 인형 거미들은 기쁨과 당황함이 반반씩, 좀처럼 손을 뻗지 않았다.

고기는 먹고 싶지만 감시 대상에게 먹거리를 받아도 되나 싶어서 망설이는 건가?

맘 넓은 내가 베풀어주는 고기니까 사양하지 말라고.

살짝 억지로 고기를 넘겨줬다.

그러고도 한동안 머뭇머뭇하면서 굳어 있는 인형 거미들을 방치한 채 여봐란듯이 고기를 뜯어 먹었다.

맛있어라.

피 빼기를 착실히 하고 거기에 보존 방식을 신경 써서 처리함으로써, 이제껏 어떤 가공도 하지 않았던 시절과 비교도 되지 않는 감칠맛이 나온다.

이 방법은 마왕에게 배웠다.

과연 오랜 세월을 살아온 만큼 지식도 장난 아니었다.

피 빼기는 이제까지 생각도 한 적이 없었는데 듣고 보니까 보통은 하는 작업이었거든.

나는 막 날로 먹어 치웠으니까 그야 고기가 비린내 나고 맛없는 것도 당연한 줄 알았지.

뭐, 따로 가공해 봤자 엘로 대미궁의 마물 고기가 맛있어질까 돌아보자면 의문스럽지만 말이야.

걔네는 거의 다 독을 갖고 있는걸.

그에 비해서 바깥의 마물 고기는 참 맛있다, 응응.

피 빼기를 하지 않아도 평범하게 맛있거든.

거기에다가 또 공들여서 피 빼기 과정을 더했으니까 당연히 맛있고말고!

피 빼기를 해서 고기의 노린내를 없애고, 그런 데다가 보관해 놓는 공간 수납 안의 환경을 보존에 적합한 상태로 조정하여 고기의 감칠맛을 더욱더 잘 끌어내고 있다.

지금까지 공간 수납은 딱히 설정을 신경 쓰지 않고 기본 상태로 사용했었는데, 이공간에 물건을 수납할 수 있는 이 스킬의 특성상 그 이공간의 환경을 자기 뜻대로 바꿀 수도 있더라고…….

물건을 보존하는 기능이니까 보존에 적합한 환경으로 전환할 필요도 때때로는 있는 거잖아?

그리고 공간 수납의 이공간 온도나 습도 따위를 보존에 적합한 상태로 변경한 뒤 살짝 숙성이 진행되도록 손썼다!

어디까지나 가볍게 말이야.

숙성은 괜히 실수해서 썩히면 큰일이니까 그 방면의 프로도 아니고 경험도 없는 나는 살짝살짝 할 수밖에 없지, 뭐.

공간 수납의 환경을 기본 이외의 상태로 유지하기도 만만치 않은 일이었다.

그래도 효과는 최고!

이제까지 먹었던 고기는 대체 뭐였냐고 저절로 한숨이 나올 만큼 훌륭한 고기로 바뀌는 마법!

그 고기를 불에 넣어서 거침없이 통구이 한다.

만화 고기를 방불케 하는 큼지막한 고기에 간 맞춘 소스를 마구 발라서 곧바로 우걱우걱.

어쩜 이리도 사치스러운 식사일까!

이러고도 가격은 0엔.

싸다, 맛있다, 많다, 삼박자를 다 갖춘 신바람 나는 양념 고기구이.

다이어트 중인 여자에게는 절대로 보여줘선 안 되는 별식이지만 이 자리에 있는 것은 나랑 인형 거미가 전부…….

살찔 걱정을 할 필요도 없었다.

구워서 먹고 구워서 먹고, 반복 또 반복.

그런 내 먹성을 본 인형 거미 중 하나가 더는 견디지 못하고 고기를 먹기 시작했다.

그러고 보니 이 녀석들은 밥을 어떻게 먹나 궁금했었는데, 인형의 입에 해당하는 부분을 크게 확 벌리더니 그 안쪽으로 고기를 쥔 손을 팔꿈치 부근까지 밀어 넣어서 본체에게 갖다 주는 수순이었다.

옆에서 보면 살짝 무서웠다.

한 녀석이 고기의 유혹에 함락당하자 다른 한 녀석이 같이 백기를 들어 올렸다.

머뭇머뭇 입을 벌리고 같은 방법으로 손을 푹 집어넣어서 고기를 본체에게 갖다 준다.

……뭘까, 이루 말할 수 없는 패배감.

직접 눈에 비치는 모습은 인형이 입을 커다랗게 벌려서 그 안쪽으로 팔을 푹 밀어 넣는 터무니없이 초현실적인 광경이었는데도 거기에 다다르는 과정이며 동작이 터무니없이 귀여웠다.

이 녀석들, 여자력이 나보다 더 높지 않아?

성별을 제대로 알아볼 수 없는 외모인데도 참 대단한 녀석들이다.

생각해보면 이 녀석들도 마왕의 산란 스킬로 태어났을 거란 말이지.

산란 스킬은 아이를 낳는다기보다는 무성 생식에 의한 열화 클론을 만들어 내는 스킬이라는 느낌이고, 그렇게 생각하자면 이 녀석들의 성별은 마왕과 마찬가지로 아마 암컷이겠네.

거기에 또 무기를 쥐고 익히고 휘두를 만큼 지능이 발달됐을 테고, 마왕의 지시를 얌전히 따르는 모습을 보면 적어도 말귀를 알아들을 만큼 머리가 있다는 건데…….

외모에 속아 넘어갔을 뿐 이 녀석들은 훌륭한 소녀로구나.

설마 이 녀석들에게 여자력으로 패배감을 맛보게 될 줄은 몰랐다.

어, 어쩔 수 없잖아!

나도 전세에서 바깥에 나갈 때는 나름대로 깔끔하게 하고 다녔지만 집 안에서는 언제나 편한 차림새였는걸!

다시 태어난 다음에는 여자력을 발휘할 여유가 전혀 없었으니까 살짝 시들었어도 어쩔 수 없다고!

나도 제대로 마음먹으면 그런대로 그럭저럭 그걸 발휘할 수가 없지도 않단 말이야!

그러면 우선은 무얼 해야 할까?

고기를 베어 물면서 눈앞의 인형 거미들에게 승리할 방책을 짜낸다.

그래, 몸동작으로는 일단 승산이 없어.

신바람 나서 고기를 먹어 치우고 있는 지금의 내 몸동작에 귀여움성 따위는 전혀 없었다.

그러하다면 외모로 승부를 겨룰 수밖에!

새삼스럽게 자신의 차림새를 돌아본다.

가슴에 예의상 대충 천을 감아서 가린 게 고작인 야생의 인간형 모습을…….

큭?! 이런 차림새라면 섹시 노선으로 못 갈 것도 없겠지만 자칫 치녀로 몰리기 일보 직전이잖아!

이거야 빨리 조치를 취해야겠군!

나머지 고기를 전부 해치우고 뒷정리도 마쳤다.

인형 거미들도 이제는 건네받은 고기를 다 먹은 즈음이었다.

고기 한 덩이 갖고는 모자라지 않을까 신경 쓰였는데, 생각해보니까 이 녀석들의 본체는 손바닥 사이즈의 거미잖아?

그래 갖고 먹어봐야 얼마나 먹겠어.

오히려 본체와 비슷한 크기의 고기 덩어리를 다 먹었다는 게 더 놀라울지도?

작으면 그만큼 식량이 적어져도 되니까 좋겠다.

대가 소를 겸하는 시대는 이미 지나갔다.

소는 대를 겸하는 시대가 도래했고…….

어라? 그런데 나는 진화 전 조그마했을 때부터 꽤나 대식가였던가?

안 돼. 더 이상은 떠올리면 안 되는 안건이올시다.

얼른 잊어버리고 다음 작업에 착수합시다.

다음 작업, 옷을 만들겠도다!

실을 뽑고 실부림을 활용하여 천을 만들어 낸다. 그다음은 인간형의 손을 써서 그 천을 옷 모양으로 쓱쓱 재단했다.

이런 작업을 아무 도구도 없이 진행하기란 보통은 불가능하지. 다만 이것은 나 자신이 뽑아낸 실로 만든 천이다.

실부림을 쓰면 가공도 자유자재.

내가 갖고 있는 실 관련 스킬은 신직사(神織絲), 레벨 맥스.

이 스킬의 힘을 쓰면 옷 만들기 쯤이야 식은 죽 먹기로다!

맘만 먹으면 복식 업계에 행패를 부릴 수 있는 수준인걸?

그래, 뭐. 마더는 이 스킬을 써서 미궁의 벽이며 바닥을 덮어 가릴 만큼 감쪽같은 위장술을 선보인 적도 있었잖아.

그만한 규모로 굉장한 재주를 부릴 수 있는 스킬을 써서 한 벌의 옷을 만든다.

이리도 사치스러운 스킬 활용법이 또 있을까.

그렇게 사치스러운 활용법으로 만든 의상을 아무 데나 굴러다니는 옷가지랑 비할 수는 없는 법.

별로 시간을 들이지 않고 완성한 결과물은 간단한 디자인의 원피스였다.

온통 하얀색으로 프릴 등등 장식도 거의 없음.

심플 이즈 베스트를 본받아서 허리둘레와 팔 부위는 가느다랗게,

그리고 가슴 주변은 너무 강조되지 않도록 사뿐사뿐하게 마무리 짓는다.

내가 봐도 훌륭한 만듦새라고 자부한다.

SP, MP를 듬뿍 쏟아부어서 만든 까닭에 방어력도 겉보기와 달리 높았다.

그 때문인지 왠지 모르게 신비적인 분위기마저 흘러나온다.

즉시 새 옷을 입고 인형 거미를 향해 자랑스럽게 선보이기.

인형 거미는 여섯 개 달린 팔을 전부 써서 박수 쳐줬다.

그래그래, 대단하지?

더 칭찬해주시게나.

왠지 새 옷을 입은 내 모습을 칭찬해준다기보다는 옷 만드는 솜씨에 칭찬을 보낸다는 느낌이 들기는 하네. 뭐, 어때!

인형 거미들도 순순히 감탄하면서 옷을 빤히 바라봐주고 있으니까.

한동안 자랑 대회가 이어졌다. 그러던 중에 인형 거미 한 녀석이 뭔가 안절부절 몸을 꿈실거린다.

처음에 고기를 받아먹은 녀석이었다.

그리고 더는 못 참겠다는 듯이 내 흉내를 내서 옷을 만들기 시작했다.

그것을 본 다른 한 녀석도 잠깐 동안 안절부절 시선을 헤매다가 마찬가지로 옷을 만들려고 했다.

두 녀석이 같은 종족인데도 성격은 살짝살짝 다른가 보다.

먼저 작업에 착수한 개체가 살짝 더 적극적인 듯했다.

옷을 만드는 인형 거미 둘, 그래도 작업 속도는 나와 비교하면 꽤나 느렸다.

인형 거미는 본체에 해당하는 손바닥 사이즈의 거미가 내부에서 실을 움직여 인형을 조종하는 성질 때문에 실 관련 스킬의 레벨이 높았다.

그럼에도 신직사까지 도달하지는 못한 터라 어쩔 수 없이 나보다는 솜씨가 떨어진다.

하다못해 참고라도 하라는 마음으로 나 또한 다시 한 번 옷을 만들기 시작했다.

다만 이번에는 손동작, 몸동작을 인형 거미들이 알아볼 수 있게 천천히…….

인형 거미는 팔이 여섯 개나 달렸으니까 민소매 디자인의 옷을 만들었다.

중간중간 내게 지도를 받아 가면서 차차 옷을 완성시켰다.

그리고 밤늦은 시간에 마무리.

시간을 들여서 완성시킨 그 옷을 부리나케 걸쳐 입는 인형 거미들.

큰일 났다.

겉모습은 여전히 변함없이 마네킹 형태 그대로인데, 옷 한 벌 달랑 입혔다고 성별이 분명해졌다.

이전까지는 척 봐선 남녀 구분도 안 되는 무기질적인 모습이었는데도 옷이라는 요소를 하나 더하자마자 여자라는 것이 분명하게 강조된다.

이것은?!

옷 따위야 입은 인간을 돋보이게 해주는 역할밖에 안 한다고 생각했었다.

입은 인간이 괜찮으면 어떤 옷을 입든 간에 그런대로 볼품이 나기 마련이라고…….

그 인식이 뒤집혔다.

단순한 무기물 덩어리였던 녀석들이 옷 한 벌 걸쳤다고 이리 바뀐단 말인가!

내가 어쩌면 옷을, 아니, 패션 전반을 살짝 얕봤나 보다.

그나저나 이렇게 되고 보니까 좀 더 꾸며주고 싶어지거든.

옷을 입고 꽤 분위기가 바뀌었다지만 그래도 아직은 마네킹인걸.

백화점에 세워 놓는 견본이랑 똑같아.

하지만, 하지만!

옷만 입혀 놓아도 이토록 바뀐다면야 좀 더 공을 들이면 더욱 여자다워지지 않을까?

해보고 싶다.

굉장히 흥미가 솟구칩니다.

쇠뿔도 단김에 빼랬다.

다행히 나도 이 녀석들도 상태 이상 무효 스킬 보유자.

수면 무효 스킬의 상위 호환인 이 스킬을 갖고 있으면 수면을 안 취해도 문제없음.

밤은 아직도 한참 남았소이다!

"웬일이래? 잠깐 안 보는 동안 미인이 늘어났네?"

도시에서 돌아온 마왕이 제일 처음 한 말은 이거였다.

흡혈 양이 신기하다는 표정을 짓고 있었다.

유일하게 흡혈 양을 안고 있는 메라만 반응이 밋밋했다.

반응이 담백해서 약간 아쉬움이 느껴지지만, 어쩔 줄을 모르고 난감해하는 마왕의 표정은 바라만 봐도 속이 후련하니까 성공으로 치자.

마왕의 시선 저편에는 인형 거미들이 있었다.

하룻밤 사이에 못 알아볼 만큼 변화한 저 모습.

옷을 입히고 가발을 뒤집어씌워서 여성스러움을 끌어올린 뒤 얼굴을 만듦에 따라 인간다움을 끌어올렸다.

가발은 머리카락의 질감을 실로 재현하고 대량으로 뽑아내다가 이식했다.

거기까지는 금방 해치웠는데 그다음 단계가 난제였다.

이 이상 손을 보려고 들면 몸을 토대부터 다시 만들 필요성이 생기기 때문이었다.

왜냐하면 인형 거미의 몸은 어차피 결국 인형이니까.

더한 여성스러움을 표현하려면 몸 자체에 손을 쓰지 않는 한 방법이 없었다.

이번에는 나도 낭패감이 꽤 컸다.

그래도 포기하지 않고 인형 거미의 몸을 주의 깊게 감정한 결과, 놀랍게도 실로 만들어졌음을 알아냈다.

당연히 나무라든가 다른 재료로 만든 줄 지레짐작했는데……. 극세사를 겹겹이 친친 감아서 단단하고 딱딱하게, 그걸 또 겹쳐서 파츠를 만들고 맞붙여 놓은 것이 인형 거미의 몸이었다.

실은 굉장하구나~.

인형 거미의 몸이 실로 만들어졌다니 그럼 어쩌면 더한 발전을 기대할 수도 있지 않을까?

어쨌든 내 스킬은 인형 거미들보다 높은 레벨의 신직사니까.

도전해서 안 될 일은 없다고!

그런고로 시행착오를 거듭한 끝에 나는 인간의 피부와 비교해도 극히 가까운 촉감을 천으로 재현하는 데 성공했다.

물질이란 원자 단위가 연결된 실, 그것들의 집합체.

그렇게 생각한다면 모든 물질은 실로 구축됐다고 볼 수도 있겠다.

그렇다면 실을 뽑아내서 자유자재로 다룰 수 있는 신직사에 재현 불가능한 물질은 존재하지 않는다는 의미가 된다.

이렇듯 꽤나 수상쩍은 억지 논리를 이리저리 비비 꼬아서 억지로 밀어붙인 끝에 나는 결국 해냈다.

어쨌든 진짜 만들어져버렸으니까 지적은 받지 않겠음!

실은 굉장하구나~.

뭐, 그렇게 완성한 피부 비슷한 천을 인형 거미의 얼굴에 붙였다. 겸사겸사 이목구비를 만들어 붙여서 더욱 인간스럽게 보이도록 해줬다.

뭐, 그럼에도 완성은 아직 멀었지만 말이야.

코는 구멍 안쪽이 여전히 막혀 있고, 눈은 피부를 만들 때와 같은 논리로 제작한 유리구슬 모조품을 끼워 넣었을 뿐.

입술도 질감을 아직 전혀 재현 못 했으니까 세세히 살펴보면 숙제가 많다.

무엇보다도 표면에 피부 모조품을 붙여 놓은 것이 전부라서 쓰다

듬는 감촉은 인간과 꽤 비슷하지만, 콕 찔러보면 탄력 때문에 인간의 피부가 아닌 게 확 드러난다.

그 점을 개선하려면 본격적으로 인형 거미의 토대부터 공들여서 손볼 필요가 있다는 건데…….

피부의 아래쪽을 재현해야 해결할 수 있는 문제니까.

그렇지만 미처 손쓰지 못한 부분을 전부 개선하자면 끝이 안 난다.

중요한 건 현재 인형 거미들이 얼마나 예쁘장하게 바뀌었냐는 것!

마왕이나 흡혈 양의 반응을 보면 그 성과는 짐작하고도 남겠지!

그야 인간으로 잘못 볼 만한 수준은 아직 멀었어도 이전의 더 마네킹 상태보다는 꽤나 진화했다.

이만하면 더 마네킹에서 장난감 인형으로 격이 오른 셈이다.

나 스스로 제법 좋은 솜씨였어.

……어?

이상하네?

다들 시선이 인형 거미들한테 쏠려 가지고 내 신상 원피스에는 전혀 관심도 안 주네?

이상하다.

내 여자력을 과시하기 위해 시작한 일이었는데 어느새 인형 거미의 여자력 폭등 기획으로 변경이 되어버렸다?

이해 안 되네.

큭!

이게 대체 무슨 일이냐?!

전부 다 인형 거미들이 귀여워서 그래. 내 잘못 아니야!

그렇게 분노의 방향을 인형 거미들에게 보내봐도 정작 당사자들은 나를 존경의 시선으로 보고 있었다.

왠지 유리구슬 눈동자가 반짝반짝 빛나는 것처럼 보인다.

그, 그런 눈빛으로 보면 화나도 화를 못 내잖아.

으으…….

어쩌다가 이렇게 됐지?

망했어요~.

R2 할아범, 제자 입문을 간청하다

"이럴 수가?!"

엘로 대미궁에 전이한 나를 마중한 것은 경악할 만한 광경이었다.

그곳은 이전에 내가 그분과 만나 부대를 괴멸당했던 장소.

안내인의 말에 따르면 중층으로 이어진다는 그 공간에서 무수히 많은 존재가 꿈틀거리고 있었다.

시야를 가득 메우는 하얀 거미 떼.

개체마다 몸집이 다르고 크고 작음도 제각각.

작은 녀석은 손바닥에 올려놓을 수 있을 정도이고, 큰 녀석일지라도 내 허리춤밖에 못 오는 신장이었다.

큰 녀석은 딱 유체 타라텍트종과 비슷한 크기인가.

타라텍트종과 닮은 모습이지만 앞다리 두 개가 낫 모양이라는 차이가 있었다.

겉모습은 그분과 꼭 닮았군.

그러나 모습은 닮았을지언정 느껴지는 힘은 아득하게 뒤떨어진다.

아마도 덩치가 곧 힘과 직결되는 듯싶다. 제일 작은 녀석에게서 느껴지는 힘은 밟아 뭉개면 맥없이 찌부러질 것처럼 그야말로 연약할 따름이었다.

다만 큰 녀석은 그럭저럭 강했다.

햇병아리 모험가는 감당하기 어려울 만한 힘이 느껴졌다.

그런 녀석들이 헤아리기도 귀찮을 만큼 광장을 가득 메우고 있다.

적어도 100은 우스운 숫자가 되지 않으려나.

게다가 숫자가 아직껏 계속 불어나고 있었다.

무수히 많은 거미에게 보호받는 위치에 작고 동그란 물체가 잔뜩 굴러다니고 있었다.

알이로군.

그 알이 내가 보고 있는 동안에 부화하고 안에서 하얗고 작은 거미가 바깥으로 기어 나온다.

막 태어난 거미는 방금 전까지 자신이 들어 있었던 알껍데기를 먹어 치우다가 다 먹은 다음은 광장을 떠나갔다.

은밀 스킬과 환각 마법으로 모습을 감춘 내 곁으로 작은 거미가 수없이 지나쳐 가고 있었다.

그와 교대하듯이 마물의 시체를 운반해 오는 다른 거미가 광장으로 진입한다.

나가고 들어가고 끊임없이 내 옆을 지나다니는 거미 떼.

그분의 마법을 직면했을 때만큼은 아니라 해도 한기가 드는구먼.

즉시 몸을 숨긴 것이 정답이었어.

한 녀석씩 덤빈다면야 문제가 없다 해도, 이만한 숫자를 한꺼번에 상대하고자 들면 아무리 나라도 무사할 수는 없는 노릇이지.

발각당하지 않도록 감정은 하지 않은 까닭에 상세한 스테이터스는 모르겠다만, 큰 녀석은 아마도 평균 300 전후는 되지 싶군.

뭐, 그게 전부라면 못 이길 것도 없다.

상당히 불리한 승부가 되겠지만 승산이 없지는 않으렷다.

다만 광장의 중심에 있는 존재들에게는 무엇을 어쩐다 한들 승산이 없을지니…….

　광장의 중심, 그곳에는 주위와 같은 모습을 지닌 거미가 있었다.

　다만 같은 것은 모습뿐이군.

　내용물은 전혀 다른 마물.

　숫자는 아홉.

　아홉 마리 모두 일심불란히 알을 낳고 있었다.

　운반된 마물 시체를 그 아홉 마리가 먹고 알을 낳는다.

　낳아 놓은 알에서 작은 거미가 태어나고 그 거미들이 사냥을 나가 마물 시체를 갖고 돌아온다.

　그 와중에 마물에게 격퇴당하는 거미도 있을 테지만, 설령 죽어 나갈지라도 그보다 더한 기세로 새로운 거미가 태어난다면 문제없지 않은가.

　이윽고 살아남은 거미는 마물을 쓰러뜨린 경험치를 쌓고 모아서 레벨이 올라간다.

　그렇게 만들어진 것이 내가 목격하고 있는 광장의 광경이라는 말인가.

　두렵도다.

　실로 두렵도다.

　그리고 동시에 훌륭하도다!

　보라! 막 태어나서 작고 하잘것없는 저 거미를!

　가볍게 밟기만 해도 뭉개져버릴 연약한 모습을!

　약자 중의 약자밖에 안 되는 저 거미가 성장하면 신출내기 모험가조차 뛰어넘는 전투력을 발휘한다.

게다가 상당히 단기간에!

내가 이 자리에서 그분에게 꼴사납게 패배했을 때는 이러한 광경을 보지 못했었다.

그렇다 함은 적어도 이 양산은 그때 이후부터 개시되었다는 뜻일지니.

그 기간 만에 글자 그대로 벌레처럼 약한 마물을 모험가에게 위협이 될 만한 수준까지 단련시키는 이 수완!

도대체 어떤 지옥 같은 경험을 쌓았길래 이런 짓을 벌일 수 있단 말인가.

아니, 아니, 아니로다!

지옥 같은? 우습군!

그야말로 생지옥이로다!

방금 스스로 떠올리지 않았던가.

죽어 나가는 속도를 새로 낳는 속도가 웃돌면 되는 문제이거늘.

그것은 즉 죽도록, 비유도 무엇도 아닌 진실로 죽도록 지옥을 경험했다는 의미일지니⋯⋯.

그런가, 바로 그것이었나!

바로 그것이 이 급격한 성장의 근원!

지옥이로군.

지옥을 견뎌 내지 못하는 한 성장 따위 어불성설이리라.

그분은 어떻게 힘을 손에 넣으셨는가?

내가 노력하고 또 노력해도 다다르지 못한 경지에 어떻게 하여 올라섰는가?

이리 간단한 방법이 있었던가.

즉 내게는 노력이 부족했다.

안전한 장소에서 편안하게 스킬을 단련해 봤자 노력이라기에는 너무나도 같잖지 않은가.

그야말로 같잖을지어다!

오오, 이 장면을 목격하고 보니 잘 알겠다.

내가 이제껏 쌓은 노력이 형편없이 같잖았음을!

눈앞의 거미들이 삶과 죽음을 걸고 제 실력을 갈고닦는 농밀한 시간과 지난 내 인생.

어찌 감히 비교한단 말인가!

정신을 차리고 보니 나는 감동한 나머지 눈물을 뚝뚝 흘리고 있었다.

소리 내면서 눈물 흘린다.

그런 짓을 하면서 주위의 거미들에게 안 들킬 리가 없었다.

포위를 굳히고 당장에라도 덮쳐들려고 하는 거미들.

그들의 지휘를 맡은 것은 광장의 중심에 있던 특별한 아홉 마리 중 한 녀석.

"기, 기기기기기! 기, 기다려주게! 크흡! 적대 의사는 없소이다! 제발, 제발 내 이야기를 들어주시오!"

서둘러서 눈물을 훔치고 복받치는 격정을 간신히 진정시켰다.

"그분의, 악몽 공의 관계자인 줄로 아오! 제발, 제발 내가 악몽 공의 제자로 입문하고자 간청드리는 뜻을 그분께 전해주시오! 부탁드리겠소!"

말을 마친 다음에는 곧바로 또 눈물이 흘러넘쳤다.

엎드려 절하면서 눈물을 죽죽 흘리는 나를 하얀 거미가 당황스럽다는 듯 내려다보고 있었다.

결과부터 말하자면 내 바람은 이루어지지 않았다.

거미들은 나를 방치하기로 결정한 듯싶었다.

덮치지는 않지만 간섭도 하지 않는다.

중심에 있는 아홉 마리의 지시를 따라 나는 없는 사람처럼 취급받았다.

그렇다, 지시였다.

아홉 마리는 염화로 제각각 대화를 나누고 있었다.

인족어도 마족어도 엘프어도 아니고 들은 적 없는 독특한 발음의 언어로 의사소통하고 있었다.

염화를 도청하는 데는 성공했을지언정 주고받는 언어를 이해하지 못하는 데야 의미가 없다.

분위기로 아홉 마리가 상의한다는 정도는 알겠지만 어떤 내용의 대화를 나누고 있는가는 전혀 알 수 없었다.

아마도 내 처분을 두고 의논하다가 결국 방치라는 결론을 내렸으리라고 여겨지기는 한다만……

그나저나 방치 처분을 받았다 하여 포기할 수는 없을지니.

이곳에 있는 거미들이 그분의 관계자라는 사실은 명백.

특히 중심에 있는 아홉 마리는 그분과 비슷한 분위기가 흘러나왔다.

자칫하면 그분 본인으로 잘못 볼 만큼 말이다.

분명 그분과 가까운 관계자가 맞으리라.

그분의 명을 받아 여기에서 이렇듯 전력 확충을 진행하는 것이 틀림없었다.

그렇다면야 그분이 머지않아 방문할 테지.

그때 본인과 직접 교섭하겠다.

그 기회를 기다리면 된다.

기필코 제자 입문을 인정받고 그분의 경지를 뒤따르고 말지어다!

다만 가만히 앉아 기다릴 수는 없지.

그날이 오기 전까지 나도 이곳에 있는 거미들을 본받아 지옥 훈련을 시작하는 게다.

바깥으로 마물을 사냥하러 나가 있는 미성장한 거미들.

그 녀석들도 마물과 전투를 벌이면서 생사를 건 훈련을 하고 있지만, 내가 본받아야 할 대상은 오히려 이 광장에 남아 있는 성장한 거미들이었다.

그들은 하는 일 없이 단지 이곳에 머물러 있는 게 아니다.

몇몇 그룹으로 나뉘어 각각 훈련에 힘쓰고 있다.

게다가 까딱 잘못됐다가는 죽어버릴 만큼 과혹한 훈련을…….

광장 안으로 거친 바람이 불어닥친다.

파괴의 소용돌이로 화한 그 폭풍이 거미들을 휩쓸었다.

거미들은 그 위협을 피하려고도 하지 않고 받아 내다가 제 몸에 상처를 만들어 놓는다.

하지만 그 상처는 금세 봉합되었다.

거미 중 한 마리가 바람 마법으로 거미들을 공격하고, 대미지를 받은 거미들을 다른 거미가 치료 마법으로 회복시키고 있는 광경.

그런 행동을 반복하고 있다.

다른 장소에서는 흙 마법으로 같은 과정을 실시하고 있었다.

무엇 때문에 저런 행동을 벌이는가 하면 내성 스킬의 레벨을 올리기 위함이다.

동시에 공격 담당과 회복 담당은 저마다 마법 스킬의 레벨을 올릴 수 있다.

저런 과정을 MP가 바닥나기 직전까지 반복한 뒤 MP가 적어지면 다른 거미에게 역할을 넘겨준다.

넘긴 다음에 이번에는 내성을 올리는 집단으로 합류해서 MP 회복을 기다린다.

그렇게 로테이션을 완성하여 마법 스킬과 내성 스킬 레벨을 올리고 있는 게다.

올라가는 것은 스킬뿐 아니라 각종 HP나 MP 자동 회복 스킬도 함께 향상된다.

MP 회복을 기다리는 시간마저도 다른 스킬의 향상을 위한 시간이 된다.

이리도 효율적인 훈련 방법이 또 있으랴?

MP에 여유가 있는 거미는 전부 다 공격을 담당하기 때문에 광장 안에서는 다채로운 마법이 끊임없이 마구 날아다녔다.

그런 가운데 딱히 할 일이 없는 거미는 마찬가지로 짬이 나는 거미와 모의전을 벌이고 있었다.

모의전이라 여겨지지 않는 박력 넘치는 전투.

실제로 그들은 상대를 죽일 작정으로 싸우고 있었다.

다만 치명상이 될 중상도 다른 거미가 치료 마법을 펼쳐 목숨을 붙여 놓는다.

그러지 않았더라면 패배한 거미는 죽었을 테지.

진짜 상대를 죽일 작정으로 싸우는 모의전.

실전과 전혀 다르지 않은 싸움이다.

이런 방법으로 전투 경험을 쌓고 스킬을 단련한다.

광장 안쪽으로 사라져 가는 거미 무리를 따라가 보니 그곳에는 긴 내리막길이 있었고, 끝까지 다 내려가면 작열의 세계가 펼쳐졌다.

가만히 있어도 피부가 타오를 만큼 높은 열.

소문으로 들었던 중층이 이곳인가!

그런 작열의 중층에서 거미들이 하염없이 서로에게 치료 마법을 걸어주고 있었다.

열기에 의한 대미지를 이렇게 상쇄하는 것인가.

이것도 역시 불 내성을 올리기 위한 훈련이렷다!

무시무시할지니.

더는 할 말이 없었다.

어떤 훈련도 인간으로서는 도저히 흉내 내지 못하는, 흉내 내고자 발상조차 아니할 지옥의 훈련이었다.

까딱 어긋났다가는 죽는다.

그토록 과혹한 훈련을 쉬지 않고 지속적으로 수행한다.

지옥이로다.

이것을 지옥이라 하지 않으면 뭐라 부르겠는가?

인간으로서는 도저히 실행하지 못하도록 광기에 침범당한 듯한 지옥의 훈련.

이것이로다.

이것이야말로 내가 추구했던 방법, 더욱더 높은 경지에 이르기 위한 길.

나는 나름대로 노력을 쌓은 줄 알았다.

하지만 그것은 잘못된 생각이었음을 뼈저리도록 깨달았다.

부족했다.

상식의 범위 안에서 훈련해 봤자 결국은 어린아이 장난밖에 안된다.

죽음을 항상 의식할 만큼 과혹한 훈련이 아니고서야 어찌 노력했다는 말을 할 수 있겠나!

상식을 버리고 광기에 몸을 맡겨서 내 한 몸을 지옥에 떨어뜨리고 나서야 비로소 노력이라 부를 수 있을지어다.

아아, 나의 지난 인생은 그야말로 같잖았구나!

이만한 수준의 지옥 단련을 직접 목격하고 말았다. 이제껏 내가 쌓은 단련 따위는 장난질, 장난질이었다!

즉시 흉내를 내서 나 자신을 단련하기 위한 노력을 하자.

그들과 같이 나 자신에게 공격 마법을 발사하고 버틴다.

몸을 관통하는 통증.

곧바로 치료 마법을 발동해서 HP를 회복시켰다.

그럼에도 무릎을 꿇고 말았다.

일격이 이런 꼴인가.

이런 짓을 끊임없이 했단 말인가.

어찌 그럴 수 있는가, 무시무시한 지옥이로다!

나는 한 명뿐이기에 공격 역할과 회복 역할을 홀로 담당해야 했다.

실패하면 그 시점에서 죽는다.

통증에 의한 고통과 죽음에 대한 두려움이 나에게 덮쳐들었다.

과연, 이래서는 정상적인 정신을 지닌 자라면 흉내 내지 못하겠군.

나도 이런 행위를 반복하는 데 공포를 느끼고 있었다.

다만 두려움을 극복한 끝에 그 경지가 있을지니.

거기에 다다르기 위해서라도 이런 데서 좌절할 수는 없었다!

마법을 다시 한 번 나 자신에게 날렸다.

이제껏 같잖았던 내 인생에서 갈고닦던 마법.

다만 같잖을지라도 세월만큼은 그런대로 길다 할 수 있겠다.

같잖을지라도 세월이 길면 그런대로 쌓이는 것도 있는 법이다.

내 마법은 거미들보다 위였다.

그 마법을 활용해서 거미들과 같은 방법으로 수행한다.

그리한다면 쌓은 성과가 있는 만큼 내가 더 많이 성장할 수 있을 터!

아아, 그나저나 아쉽구나.

이리 대단한 단련 방법을 그간 쌓았던 시간에 적용했더라면 나는 지금보다 훨씬 더 마도의 극의에 가까워졌을 터인데.

어째서 더욱 젊은 시절에 그분을 마주하지 못했단 말인가.

바라건대 어린아이 시절부터, 아니, 더욱 앞서서 갓난아이 시절부터 이러한 환경에 몸을 두고 싶었다는 심정이구나.

그리하였다면 그분과 호각의 힘을 손에 넣었을지도 모르는 일이

건만······.

아니, 지금부터 시작해도 늦지는 않았을 게다!

상식을 버려라!

내가 한계인 줄 착각했던 단련 방법은 이 지옥과 비교하면 어린아이의 장난질과 같았다.

그렇다면야 내가 느끼는 한계도 또한 그러하다고 믿어버린 탓이 아니겠는가!

이 지옥이 온탕으로 느껴질 만큼 단련을 쌓은 날에는 나도 자신의 한계를 뛰어넘을 수 있을지니!

그 지옥보다 더 나아간 곳에서 기다리고 있을 또 다른 지옥을, 나는 그분을 만나 가르침을 청할 것이다!

"크흐, 크하하하하하하!"

저도 모르게 웃음소리가 쏟아졌다.

나는 정신이 나가버렸는지도 모르겠다.

그래도 이 지옥을 살아 버티기 위해서 광기가 필요하다면 제정신 따위는 갖다 버릴 각오가 이미 되어 있었다.

그렇게 며칠인가 지옥에 몸을 던져 넣었지만 식량을 전혀 갖고 오지 않았던 터라 이제는 슬슬 공복으로 한계로구먼.

일단 도시로 돌아가는 방법도 떠올렸다만 그따위 어설픈 방식으로 어찌 앞날을 버틴단 말인가.

게다가 언제 그분이 이곳을 찾아오실지도 모르는 상황이거늘.

내가 이곳을 벗어나 있는 동안 그분이 휙 왔다 가신다고 상상하면 마음 놓고 도시로 돌아갈 수도 없었다.

좋은 기회다, 나도 거미들과 마찬가지로 가까운 데서 마물을 해치우고 그 고기를 먹어보기로 하자.

개구리 마물을 해치운 뒤 그 고기를 구워 먹어보았다.

날것으로 먹을 마음은 들지 않았던 터라 그 부분만큼은 타협하기로 했다.

배탈이 났다.

독이었다.

죽는 줄 알았다.

그래도 덕분에 독 내성 레벨이 올라갔더군.

설마 식사마저도 내성 올리기에 이용할 줄이야 감탄스럽다.

이곳에서 생활해 보니 잘 알겠다.

이곳 엘로 대미궁이라는 장소는 단지 살아서 생활만 해도 스킬이 올라간다.

불빛 하나 없는 어둠을 내다보기 위한 밤눈 스킬이―.

그런 어둠 너머에서 덮쳐드는 마물을 경계하기 위한 감지 계열의 스킬이―.

마물과 싸우기 위한 전투 계열의 스킬이―.

그 마물이 지닌 독에 저항하는 내성이―.

이러한 특수한 환경이기에 더더욱 많은 스킬이 성장한다.

가만있어도 저러한 스킬이 성장하는데, 그런 데다가 또한 지옥 같은 수련을 쌓는다.

그분의 강한 실력에 숨겨져 있는 비밀의 한 부분을 엿본 기분이었다.

이곳 엘로 대미궁에서 항상 생사를 걸고 생존 경쟁을 벌인 데다가 자기 수련을 게을리하지 않았기에 비로소 그분은 그 높은 경지에 다다랐을 것이다.

안전한 도시 안에 있는 저택에서 편하게 살아왔던 나로서는 당할 도리가 없음이라.

인간으로서 최저한의 생활마저도 이곳에 있는 동안은 버려야만 한다.

옷가지는 첫날의 마법 공격으로 이미 넝마가 되었고, 지금은 알몸뚱이로 생활하고 있으니까 말이다.

이것이야말로 야생이 아니겠는가.

야생이야말로 스킬을 단련시켜주는 법일지니!

만담 병렬 의사 대화집 두 번째,
변태 할아범

"뭔가 이상한 할아범이 리젠됐는데?"

"리젠이란 말 하지 마. 저 이상한 녀석이 설마 자연 발생했으려고? 저 녀석은 분명 예사롭지 않은 특수한 환경이 만들어 낸 할아범의 거죽을 뒤집어쓴 무언가가 틀림없다고."

"안면의 모든 구멍으로 눈물, 콧물, 침까지 다 흘리는 생물을 만들어 내는 특수한 환경이란 게 대체 뭔데?"

"몰라. 세상에는 모르는 게 더 나은 진실이 잔뜩 있지 않을까?"

"잠깐, 할아범이 자기 옷을 태우고 소리 높여 웃음을 터뜨리는데 어떡하면 되지?"

"벼, 변태다~!"

"틀림없이 변태가 맞네! 어떤 변명도 통하지 않을 변태라고!"

"으에엑……. 저거, 뭐야? 진짜 뭐하자는 짓이야, 저거?"

"어떡할 거야, 저거? 진짜 어떡할 거야?"

"응. 나는 아무것도 안 봤고 못 들었어. 알몸뚱이 할아범처럼 기괴한 생물은 존재하지 않아. 알았지?"

"예스, 맴."

"이의 없음. 이의 절대로 없음."

"저건 관련되면 안 되는 부류야. 온 힘을 다해서 반드시 없는 사람 취급해야 돼."

"무섭다. 공포 내성이 일을 안 한다니. 이렇게 무서울 수가."

血2 불행도 지나가면 희극이 된다

머리가 이상한 게 아닐까?

어렴풋이 예감이 들기는 했었는데 이번에 확신했어.

이 녀석은 사람하고 살짝, 아니, 상~당히 어긋나 있어.

물론 이 녀석이란 내 눈앞에서 진심으로 이상하다는 표정을 짓고 있는 시로를 말하는 거야.

이 녀석이 나한테 무리난제를 떠넘겼거든.

그럼에도 불구하고 본인은 「왜 무리인데?」라고 진심으로 모르겠다는 표정을 짓고 있는걸.

이러면 나라도 화를 내지.

『당연히 무리지 무슨 소리를 하는 건데! 왜 굳이 자기한테 공격 마법을 쏘라는 거야!?』

그래, 이 녀석이 꺼낸 말은 자신을 향해 공격 마법을 날리라는 터무니없는 주문이었다.

게다가 MP가 남아 있는 한 줄곧…….

이 여행을 시작하고 어느덧 한 달이 넘게 흘렀다.

그동안 시로에게 단련된 내 능력치와 스킬은 깜짝 놀랄 만큼 성장했는데, 다음 단계로 제시된 훈련 방법이 저거였다.

시로가 시범이라고 보여준 것은 어둠 마법을 자신을 향해 날리는 장면.

검은 아지랑이 같은 게 시로의 몸에 달라붙어 있었다.

그렇지만 시로는 그런 상태에서도 전혀 아파 보이지 않았다.

너무나도 태연자약한 모습이길래 안 아픈가 싶어서 아지랑이를 살짝 건드리고 말았다.

그 순간 손이 날아가버린 건 그야말로 공포일 뿐 다른 무엇도 아니었지.

응, 손이 말이야, 휙 날아가버리더라.

알겠어?

아지랑이에 닿은 순간 시야가 빙그르르 돌더니, 정신을 차렸을 때는 손목부터 앞쪽이 사라졌더라니까?

지나친 공포 때문에 착란을 일으킨다는 경험은 전세도 포함해서 처음 겪었어.

그나마 정신이 들고 보니 눈물이라든가 콧물이라든가 얼굴이 아주 엉망이 돼 가지고 메라조피스한테 안겨 있더라.

분명히 사라졌던 손도 원래대로 돌아왔고…….

치료 마법으로 금방 고쳐줬다는데 그래도 내 패닉은 수습되지 않았다더라.

제정신을 되찾고 나서도 눈물은 멈추질 않고, 그 후 몇 분 동안은 메라조피스에게 계속 안겨 있었어.

내 눈물과 콧물로 끈적끈적하게 젖은 메라조피스의 옷을 봤을 때는 부끄러움과 미안함 때문에 죽어버리고 싶은 심정이 들었다.

그렇게 간신히 침착함을 되찾았을 때 분위기를 못 읽는 시로의 발언.

"이제, 직접 해봐."

하기는 뭘 하라는 거야, 싫거든!

뭐야, 뭐냐고. 그냥 나가 죽으라는 소리랑 뭐가 달라.

그런데, 뭐라고? 직접 해보라고?

쟤 머리가 이상하다는 생각밖에 안 들어.

내가 분명히 틀린 소리를 하지 않았는데도 시로는 내 반론을 듣고 고개를 갸웃거렸다.

시로의 표정은 거의 변화가 없어도 이런 동작으로 그때 느끼고 있는 감정을 조금은 알 수 있었다.

전세 때부터 이 녀석은 표정이 밋밋했지만 이런 동작으로 상대에게 자기 감정을 전달하는 짓은 곧잘 했었다.

마치 이러지 않으면 감정을 전달할 수단이 없는 것처럼……

뻔뻔하다고 받아들일 수도 있는 이런 몸짓을 시로가 하면 모양이 살아나니까 미인은 역시 이득이란 말이지.

시로는 그대로 생각하는 사람의 자세를 취했다.

직후 몸을 꿰뚫고 지나가는 듯한 불쾌감이 덮쳐들었다.

여행을 떠나게 된 다음부터 때때로 느끼게 된 감각, 감정을 받았을 때 발생하는 불쾌감이다.

스테이터스라는 개인 정보를 남이 쓱쓱 들여다보는 셈이니 불쾌해지는 것도 당연한가.

시로는 지금 내 스테이터스를 읽고서 자기가 말한 요구가 실행 가능한지 아닌지 검토를 하는 중인 듯싶었다.

그리고 문제없이 실행 가능하다고 판단한 듯 생각하는 사람 자세 그대로 고개를 또 갸웃거렸다.

애는 아무것도 몰라.

가능한 능력이 있느냐하고 실제로 행동하느냐는 다른 문제라는 걸.

누구든 낭떠러지에서 뛰어내릴 수는 있었다.

그렇지만 뛰어내리라는 말을 듣고서 진짜 뛰어내리는 인간은 거의 없다.

시로의 발언은 그와 비슷한 요구였는데도 내가 거부하는 이유를 이해 못 하는 듯 보인다.

좀 많이 이상하다고……

그동안 실로 묶고 억지로 세워서 걷게 하는 훈련은 물론 힘들었지만, 그래도 어쨌거나 이유가 타당했으니까 납득할 수 있었다.

그 이유마저도 시로 본인의 입으로 들은 게 아니라 아리엘 씨가 설명해준 덕분에 겨우 납득했었지만 말이야.

시로는 설명도 아무것도 없이 강제적으로 시키고 보든가, 그게 아니라면 이번처럼 일단 시범을 보여준 다음 하라고 요구하든가 둘 중 하나.

그렇게 해야 하는 의미를 가르쳐준 적이 없었다.

"시로야, 시로야. 제대로 설명 좀 해 줘. 아니면 이번에는 받아들이기 힘들걸?"

그리고 언제나 시로를 대신해서 설명해주던 사람이 또 중재에 나섰다.

아리엘 씨가 제대로 된 설명을 하라고 재촉한다.

그렇지만 시로는 딱히 대답하지 않았다.

끝끝내 말이 없고 아무리 기다려도 설명을 안 했다.

"어쩔 수 없네. 내가 설명해줄게. 자신한테 공격 마법을 휙 날리는 훈련법은 말이야, 마법 스킬과 내성 스킬을 두루 올리기 위해서 하는 거야. 마법을 쓰니까 마법 스킬이 오르고, 거기에 견디려면 내성 스킬이 올라가지. 일석이조 훈련 방법이랄까~. 뭐, 내성이 원래 같은 속성의 마법이나 다른 스킬을 써도 조금 오르기는 오르거든? 다만 그러면 진짜 미미한 수치로 찔끔 오르는 수준이니까 이렇게 같이 올려주는 거야. 뭐, 말은 쉬워도, 역시 일부러 자기 몸을 상하게 하면서까지 올리려고 드는 바보는 별로 없지만."

아리엘 씨가 친절하게 설명해준 덕택에 훈련의 의미는 이해할 수 있었다.

역시라고 말해야 할까, 이런 방법으로 스킬을 올리는 바보는 없는 듯하지만…….

대미지를 줄이기 위한 내성 스킬을 죽기 직전의 중상을 입어 가면서 레벨을 올리려고 든다니 이보다 더한 주객 전도가 또 어디 있겠냐고.

"아, 지금 한 설명 말인데, 소피아는 납득이 잘 안되지? 죽을 지경이 되면서까지 스킬을 올릴 필요가 대체 뭐냐고 의문이 들 거야. 그렇지만 방금 전에는 시로가 쓴 마법이니까 그렇게 된 거고, 보통은 그렇게 센 위력의 마법을 날리지는 않아. 자, 공격 마법을 스스로 써야 하니까 위력도 잘 조절해서 쓰면 되잖아?"

듣고 나서는 눈이 똥그래졌다.

아리엘 씨가 한 말의 의미를 반추하고, 그다음은 내 마법 실력을 떠올리자 그제야 간신히 이해됐다.

맞네, 꼭 팔이 휙 날아가버릴 만큼 센 위력의 마법을 날릴 필요는 없는 거잖아.

아니, 애초에 나는 그만큼 위력이 강한 마법을 못 쓰는걸.

설령 쓸 수 있었다고 해도 대참사가 벌어질 결과는 뻔히 보이니까 쓸 리가 없잖아.

맨 처음부터 전제가 잘못됐던 거네.

즉 내가 견딜 수 있을 만큼 약한 위력의 마법을 쓰면 된다는 거지?

그 결과에 다다랐을 때는 방금 전까지 마구 허둥거리던 자신이 부끄러워져버렸다.

이렇게 간단한 이치도 못 깨닫고 안 한다, 안 한다 떼를 썼다는 거잖아.

그야 시로도 당연히 고개를 갸웃거릴 만하지!

부끄러워!

『죄송해요.』

일단 사죄해 둔다.

착각 때문에 괜히 법석 부려서 폐를 끼쳤으니까.

"아~ 뭐, 이번에는 어쩔 수 없었지, 응~. 방금 전에 사고도 났었고, 게다가 시로는 아무 설명도 안 해줬고. 하다못해 소피아가 조금 더 침착해질 때까지 기다리고 나서 시작해도 될 일이었거든. 이런 부분에서는 눈치가 참 없단 말이지~. 시로는."

아리엘 씨가 어이없다는 듯 눈을 흘기면서 시로를 쳐다봤다.

표정은 변함없었지만 어쩐지 시로가 쩔쩔매는 듯 보였다.

일단은 미안하다고 생각하는 걸까?

어쩌면 팔을 날려버린 건을 포함해서 사죄의 말을 들을 수 있지 않을까 기대했지만, 그 후 시로의 입은 결국 열리지 않았다.

여행은 순조롭게 진행 중이다.

그렇다 해도 아직 목적지, 사리엘라 국의 수도는 멀었다.

우리가 원래 살고 있었던 케렌 령은 사리엘라 국의 끝자락.

수도는 사리엘라 국의 거의 중심에 위치하고 있었다. 대국에 속하는 사리엘라 국은 영토가 상당히 넓었고 당연하게도 케렌 령과 떨어져 있는 거리는 무척 길었다.

내 걸음걸이에 맞춰서 이동하는 까닭도 있기 때문에 별로 많은 거리를 이동하기는 힘들었거든.

스테이터스라는 수수께끼의 은혜에 따른 힘으로 걷고는 있었지만 다리 길이가 바뀌는 건 아니잖아.

어떻게 하든 이동 거리는 어른과 비해 짧아진다.

게다가 사람들의 눈에 띄지 않도록 험준한 산속이라든가 깊은 숲속이라든가, 그렇게 제대로 된 도로에서 벗어난 장소를 이동하는 까닭에 좀처럼 거리가 가까워지지 않는 것도 이유의 하나겠네.

그 덕분에 야숙에도 익숙해졌는걸.

가끔씩 들를 수 있는 도시가 위로라고 할까.

그런데도 무슨 영문인지 메라조피스는 도시에 들를 때마다 침울한 표정을 보여줬다.

그게 걱정돼서 무슨 일 있냐고 물어봐도 돌아오는 대답은 「괜찮습니다」라는 말뿐.

걱정을 끼치지 않겠노라고 하는 말이겠지만 그런 태도가 오히려 무슨 일 있었다는 선언이나 다름없었다.

뭔가 고민이 있다는 건 알겠는데 고민의 정체를 알 수가 없다.

가능하면 내게 그 고민을 털어놓고 상담해주길 바라지만 메라조피스에게 나는 받들어 모시는 아가씨.

주인으로 삼은 나에게 자신의 사정으로 부담을 끼치고 싶지 않다는 생각이라도 하는 듯 홀로 가슴속에 떠안고 있었다.

그렇게 혼자 고민하는 모습을 보는 것이 내게는 부담이 되는데도…….

나도 메라조피스에게 뭔가 해줄 수 있는 게 없을까?

지금까지 도움받았던 만큼 조금이라도 은혜를 갚고 싶었다.

메라조피스가 없었다면 나는 옛날에 벌써 무너졌을 테니까.

삶과 죽음이라는 의미로도, 정신적인 의미로도…….

메라조피스가 목숨을 걸고 싸워주지 않았다면 나는 그 저택에서 포티머스라는 엘프의 손에 이미 살해당했다.

그리고 전생자이고 흡혈귀라는 사실을 밝힌 다음에도, 변함없이 나를 제일 우선시하며 행동해주고 있었다.

거기에 내가 얼마나 큰 위안을 받았던가.

메라조피스가 있어준 덕분에 나는 이런 상황에서도 꿋꿋하게 살아간다.

메라조피스라는 존재가 있으니까 나는 이 세계가 현실이라고, 도피를 하지 않고 또렷하게 인식할 수 있었다.

전생한 직후 나는 이 세계가 꿈이라든가 다른 무엇이 아닐까 도피할 뻔했었다.

그렇잖아, 명백하게 일본이 아닌 데다가 스테이터스라는 영문 모를 개념도 있고, 무엇보다도 내가 흡혈귀였는걸.

이것을 현실이라고 받아들이기는 간단한 일이 아니었거든.

지난 과거의 자신을 리셋당하고 느닷없이 영문 모를 세계에서 리스타트하라니 악몽이다, 차라리 꿈이라는 생각밖에 안 들었어.

그런데 아무리 시간이 흘러도 깨어나질 못했던 탓에 나는 이 세계가 결코 꿈이 아니라 현실이라는 걸 인정했다.

인정한 이상 이 세계에서 이번 삶의 부모님과 함께 살아가겠노라고 결의를 했다.

애써 결의했는데 두 분은 죽어버렸다.

전세에 대한 그리움을 간신히 떨쳐 내고 새로운 앞날을 위해 살아가겠다고 다짐한 직후에 또 거의 전부를 잃어버렸다.

전생으로 한 번 리셋당했는데도 또 리셋.

이번에야말로 진정 현실 도피를 하고도 남을 처지였지.

그리되지 않도록 막아준 것은 메라조피스의 존재.

거의 전부를 잃어버렸지만 메라조피스만큼은 남아주었다.

그것이 짧은 시간일지라도 내가 분명 그 저택에서 이번 삶의 부모님에게 사랑받았던 과거가 제대로 존재했다는 증명이 된다.

그렇게 상기시켜주기에 나는 간신히 현실에서 눈을 돌리지 않을 수 있었다.

메라조피스는 곁에 있기만 해도 내게 위안이 되어준다.

뭐라고 감사해야 할지 모를 지경이다.

그러니까 주종의 법도 따위는 신경 쓰지 말고 의지해주면 좋겠다.

『그렇지만 본인에게 물어봐도 역시 대답을 안 해주거든요. 아리엘 씨는 메라조피스의 고민이 뭔지 짚이는 게 혹시 없으세요?』

"으, 으음~."

나는 아리엘 씨에게 상담 중이었다.

시간은 태양이 눈부시게 빛나는 정오의 대낮.

그렇지만 일어나 있는 사람은 나와 아리엘 씨가 전부였다.

흡혈귀인 나와 메라조피스는 야행성인지라 도시에 들어갈 때 말고는 자연스럽게 밤에 행동하는 경우가 많아졌다.

그러니까 메라조피스는 그늘에서 쉬고 있었다.

시로도 자고 있기는 한데, 잠자리가 하얀 실로 뒤덮인 고치 같은 물건이었다.

거미줄로 만든 간이 홈이라고 한다.

시로는 수면 무효 효과를 갖는 상태 이상 무효 스킬을 가지고 있어서 본래는 잠들 필요가 없었다.

그렇지만 어디까지나 수면을 취하지 않아도 불편함이 없다 뿐이지 수면에는 잠든 동안의 체력 회복이라든가 좋은 효과가 분명하게 있었다.

무엇보다도 잠에서 깨어났을 때 느껴지는 개운함은 변함없기에 마음이 내킬 때마다 잠을 자는 모양이었다.

두 사람이 잠들어 있는 지금이 상담할 기회.

이런 상담을 당사자 메라조피스의 앞에서는 못할 노릇이고 시로에게 들려주기는 내가 싫었다.

애당초 저 무언, 무표정 여자에게 이런 섬세한 상담을 한들 해결해주리라는 기대가 전혀 안 들어서이기도 했지만…….

그런 점에서 아리엘 씨는 겉모습은 비록 앳된 구석이 남아 있는 소녀이지만, 실제 연령은 꽤 많아서 언제나 우리를 연장자의 시선으로 보아주기에 안심하고 상담할 수 있었다.

"으음."

그런데 믿고 말했는데도 아리엘 씨는 내 상담 요청을 듣고는 난처한 표정을 지은 채 신음할 뿐 명확하게 대답해주지 않는다.

아리엘 씨도 메라조피스의 고민은 모르는 걸까?

그런 게 아니라면 내게 숨김없이 알려주기가 주저될 만큼 메라조피스의 고민이 심각하다는 뜻?

『아리엘 씨, 메라조피스의 고민은 그렇게 심각한 문제인가요?』

"응. 그렇지, 뭐."

불안해져서 물어봤더니 아리엘 씨는 순순히 긍정했다.

"그렇다고 목숨에 무슨 지장이 있었다든가~ 그런 문제는 아니야. 지금 당장 어떻게 되는 문제도 아니고. 그리고 또 지금 당장 어떻게 해결해줄 문제도 아니라는 건 맞는데 말이야."

아리엘 씨는 그렇게 안심시켜주려는 건지 아니면 오히려 불안하게 만들려는 건지, 둘 중 무엇인지 모를 소리를 했다.

그 후 잠깐 동안 고민하는 듯 간격을 두고는 아리엘 씨가 다시 입을 열었다.

"솔직히 말하겠는데 소피아가 해줄 수 있는 일은 없거든."

그 말은 나로서는 받아들이기 어려운 선언이었다.

그렇지만 아리엘 씨는 내 마음을 훤히 알고도 선언했을 것이다.

그 증거로 강하게 단정하는 저 말투는 평소에 별로 들은 적이 없었다.

"그나저나 말이야, 이번 건에 대해서는 소피아가 끼어들어 봤자 오히려 더 골치 아파지기만 할 거야. 응, 분명히 골치 아파지거든. 그러니까 걱정되겠지만, 지금은 지켜봐주는 게 좋겠네."

내가 관련되면 골치 아파진다?

무슨 뜻이야?

"안타까워도 소피아가 해줄 수 있는 가장 현명한 대응은 아무것도 안 하는 거야. 섣불리 움직여서 일을 복잡하게 만들었다가는 오히려 사태가 더 심각해질 테니까. 소중한 사람이 고민하고 있을 때 뭔가 해주고 싶은 마음도 이해되지만, 이번만큼은 한 걸음 몸을 빼고 평소처럼 대해줘. 소피아가 평범하게 지내주면 그게 가장 메라조피스를 위한 행동이 될 거라고 생각하거든. 걱정하지 않아도 메라조피스라면 자기 힘으로 조금씩 매듭을 지을 수 있을 거야."

아리엘 씨가 한 말의 의미를 잘 모르겠다.

메라조피스가 떠안고 있는 고민의 내용을 모르기 때문에 전부 다 막연하게 느껴지기만 했다.

그렇지만 나에게 무엇을 바라는지는 알겠다.

아무것도 하지 말라는 거지.

그에 반발하는 마음이 물론 없지는 않았지만, 내가 움직이면 쓸데없이 일이 복잡해진다는 말이니 자신에게 제동을 걸었다.

움직이고 싶지만 움직이면 사태가 복잡해진다잖아.

그러면 나는 가만히 지켜보기만 해야 한다는 거야?

『적어도 메라조피스가 무엇 때문에 그렇게 고민을 하는 건지 이유라도 가르쳐주시면 안 될까요?』

이유를 모르는 한 끝내 납득을 못하리라는 생각에 물어봤다.

"유감이지만 그건 아예 모르는 게 좋을 테니까 안 가르쳐줘~."

그러나 돌아온 대답은 장난기 서린 말이었다.

『장난치지 마세요!』

"별로 장난치는 건 아닌데?"

화가 난 탓에 염화로 건네는 말투가 날카로워졌지만 돌아오는 대답은 의외로 진지한 울림을 담고 있었다.

"소피아는 모르는 게 좋아. 방금 전에도 말했던 대로 이번 건에 대해서는 소피아는 움직이지 않는 게 제일이야. 메라조피스에게도, 소피아에게도."

나에게도?

"내가 해줄 수 있는 말은 여기까지야. 납득은 아마 안 되겠지만, 지금은 메라조피스를 믿고 기다려주렴."

아리엘 씨의 말에서는 더 이상의 반론은 받아주지 않겠다는 완고한 의사가 느껴졌다.

"아니면 소피아는 메라조피스를 못 믿겠다는 걸까?"

······치사하다.

아리엘 씨의 이런 수법은 치사하다는 생각이 든다.

연륜일까, 이렇게 빠져나갈 길을 막아버리는 화법을 구사하니까.

저렇게 구석에 몰아버리면 달리 대답할 말이 없잖아.

『믿어요.』

마지못해서 나는 그렇게 선언했다.

메라조피스는 물론 믿는다.

그러니까 저런 식으로 대화를 몰고 가면 메라조피스를 믿고 기다리겠다는 대답밖에 더는 할 말이 없어진다.

"착하다, 착해. 그래도 꼭 가르쳐 달라고 졸라 대면 어떡하나 싶었거든. 어떻게든 알아야겠다고 고집 부리면 부득이하게 가르쳐줄 수도 있었겠지만, 소피아는 시로만큼은 아니더라도 대인 관계가 서투르잖니? 그 탓에 태도에서 분명 드러날 테니까 메라조피스하고 관계에 골이 생길 것 같았거든~."

방금 전까지 진지했던 분위기는 어디로 갔는지 아리엘 씨는 깔깔 웃으면서 실례되는 말을 꺼내 놓았다.

『시로는 대인 관계가 서투르다든가 그런 차원의 문제가 아닐 텐데요? 걔랑 비교하지는 마세요.』

발끈해서 반사적으로 불만을 토로하고 말았다.

분명히 내가 빈말이라도 대인 관계에 능숙하지는 않거든…….

그렇지만 아예 남들과 연관되려고도 하지 않는 시로와 비교당할 만큼 심각하지는 않단 말이야.

나는 연관되려고 하지 않았던 게 아니라 용모 때문에 그게 불가능했을 뿐인걸.

"응? 음~. 이전부터 쭉 궁금했는데 말이야, 소피아는 왜 그렇게 시로를 눈엣가시로 여기는 거야?"

아리엘 씨가 고개를 갸웃거리면서 물었다.

저 자세는 왠지 모르게 시로가 궁금증을 드러낼 때와 꼭 닮았다.

『왜라뇨, 그건 당연하지 않나요?』

내가 어이없어하면서 반문하자 아리엘 씨는 고개의 각도를 더욱 기울어뜨렸다.

"아니, 그게 말이야. 뭐가 당연하다는 건지 잘 몰라서 그래. 왜냐면 시로는 생명의 은인이잖니? 자기를 살려준 생명의 은인인데 왜 그렇게까지 싫어하는 거야?"

듣고 나서야 가슴이 뜨끔거렸다.

맞는 말이다.

분명히 아리엘 씨의 말대로 시로는 내게 생명의 은인이었다.

그럼에도 불구하고 나는 거기에 감사하기는커녕 오히려 싫어하고 있었다.

아리엘 씨가 보자면 이상한 사람은 바로 나잖아!

『아니요, 그래도, 시로는 여행 도중에 저한테 못된 짓만 하고 있고요……..』

"알다시피 이유도 없이 한 짓은 아니었잖니? 앞으로 무슨 일어날지 모르는 거고, 지금부터 일찌감치 능력치라든가 스킬을 단련하자는 거니까. 뭐, 시로의 스파르타 훈련법은 살짝 뭐하긴 한데, 그건 그 애의 기준이 이상하다 뿐이지 일단 선의를 갖고 있었다는 데는 변함없잖아? 그 부분은 제대로 알고 있겠지? 그렇다면 무턱대고 반발할 이유는 아니지 않니?"

내 변명을 지체 않고 받아치는 아리엘 씨.

"나도 단련하는 거 자체는 찬성이거든. 이쪽 세계는 너희가 원래 살았던 세계보다 싸움이 많아. 힘을 기르는 건 좋은 선택이야. 그걸 잘 알고 있으니까 시로는 소피아를 단련시키기로 결정한 거고, 나도 굳이 막지 않았어. 솔직히 말하자면 그런 의미에서는 나 같은 사람보다 시로가 훨씬 더 책임감 있게 소피아를 돌봐주는 거야. 응응."

그 녀석이 책임감 따위를 갖고 있을 리 없다.

목구멍까지 올라와 나오려고 했던 그 말을 직전에서야 간신히 되삼켰다.

정말로 그런 걸까?

아리엘 씨의 말대로 침착하게 지금껏 시로가 했던 일을 돌이켜보면 나를 위해서 책임감 있게 행동했다고밖에 안 보인다.

실제로 능력치도 스킬도 깜짝 놀랄 만큼 성장했다.

그래도 그 결과를 순순히 인정할 수가 없었다.

"뭐, 호된 꼴을 당했다는 건 부정 안 하겠지만. 그건가? 공부 좀 하라고 잔소리하는 어머니한테 반항하는 아이의 마음?"

『그따위 애를 어머니한테 갖다 붙이지 마세요!』

나도 모르게 염화로 소리치고 말았다.

제일 먼저 떠오른 얼굴은 전세의 어머니.

다음은 이번 삶에서 만난 어머님.

양쪽 다 존경할 만한 사람들이었다.

그분들과 시로를 동일시하고 싶지 않았다.

"미안, 미안. 비유가 좀 안 좋았네."

아리엘 씨는 순순히 사죄의 말을 입에 담았다.

"그래도 말이야, 생명의 은인을 그따위 애라고 부르는 건 아무래

130 거미입니다만, 문제라도? 6

도 역시 심하지 않니? 사람으로서 그런 말을 하면 안 되는 거잖아."

그 말에 머리를 퍽 얻어맞은 듯한 충격을 받았다.

이제껏 들은 적 없었던 아리엘 씨의 싸늘한 목소리에 동요하기도 했다.

그렇지만 그 이상으로 아리엘 씨의 말이 너무나도 올발랐기에 나야말로 잘못돼 있음을 인정할 수밖에 없어서…….

잘 생각해보면 깨닫고도 남을 문제였다.

생명의 은인에 대해 혐오감을 숨기려고도 하지 않는 나는, 주위에서 보기에 은혜도 모르는 나쁜 아이였다.

인간으로서 밑바닥.

그 사실을 직시하고 싶지 않아서 아리엘 씨의 말에 줄곧 반발했지만, 그런 짓을 하면 할수록 자신의 추함을 드러내는 결과가 될 뿐.

보통 생명의 은인을 따르는 경우는 있어도 싫어하는 경우는 거의 없다.

그럼 나는 대체 왜 생명의 은인을 이토록 싫어하는 걸까?

이미 잘 알고 있었다.

『죄송해요.』

"무엇에 대해 사과하는지는 모르겠지만, 그 말은 내가 아니라 시로한테 해야 하지 않을까?"

『맞아요, 그렇죠…….』

이제는 인정해야 한다.

내가 시로를 싫어하는 시시하기 짝이 없는 이유의 정체를…….

『질투를, 했던 거예요.』

내가 시로를 싫어하는 이유는 단지 그게 전부였다.

질투했었다.

아니, 지금도 질투하고 있었다.

전세 때 누구보다도 외모가 수려했던 와카바 히이로라는 존재에게 나는 격한 질투를 느꼈다.

그리고 이번 삶에서도 그 감정을 잊지 못한 채 목숨을 구원받았기에 더욱더 시로를 싫어하게 됐다.

단지 그게 전부다, 너무나도 추악한 이유.

딱히 와카바 히이로에게 원한이 있는 것은 아니었다.

애당초 반이 같았을 뿐 나와 와카바 히이로의 사이에 관계라 부를 만한 것은 거의 없었다.

그저 오로지 내가 일방적으로 질투하고 싫어했을 뿐.

전생하고 심기일전, 글자 그대로 새로 태어나서 인생을 다시 시작하려고 하던 차에 전세에서 그토록 싫어했던 상대와 재회했다.

게다가 주위의 전부를 싹 다 잃어버리는 전락의 상황에서…….

또한 그 상대는 전락의 원인이 된 전쟁, 거기에서 계기의 한 부분을 차지했다고 하잖아.

전세부터 쌓인 감정과 전부를 잃어버린 원인에 대한 분노.

그것들을 바로 곁에 있는 상대에게 쏟아붓고 말았다.

상대가 생명의 은인이라는 사실을 제쳐 놓고…….

나는 전부를 다 잃어버린 데 반해 시로는 전세 때와 다름없는 미모를 지닌 채 압도적인 힘을 보유하고 있었다.

이 격차는 너무하지 않느냐는 분풀이.

시로의 입장에서 보자면 그야말로 불합리하고 엉뚱한 화풀이 같은 감정.

『다시 태어났는데도 저는 여전히 이렇게 추하네요.』

떠듬떠듬 전세 때 사연을 더하여 아리엘 씨에게 이야기했다.

떠오르는 대로 곧장 말했던 터라 분명 맥락이 없어 이해하기 힘든 내용이었을 것이다.

그럼에도 아리엘 씨는 가만히 마지막까지 들어줬다.

그래서일까, 나는 아리엘 씨가 위로의 말을 건네주리라고 기대하고 있었다.

"소피아는 바보야?"

『네?!』

그 탓에 아리엘 씨의 입에서 나온 신랄한 말을 듣고 나는 말문이 막혀버렸다.

"바보랄까, 다른 사람에 대한 상상력이 없구나. 뭐, 메라조피스의 고민을 이해하지 못하는 시점에서 이미 알았지만."

아리엘 씨는 마치 됨됨이가 안 된 학생을 보는 눈으로 나를 내려다봤다.

"소피아는 있잖아, 결국 자기 자신밖에 생각을 안 하는 거야. 자기가 제일 불쌍하고, 바로 그 때문에 다른 사람의 사정을 돌아보지 않아. 지금도 그렇잖아? 나는 추해요~ 이런 말로 기특한 태도를 취하고 있지만, 그렇게 자기혐오에 빠진 시늉을 해서 반성했다고 치고 넘어가자는 거잖아. 반성했으니까 나는 더 이상 나쁘지 않아, 이제 끝. 결국은 자기를 정당화하고 싶을 뿐이네."

아리엘 씨는 가차 없이 나에게 평가를 내린다.

너무나도 모질고 모진 그 내용에 나는 반론조차 잊어버린 채 멍하니 듣고 있을 수밖에 없었다.

"소피아는 자기가 말한 대로 추하구나."

매몰차게 들리는 한마디에 나는 핏기가 가시는 것을 느꼈다.

이 사람에게 미움받으면 정말 큰일이 난다.

만약 지금 이 사람이 나를 포기하면 나와 메라조피스는 어떻게 되는 거야?

시로에게는 줄곧 못되게 굴었잖아.

거기까지 생각하다가 퍼뜩 깨달았다.

아아, 제일 먼저 이런 걱정부터 떠올리니까 나는 추한 사람이구나.

아리엘 씨의 지적이 딱 맞다고 자기 스스로 납득했다.

이번에는 아리엘 씨의 말처럼 시늉이 아니라 진지하게 자기혐오에 빠져서 침울해졌다.

"뭐, 소피아가 보기 드문 불행한 환경에 있었다는 건 변함없고, 나도 그런 아이를 이제 와서 내버리지는 않을 테니까 안심하렴."

그야말로 내가 걱정하고 있던 것을 알아맞혀서 그 점은 보장하겠다고 말하는 아리엘 씨.

안심하는 동시에 내 머릿속의 생각은 그토록 알기 쉬운 걸까, 하고 자조했다.

이리도 뻔히 들여다보일 만큼 얄팍하다는 거네.

"후유. 어린애 상대로 말이 좀 지나쳤나? 나도 어른스럽질 못하네."

진지하게 내가 침울해하고 있었다는 걸 알아봤는지 아리엘 씨는 겸연쩍다는 듯 머리를 긁적거렸다.

어린애, 분명 아리엘 씨가 보기에 나는 어린애가 맞다. 게다가 실제로 아직 갓난아기지만, 이렇게 대놓고 말을 들으면 상처 받는다.

한 사람의 개인으로 인정을 못 받는 것 같아서…….

실제로 아리엘 씨가 보자면 나는 손 많이 가는 어린애밖에 안 된다는 것을 알겠다.

"자신을 제일 불쌍하게 여기는 게 딱히 잘못은 아냐. 아니지, 대부분의 인간은 자신을 제일 불쌍하게 여기는 법이거든. 다만 자기 하나만 불쌍하게 여기겠다고 다른 사람을 깎아내리면 안 되는 거야. 인간이니까 어쩔 수 없이 좋고 싫은 감정은 있을 테지만, 그런 감정을 감안하고 관계를 맺는 게 어른 아니겠어? 그러니까 감정을 빼놓고 지금까지 소피아랑 시로의 관계가 어떠했던가 고민해볼래? 뭐, 나도 시로한테는 딱 결론짓고 시원스러운 태도로 대하지는 못 하니까 남의 말을 할 처지는 아니지만 말이야."

마지막 말은 자조하는 듯 들리기도 했으나 그 이외는 전부 타일러주는 말이었다.

아리엘 씨의 말대로 감정을 제외하고 지금껏 시로와 맺은 관계를 돌이켜본다.

전세에서는 솔직히 관계라 할 만한 관계가 없었다.

이번 삶에서는 우선 도적에게 습격당했을 때 도움을 받았던 것이 시작.

그러고 나서는 내가 살고 있던 도시의 바로 근처에 둥지를 만들어 눌러앉았지.

이유를 본인에게 직접 들은 것은 아니지만 아마도 엘프의 마수에서 나를 지키기 위해서였다.

아리엘 씨도 이전에 비슷한 말을 했었고…….

한번은 저택에 수상한 인간의 시체가 나동그라져 있었다는 이야기를 들은 적이 있었다. 그자는 아마 나를 노린 엘프의 하수인이었겠지.

무엇보다도 포티머스라는 엘프에게 거의 살해당할 뻔했을 때 나를 구해줬다.

그리고 지금도 이렇게 함께 다니면서 도와주고 있었다.

……내내 도움만 받고 살았구나, 나.

게다가 어떤 대가도 없이…….

『시로는, 대체 왜 저한테 이렇게까지 잘해주는 걸까요?』

"글쎄? 시로의 속마음은 나도 잘 몰라. 뭔가 생각이 있을지도 모르고, 아무 생각이 없을지도 모르고."

나도 모르게 꺼내 놓은 물음에 아리엘 씨는 농담조로 답했다.

하지만 아리엘 씨도 진짜 모른다는 것이 그 말로 전해졌다.

돌이켜보면 시로는 어떤 보답도 요구하지 않고 쭉 나를 구해주고 있었다.

이토록 못된 태도로 구는 나를…….

그 헌신의 수준은 섬뜩해지는 구석마저 있었다.

아리엘 씨가 이전에 사람은 대가 없는 봉사를 받으면 다른 속내가 있지 않겠느냐고 의심할 수밖에 없다고 말했었는데, 이게 딱 그렇다.

시로가 내게 헌신하는 수준은 분명 속내가 따로 있으리라고 저절로 의심하게 될 만큼 도를 넘어섰다.

아리엘 씨가 우리에게 친절히 대해주는 이유는 본인의 말에 의하면 시로가 우리에게 친절하게 굴고 있으니까.

아마도 그 이상으로 아리엘 씨 본인이 친절한 성품이라는 이유가 있지 않을까 하는 생각이 들지만 저 말에는 분명 거짓말이 없었다.

아리엘 씨가 우리의 안부에 신경 써주는 까닭은 시로가 곁에 있기 때문에…….

시로가 우리의 안부를 신경 써주지 않았더라면 아무리 아리엘 씨가 친절하더라도 우리를 굳이 도와주려고 나서지는 않았을 거야.

그럼 시로는 어째서 우리에게 관심을 갖고 신경 써주는 걸까?

전세의 인연?

겨우 그거 때문에 이렇게까지 잘해줄 수 있을까?

나와 시로는 단지 반이 같았을 뿐, 딱히 대단한 접점이 없었잖아.

거의 연관이 없던 상대를 위해 이렇게까지 해주는 거야?

만약 반대의 입장이었다고 해도 나라면 그런 짓은 하지 않는다.

아니, 못한다.

포티머스 같은 상대에게 타인을 위해 목숨을 걸고 맞서 싸운다는 게 내게는 불가능하다.

만약 그런 행동을 정말 어떤 보답도 바라지 않고 단지 오로지 선심만 갖고 하는 사람이 있었다면…….

성인(聖人)이라는 말이 머릿속을 스쳐 갔다.

동시에 시로가 도시의 주민들을 위해 병이며 부상을 무상으로 치료해줘서 감사받았던 사건을 떠올렸다.

지금처럼 아라크네의 모습이 아닌 진짜 마물로밖에 안 보이는 거미의 모습이었던 시로가 도시 주민들에게 받아들여졌고 칭송받았던 것을 떠올린다.

물론 여신교에서 거미 신수를 숭배한다는 마침 딱 들어맞는 배경이 있었기 때문에 그런 상황으로 발전했겠지만, 거기에 시로의 인간성이 관계되지 않았을 리는 없었다.

사람은 외모가 전부라고 치부했었다.

하지만 그렇다면 시로는 어떻게 인정받았던 거지?

전세에도 이번 삶에서도 인정받았던 것은 외모뿐이었던가?

아니.

전세는 그렇다 쳐도 이번 삶의 시로는 거미 마물의 모습으로 인정받았다.

결코 외모로 우대를 받았던 것이 아니다.

본인의 인품을 갖고 도시 주민들에게 인정받았으며 칭송받았었다.

그 은혜를 누리면서도 나는 제멋대로 질투하고 미워하고…….

아리엘 씨의 말대로 나는 바보 같은 어린애였다.

『앞으로 조금씩 태도를 바꿔 나갈게요.』

"응. 그러는 게 좋다고 봐~. 당장 바꾸려고 해도 마음이 아직 머뭇거릴 테니까 말이야. 천천히 적응하는 게 좋겠지."

아리엘 씨가 건네는 긍정의 말에 안도감을 느낀다.

당장 바로는 무리겠지만 시로를 대하는 태도는 차차 바꿔 나가고 싶다.

외모가 괜찮으면 「인생의 승리자」라고 단정 지었었지만 아무리 외모가 훌륭해도 내면이 추한 사람은 추하다.

외모는 신경 쓰지 않겠다고 그런 소리를 하는 사람은 위선자라고 지금도 생각하지만 나는 그 반대로 외모밖에 보지 않았다.

외모도 내면도 아름다워야 비로소 그 사람이 빛나기 마련인데…….

나는 그런 사실도 알지 못했다.

분명 그것을 알지 못하는 채로 성장했다면 나는 점점 더 추해졌겠지.

『저도, 아리엘 씨와 시로를 본받아서 남을 배려할 수 있는 사람이 되고 싶어요.』

"으, 응…….."

내 선언에 어째서인지 아리엘 씨는 미묘한 표정을 지었다.

"시로가 남을 배려한다? 으, 으음? 아니, 그래도, 지난 행동을 돌이켜보면……. 흠흠, 모르겠는걸."

도란도란 뭐라고 중얼거리는데 왜 저러는 걸까?

"응. 시로는 도통 모르겠어! 그래도, 뭐, 소피아는 같은 전생자니까 구해줬다는 게 이유 같기는 하거든!"

『그래도 그 이유 하나 때문에 이렇게까지 잘해줄까요?』

아리엘 씨의 짐작은 아마 틀리지는 않았겠지만, 단지 그 이유 때문에 이렇게까지 해줄 수 있을까?

"글쎄? 그 질문은 시로 본인에게 해야지, 나는 뭐라 말을 못해주겠네. 아~ 그래도 어쩌면 기뻤을지도 몰라."

『네? 기뻤다고요?』

"응. 지옥을 견디고 살아 나와서 고향 사람을 만나 기분이 확 들떴을지도? 자기도 모르게 구하러 나설 만큼은…….”

아리엘 씨가 하는 말의 의미를 잘 모르겠어서 마음속으로 물음표가 휙휙 날아다닌다.

“시로는 알다시피 거미 마물이었잖아? 그리고 태어난 장소는 엘로 대미궁이라고 세계 최대로 위험한 던전이거든. 뭐, 목숨 하나를 부지하기도 어려운 환경이었던 거야. 소피아는 말이야, 신기하다고 느낀 적 없었어? 시로가 왜 저렇게 강한지.”

분명 듣고 보니까 신기하기는 했다.

“뭐, 대답은 단순 명쾌해. 강해지지 않으면 살아갈 수가 없었기 때문이야. 처음부터 압도적인 힘을 갖고 있었던 게 아니지. 힘 없이는 살 수가 없어서 힘이 필요했으니까 가졌어. 자신에게 마법을 날려 내성 스킬을 올린다는 수법을 보통은 떠올리지도 않아. 떠올렸어도 실행은 안 하지. 그렇게 정신 나간 방법을 동원해서라도 강해져야 하는 환경이었던 거야.”

문득 떠오르는 광경은 내 손이 날아가버릴 만큼 높은 위력의 마법을 두르고 있던 모습.

그때 나는 머리가 이상한 게 아니냐고 처음에는 생각했었다.

하지만 그 후 아리엘 씨에게 내 착각이라고 부정당한 뒤 내가 잘못 받아들였다고 생각을 고쳐먹고 수치심을 느꼈다.

하지만 실제로 그 방법을 시험해보고 나는 또 생각을 바꿨다.

손바닥을 휙휙 뒤집는 것 같지만 역시 그 방법은 머리가 이상한 사람이나 할 짓이라고…….

실제로 약한 마법을 자신에게 날렸던 나는 고통 때문에 몸부림치는 신세가 됐으니까.

당연하잖아.

공격 마법은 공격을 위한 마법.

상대를 상처 입히는 것이 목적이고, 그렇다면 그 마법을 자신에게 날렸을 때 자신이 상처 입는 것은 당연하다.

그런 짓을 표정 한 번 바꾸지 않고 실행하는 시로가 이상한 사람이지, 보통은 그런 방법까지 쓰면서 스킬을 올리려고 들진 않는다.

나 역시 강제당하지 않았다면 굳이 하려고 나서지는 않았을 거야.

하지만 그런 짓을 꼭 해야 할 만큼 과혹한 환경에 있었다면?

"거기에서 살아남아 고향 친구를 만난다면 기쁜 마음에 번거로워도 몇 번은 도와주고 싶은 마음이 들지도 모르지."

살짝 자신 없어 하면서 아리엘 씨는 그렇게 마무리를 지어줬다.

결국 그 심정은 시로 본인밖에 모르니까.

다만 시로가 갖은 고생을 겪으면서 살아왔다는 것만큼은 잘 알겠다.

『시로도 저와 비슷하거나 그 이상으로 온갖 고생을 겪어 왔던 거네요.』

그렇게 손에 넣은 힘을 나는 단지 격차라고 추하게도 마음속으로 깎아내리기만 했다.

시로가 얼마나 심한 고초를 겪고 그 힘을 자기 것으로 만들었을지 알아보려고 하지도 않고……

"뭐, 누가 더 불행했다고 멋대가리 없는 소리는 안 할게. 다만 시로도 지금까지 편안하게 살아온 게 아니라는 정도는 알아줬으면 좋겠네. 고향 사람과 재회했다는 기쁨을 공유할 단계는 이미 아니지만 말이야, 그래도 언제까지고 사이가 나쁜 채로 지내기는 싫잖아."

『네.』

솔직하게 대답했다.

상상해버렸으니까.

지옥을 견디고 살아남아서 간신히 재회한 고향의 인간.

그 상대가 쌀쌀맞게 군다면?

나라면 마음이 꺾여버렸을지도 모르겠다.

나 자신이 지금까지 시로에게 얼마나 못된 짓을 했었던가, 절실하게 깨닫고 말았다.

은혜를 원수로 갚고도 그러기를 당연하다고 여겼다는 거다. 나는 정말 둘도 없는 바보였어.

조금만 고민해보면 알 만한 일이었는데도…….

정말로 나는 자기밖에 몰랐다. 다른 사람을 보려고 하지 않았다는 것을 깨닫게 된다.

그러면 메라조피스도 조금만 고민하면 알 수 있었다는 거야?

"자. 이제 슬슬 자야지. 안 그러면 내일 시로한테 시달리다가 뻗어버린다?"

떠올리던 생각은 아리엘 씨의 말에 가로막혀서 안개처럼 흩어졌다.

『네, 알겠어요. 안녕히 주무세요.』

이런저런 상념이 머릿속에서 소용돌이치는 터라 잠들 수 있을까 조금 걱정스러웠지만 지쳐 있었던 나는 금세 의식을 놓아버렸다.

눈을 뜨면 일단 그동안 못되게 굴었던 태도를 시로에게 사과해야겠다고 다짐하면서…….

막간 마왕의 혼잣말

잠든 채 곤한 숨소리를 울리고 있는 소피아를 바라본다.

"이렇게 보면 그냥 갓난아기란 말이지~. 그리고 또, 이렇게 안 봐도 내면은 아직 어린아이가 맞아."

전생자든 뭐든 원래 나이를 감안하면 아직 이 아이는 꼬맹이였다.

이제껏 겪은 사건을 떠올리면 감정적이 될 수도 있고 잘못 행동할 수도 있었다.

"어린애니까 잘못을 저질러보는 것도 삶의 과제야. 중요한 건 잘못을 하고 난 다음에 제대로 바른 길로 돌아갈 수 있느냐는 것. 잘못을 깨닫게 해주고 바른 길로 이끌어주는 어른이 곁에 꼭 있어줘야 해. 가르치고 타이르고 이끌어주는 보호자가 말이야."

이 아이는 부모를 잃어버렸다.

그러니까 그 보호자의 역할은 다른 누군가가 맡아줘야 한다.

"하지만 정작 보호자라는 어른이 잘못됐다면 아무 소용이 없지. 그래도 이 부분이 되게 어렵거든. 애당초 올바름이라는 건 입장이며 다른 요소 때문에 대굴대굴 바뀌어버리니까. 그러니까 어른은 스스로 올바름을 항상 고찰하고 그 올바름에 긍지와 자신감을 가질 수 있어야 해. 번민하거나 흔들리는 상태에서 어린아이에게 올바름에 대해 가르친다는 건 어림도 없다는 거지."

꼭 어린아이뿐 아니라, 본인마저 올바르다고 자신감을 갖고 말을 못 하는 소리는 아무도 인정해주지 않는다.

인정을 안 할뿐더러 받아들일 리도 없다.

그러니까 어른은 늘 자신이 올바르다는 사실을 증명할 수 있어야 한다는 거다.

"아직은 아마 자신의 내면에서도 그 올바름의 정체를 확고하게 굳히지는 못했을 거야. 그래도 자신에 대해서 매듭을 짓지 못하는 인간이 누군가를 위해 무언가 해주겠다고 나설 생각은 말아야겠지. 다만 조바심을 못 이기고 어설프게 각오를 다져서는 안 돼. 단단하게 형태를 이루지 못하면 언젠가 그 껍데기는 벗겨져서 떨어져버릴 거야. 그렇게 됐을 때는 분명 지금보다도 참담한 신세가 될걸. 그러니까 철저하게 전부 다 소화하는 게 좋겠네."

조바심에 휩싸인 상태에서 내린 결론이 제대로 견고할 리가 없다.

고민하려거든 마음껏 실컷 고민하는 게 좋다.

고민하고 또 고민하고 지치도록 고민한 끝에 내린 결론이야말로 가치가 있었다.

"이번에는 내가 보호자의 대역을 맡아줬어. 그래서 이 아이는 한 걸음 성장했지. 바로 그 때문에 머지않아 누구누구 씨가 떠안은 고민의 정체도 깨닫게 될 거야. 그때 이 아이가 어떻게 마주 설지, 누구누구 씨는 어떻게 대응할지, 그 부분은 내가 알 바는 아니겠네. 누구누구 씨가 보호자로서 이 아이와 함께하기를 바란다면야 쓸데없이 걱정을 끼치지 않기 위해서라도 대답을 내놓는 게 제일이야. 하지만 이 아이와 옆에 나란히 서서 함께 번민하며 걸어가는 길도 나는 있었다고 생각해. 그렇게 되는 경우에는 누군가가 보호자 역할을 나서서 맡아줘야 할 텐데, 뭐, 그거야 나도 해줄 수 있지. 내가 보기에는 이 녀석이든 저 녀석이든 전부 한참 연하에 꼬맹이거든.
뭐, 어느 쪽을 선택하든 간에 후회만큼은 하지 않도록 잘 선택해봐.
이상, 혼잣말 끝."

"……마음에 깊이 새겨 두겠습니다."

혼잣말이랬는데도 내 말에 대답이 돌아왔다.

저 대답은 못 들은 시늉을 해줘야겠다.

3 술은 백약의 급전개

어느 날을 경계로 흡혈 양이 다소곳해졌다.

잠에서 깨어났을 때 갑자기 사과의 말을 건네는데, 무엇 때문에 하는 사과인지 도통 아리송했다.

뭐, 덕분에 이제까지는 반항적이었던 태도가 얌전해졌으니까 즐겁고 즐거운 육성 계획을 순조롭게 진행할 수 있어서 나로서는 대환영이었지만…….

기분은 육성 시뮬레이션 게임의 주인공.

이제 이리된 이상 흡혈 양을 최강의 숙녀(웃음)로 키워드리겠소이다!

그러그러해서 매일매일 트레이닝 모드로 흡혈 양의 스킬을 올려주고 있었다.

물론 내 스킬 성장도 병행해서 하고 있지만 아쉽게도 별로 진전이 없다.

어쨌든 대부분의 스킬이 이미 고레벨을 달성해버렸으니까 그만큼 레벨 하나를 올리려고 해도 무척 고생스럽거든.

가끔씩 나도 모르는 사이에 레벨이 올라간 적이 있는 이유는 분명 병렬 의사를 이식한 분신체가 열심히 일해주는 덕분인 듯싶었다.

하지만 그 몫을 더하더라도 역시 성장이 느렸다.

오만이라는 성장 치트 스킬을 갖고 있는데도 이런 꼴이다.

없었다면 성장이 아예 멈춰버리지 않았을까 싶을 정도야.

그렇다 해도 여기에서 발이 묶여 있으면 언제까지고 마왕을 영영 따라잡지 못한다.

우선 성장 속도가 나쁜 스킬은 반쯤 방치하기로 하고 중요한 스킬을 중점적으로 성장시키는 방침을 채택했다.

개중에서도 왜곡의 사안은 철저하게 공을 들이고 있었다.

그야 포티머스에게 대항 가능한 수단이 이 스킬밖에 없는걸.

능력치도 스킬도 싹 봉인하는 그 결계가 발동되면 내 장점인 실도 마법도 거의 전부 다 못쓰게 되어버린다.

그 결계 안에서도 사용 가능한 거의 유일한 원거리 공격 수단이 왜곡의 사안.

가능하면 그런 녀석이랑 또 싸우고 싶진 않지만 미리 대비해서 손해 볼 일은 없다.

마왕의 말투로 짐작하면 아무래도 일전에 싸웠던 포티머스는 원격 조작 인형 같은 것으로, 아직도 재고가 잔뜩 남아 있는 것 같고…….

포티머스가 흡혈 양을 노리려고 든다면 부득이하게 또 싸워야 하는 상황과 맞닥뜨릴 수도 있었다.

저번에는 마왕이 난입했던 덕분에 간신히 살아났지만 다음에는 어떻게 될지 모르잖아.

솔직히 그때 마왕이 난입하지 않았더라면 승률은 5할, 혹은 그보다 더 낮은 수준이었다.

그 결계 안에서는 불사 스킬이 효과를 발휘할지도 모르는 거고, 알 부활 역시 가능했을지는 살짝 의문이 든다.

최악의 경우 거기에서 죽었을 수도 있었다는 것이다.

그렇게 생각하면 대책 마련에는 만전을 기할 필요가 있다는 거지.

그 때문에 왜곡의 사안을 신경 써서 관리하고 있지만 달랑 하나 갖고는 아무래도 불안스러웠다.

포티머스도 내 왜곡의 사안을 이미 목격했고…….

그렇다면 당연히 나와 마찬가지로 대책을 강구해서 나타날 수도 있는 셈이다.

지금 상황에서 왜곡의 사안까지 봉인하는 수단을 들고 나오면 완전히 외통수였다.

따라서 왜곡의 사안 말고도 뭔가 대항 가능한 수단을 확보해 놓고 싶거든.

그렇게 고민하다 보니까 하나밖에 방법이 떠오르질 않더라니까~.

즉 레벨을 올려서 물리력으로 후려 패는 것.

포티머스의 결계는 몸 바깥에 작용하는 스킬과 능력치를 무효화한다.

그것은 즉 체내에 작용하는 스킬과 능력치는 그대로라는 뜻이고, 신체 능력 따위는 다소 떨어진다고 해도 능력치를 여전히 활용하여 움직일 수 있다는 뜻이다.

그러니까 육체적인 능력치를 강화해서 물리력으로 팍팍 후려치는 게 가장 효과적이라는 거지.

그렇다 해도 말처럼 간단하지는 않아.

어쨌든 내 능력치는 물리만 빼놓고 봐도 상당히 높거든.

마법계 능력치에는 못 미치지만 지금의 나라면 마법 없이 마더와 싸움박질을 벌여도 되는 수치는 달성했다.

그런 능력치를 갖춘 내가 왜곡의 사안 말고는 대항책이 없다고 난 감해했을 만큼 엄청난 고전을 강제당했다.

절대적인 우위를 확보하기 위해서는 그야말로 마왕에게 준하는 능력치를 달성할 수밖에 없다.

그렇기는 한데 내 성장은 이제 엄청나게 느려졌거든…….

능력치는 올리는 게 얼마나 힘들던지, 이 여행을 시작하고 나서 진짜 미미한 양밖에 안 올랐다.

그에 더하여 레벨도 안 오른다.

아라크네로 진화한 뒤 그럭저럭 시간이 흘렀고, 여행 중에 그럭저럭 많은 양의 마물을 해치웠는데도 레벨은 전혀 오르지 않았다.

레벨 업에 필요한 경험치의 양이 터무니없이 많아져서 여기저기에 널린 잔챙이 마물을 쓰러뜨려 봤자 별 티가 안 난다.

꽤 강한 마물이라든가 인간이라도 죽이지 않는 한 보탬이 되지 않는다.

그렇지만 강한 마물이 여기저기에서 휙휙 나타날 리도 없고, 인간을 죽인다고 해도 닥치는 대로 마구 죽이고 다닐 수도 없는 노릇이었다.

도적이라든가 그런 나쁜 놈들이라면 상관없다는 생각이 들지만, 애당초 사람들의 눈을 피해 숲이나 산을 나아가고 있는 관계로 인간과 조우하는 상황 자체가 없단 말이지~.

도적이라든가 그런 녀석들도 너무 깊은 숲속이나 험한 산속 같은 곳에는 자리를 안 잡을 테고…….

그런 길을 골라서 이동하다 보면 만남이 없을 수밖에 없다.

어라, 결혼 못하는 사람처럼 말하고 있네.

어딘가에서 비약을 확 이루고 싶긴 한데, 마왕의 눈도 있고 지금은 얌전하게 구는 게 그냥 낫겠다.

마왕이랑 같이 있으면 포티머스가 습격을 벌여도 맡겨 놓고 안심할 수 있으니까.

어쨌든 지금은 착실하게 꾸준히 성장하는 방법뿐이었다.

그래서 눈여겨보게 된 것이 지금껏 쳐다보지도 않았던 무기 스킬.

나는 예전에 칭호로 방패의 재능이라는 스킬을 획득했다.

방패를 들고 다니면 좋은 일이 생길 거야! 요런 스킬.

그때는 아직 아라크네로 진화하지 않았었거든. 방패 따위 장비도 못 하잖아, 바보야! 별수 없이 그냥 썩혀 놓아야 했던 그 스킬 말이야.

하지만 아라크네로 진화해서 인간형 상반신을 획득한 지금, 나는 무기를 장비할 수 있게 되었다는 말씀!

즉 방패든 뭐든 써먹을 수 있도다!

써먹을 수는 있는데 솔직히 말하자면 지금도 여전히 그냥 썩혀 놓는 스킬이다.

왜냐하면 아라크네가 되었으니까 그야 손도 있고 방패를 쥘 수는 있다지만, 정작 방패가 내 몸보다 물렁하거든…….

내 능력치는 방금 전에도 말했듯이 엄청나게 높다.

그야말로 금속으로 만든 방패보다도 더욱 방어력이 높을 만큼.

자기 육체보다 물렁한 방패, 그런 물건을 들고 다닌다고 어떤 의미가 있는데?

다른 무기도 거의 마찬가지.

한번은 인형 거미의 무기를 빌려서 써본 적이 있는데 내 몸에는 이렇다 할 흠집조차 나지 않았다.

전에는 저거 때문에 빈사가 되도록 싹둑 잘려 나갔던 기억이 있는 만큼 나도 강해졌구나~ 싶어서 감개무량했지, 뭐.

아무튼 그건 그렇다 치고.

요컨대 인형 거미가 쓰는 무기마저도 내 육체에는 미치지 못한다는 것.

솔직히 무기를 들고 다니기보다는 주먹이나 휘두르는 게 파괴력도 더 높았다.

그렇게 되면 무기를 들고 다닐 필요가 없지 않나? 그런 생각도 들지만 예외가 되는 물건이 존재했다.

요는 내 육체 이상의 파괴력과 강도를 지닌 무기가 있으면 되는 거잖아.

뭐, 그런 무기가 때마침 손에 들어올 리가 없지.

인형 거미도 나름대로 능력치 1만을 넘기는 괴물이다.

그런 인형 거미가 쓰는 무기마저도 내게는 부족하다는 거고…….

그야말로 전설의 어쩌고라든가 그런 느낌의 무기가 아니면 도저히 쓸 만한 물건이 못 된다.

여기서 잠깐~!

쓸 만한 물건이 없다고? 그럼 확 만들어버리면 되지 않겠는가!

엉? 그렇게 간단히 전설급의 무기를 만들 수 있을 리가 없다고?

쯧쯧쯧.

그게 말이야, 만들어지거든. 게다가 비교적 간단히.

왜냐하면 재료는 이미 갖춰져 있거든.

다른 무엇도 아닌 내 몸이라는 재료가!

내 육체보다 무기가 물렁거려서 문제라고? 그럼 내 몸을 써서 무기를 만들면 해결되지 않아?

그리고 내 육체에는 더할 나위 없도록 무기스러운 부위가 존재한다.

그렇죠, 거미형의 앞다리 둘, 낫 모양으로 돼 있는 그 부분이랍니다.

어차피 싹둑 잘라도 치료 마법을 쓰면 또 도로 자라나니까 베어서 무기로 가공해도 아무 문제가 없다.

그런고로 앞다리를 뿌리 부분부터 싹둑 잘라다가, 자루로 삼을 부분을 골라서 다른 다리를 또 싹둑 잘라다가 실로 묶어 연결시켜 모양새를 가다듬었다.

그러니까 어머나, 이렇게 간단하게 완성.

짜라자라 짜잔짠~.

거미 대낫~!

사신의 낫처럼 생긴 무기가 완성.

내 육체를 쓴 이상 내 육체보다도 약하지 않고 파괴력 역시 보증서가 붙는다.

내 육체를 써서 만들었기 때문인지 손에 착 달라붙었다.

가볍게 허공에 대고 휘두르기만 해도 낫의 재능이라는 스킬을 얻을 만큼.

이걸로 나는 육탄전에서 쓸 수법이 하나 늘어난 셈이다.

지금까지 물리계 능력치는 속도 말고는 덤 비슷한 녀석들이었고 별로 활약할 기회가 없었지만 이제부터는 다르다.

마법에 너무 의존하면 그것들을 봉인당했을 때 위기에 빠진다는 걸 깨달은 이상 접근전의 실력도 갈고닦아야 한다.

하루하루의 일과에 흡혈 양과 메라와 함께 휘두르기 수련이 추가 되었다.

흡혈 양은 비명을 질렀지만 내가 알 바는 아니지롱.

그러저러하여 흡혈 양과 자신을 단련하면서 나아가는 여행길.

여행을 떠난 지 벌써 2개월 정도 흘렀는데 아직껏 목적지에는 도 착 못 했다.

하지만 여행이라고 했을 때 이 세계에서는 보통 이런 식이었다.

비행기라든가 자동차라든가 빠르고 편한 탈것이 당연하게 있었던 전세의 세계와 달리, 이쪽 세계에서는 이동하는 데에도 무척 많은 시간이 걸린다.

나도 엘로 대미궁을 걸어서 지나왔던 경험이 있으니까 잘 안다.

진지하게, 지구의 문명은 정말 굉장하다.

내게는 전이라는 치트 이동 수단이 있지만 그것도 가본 적 있는 장소에 한정되거든.

가본 적 없는 사리엘라 국의 수도는 곧장 전이가 안 된다는 거지.

같은 나라 안에서도 이토록 오랜 시간이 걸리니까 나라를 건너서 이동해야 하는 일이 생기면 그야말로 연 단위의 시간이 걸리지 않 으려나?

정기적으로 도시에 들르고 있기는 한데, 도시와 도시 사이의 이동 에도 1주일은 걸리니까 말이야.

뭐, 도시에 들른다는 이벤트가 없으면 아예 이렇다 할 변화가 없는 나날을 보내는 거지.

그래서 현재 나 말고 다른 녀석들은 도시 안으로 사라졌습니다.

예예, 또 서~글~픈~ 사~람~, 남~겨~졌~도~다~, 상태죠.

그렇다 해도 첫 번처럼 서글픔에 젖어 있지는 않았다.

남겨졌도다를 당한 내가 아무래도 가엾다고 여겼는지, 마왕이 다음 날부터 요리를 담당해주기로 했다.

그 요리가 엄청나게 맛있었다.

얼마나 맛있느냐면 말이야, 나도 모르게 눈물을 흘릴 만큼 맛있었어.

옆에서 흡혈 양이 아주 기겁을 했지만 전혀 신경이 안 쓰일 만큼 맛있었어.

응, 그 요리를 먹여준다면 마왕의 부하가 되는 것도 나쁘지 않겠다고 진심으로 고민했을 만큼 맛있었어.

과연 멋으로 오래 산 게 아니구나.

마더를 포함해서 거미 군단을 길러 낸 그랜드마더의 실력은 과연 기가 막혔다.

거기에다가 도시에 들른 다음 날 요리는 신선한 식재료를 쓸 수 있으니까 살짝 더 호화로웠다.

그래서 이렇게 마냥 기다려야 하는 시간도 아주 고생스럽지는 않았다.

오히려 도시에 들른다는 것은 내게 일종의 이벤트로 자리 잡고 있었다.

내일아, 빨리 와라~. 이런 생각은 하지만……

그리고 나 말고 이 이벤트를 기대하는 녀석들이 더 있었다.

인형 거미들.

얘네는 겉모습이 날이 갈수록 인간에 가까워지고 있었다.

뭐라고 해야 할까, 이제는 한 녀석이 아니라 한 명이라고 불러야 될 만큼.

신직사를 활용한 인형 대개조 작전은 지금까지도 계속 중이라는 말씀.

신직사는 스킬로서는 이미 더 이상 올라갈 데가 없지만 연구하면 보다 폭넓은 운용이 가능해진다.

그쪽의 연구를 겸해서 인형 거미들의 비포 애프터를 손봐주고 있는 셈인데, 요즘은 언뜻 봐서는 인간과 구분이 되지 않는 수준까지 도달했다.

뭐, 세세한 부분을 뜯어보면 어쩔 수 없이 위화감이 느껴지니까 인간이 아니라는 사실이 드러나버리겠지만 말이야.

최종적으로는 찬찬히 들여다봐도 만져봐도 인형임을 몰라볼 수준으로 마무리 짓는 게 목표.

현재는 세부의 위화감을 없애기 위한 자잘한 작업과, 사람 피부를 만졌을 때 그 말랑거리는 감촉을 부여하기 위해 피하 조직의 재현을 연구 중이다.

인형 거미들도 아주 기꺼이 협력해주는 덕에 연구가 쭉쭉 진행된다.

본체는 좀 무시무시해도 역시 내용물은 여자애.

자신의 외모가 점점 예뻐진다는 게 기쁜가 봐.

패션에도 눈뜬 듯 소환될 때마다 다른 옷을 입고 있었다.

아마도 자기가 만든 옷인 것 같아.

종류가 다양해서 자꾸 봐도 싫증이 안 난다.

여섯 개 달린 팔을 어떻게 하면 부자연스럽지 않게 보일 수 있느냐가 인형 거미들의 과제인 듯 거기에 집중해서 연구한 결과를 보면 이따금 「오오!」 하고 감탄할 정도였다.

참고로 인형 거미들의 숫자는 전부 다 해서 네 명이다.

처음에는 두 명씩 소환됐었는데, 아무래도 인형 거미끼리 누가 소환되느냐를 두고 싸움이 발생했나 보다.

그런고로 언제부터인가는 네 명 전원이 소환되는 식이었다.

너희들 너무 즐기는 거 아니야?

그렇게 나랑 만나고 싶구나? 그래, 그렇구나.

기분은 굉장한 솜씨를 지닌 에스티션이 된 느낌?

아이~ 괴로워라~.

내 뛰어난 솜씨를 바라면서 여자애들이 나를 두고 싸우는 거네. 괴로워라~.

인기 많은 것도 죄구나~.

응, 나랑 만나고 싶은 게 아니라 내 손에서 인형이 예뻐지는 게 기쁜 거죠, 다 압니다. 넵.

참고로 얘네는 이름이 아직 없다길래 그럼 불편하니까 이름을 붙여주려고 했더니 마왕이 허둥거리면서 말렸다.

"이름은 내가 꼭 지어줄게. 제멋대로 이름 붙이면 안 돼! 알았지?"

이러쿵저러쿵.

역시 부모로서 이름은 꼭 자기가 고민해서 붙여주고 싶은 걸까?

그럼 태어났을 때 얼른 붙여줬어야 하지 않아?

다음에 소환됐을 때는 저마다 이름을 가르쳐줬다.

아엘, 사엘, 리엘, 피엘이라고 한다.

뭐랄까, 좀 적당히 지었다는 느낌이 드는 작명이지만 타박하면 지는 것 같아서 무시했다.

한 명 한 명 성격이 달라서 재미있었다.

아엘은 빠릿빠릿하면서도 은근히 깍쟁이다.

첫날에 제일 먼저 고기를 덥석 물었던 녀석이 얘.

사엘은 자기주장이 밋밋하고 소심한 타입.

첫날에 만난 다른 한 녀석이 얘.

리엘은 천연 푼수에 왈가닥.

피엘은 촐싹데기.

수다를 떨어보지도 않고 이렇게 성격이 드러난다는 건 어떤 의미로는 굉장한 거지.

맞다, 다음에는 성대의 재현에도 착수해보자.

수다를 떨 수 있게 되면 분명히 시끌시끌해지겠지, 하지만 그것도 나름대로 괜찮지 않아?

물론 쉽지는 않겠지만 도전해서 안 될 일은 없다고.

실만 있으면 뭐든 다 만들어 낸다!

……실은 굉장하구나~.

자기 연마에 흡혈 양 육성에 인형 거미 개조까지, 여행 도중 이것저것 하면서 순조롭게 성과를 올리고 있었다.

그렇기는 한데 당연하게도 전부 다 그냥 다 문제없이 잘 풀리지는 않는 법이었다.

오히려 어쩌다 보니 휙 출발하게 된 이 여행은 문제투성이다.

뭐, 그야 그럴 수밖에. 문제가 일어났으니까 이렇게 여행을 떠나게 된 셈이기도 하고…….

흡혈 양과 메라는 살고 있었던 도시가 괴멸된 데다가 포티머스에게 도망치기 위해서라도 여행길에 오를 수밖에 없는 처지였거든.

저마다 각자 모종의 문제를 떠안고 있달까?

그렇게 생각하면 오히려 용케 지금까지 큰 트러블도 없이 여기까지 왔다고 감탄스러울 정도야.

다만 지금 트러블이 안 일어난다고 해도 미래에는 어떻게 될지 모른다.

언젠가는 뒤로 쭉 미뤄 놓았던 문제와 정면으로 맞닥뜨려야 하는 시기가 온다.

내 경우는 마왕과 어떤 관계를 맺느냐는 것.

지금 시점에서는 냉전 상태라는 표현이 적절하겠지만 언젠가는 뭐든 정식으로 대답을 내놓아야 하겠지.

결판을 내든가, 그게 아니라면 진짜로 손을 잡든가.

마왕도 비슷한 입장이라고 말할 수 있고…….

단지 나도 마왕도 판단을 아직은 보류하고 미룰 심산이다.

조바심 부릴 필요는 없는걸.

나는 불사신 부활을 잘 살리면 마왕과 적대해서 최악의 경우에도 살아남을 수 있었다.

한편 마왕은 나보다 분명 강하니까, 섣불리 긁어 부스럼을 만들었다가 나를 시야 바깥으로 놓치는 것이 더 위험하다는 사실을 잘 알고 있었다.

서로 간에 현재 상태의 유지를 바라고 있으니까 뭔가 큰 움직임이라도 없는 한 이 관계는 쭉 이어지리라고 생각된다.

나와 마왕은 그런 느낌으로 문제를 자꾸 미루고 있는 셈인데, 우리와 달리 문제가 한계에 달한 일행이 있었다.

흡혈 양과 메라.

흡혈 양은 앞으로 어떻게 살아갈지 선택을 해야만 한다.

흡혈귀라는 사실을 숨기고 인간의 영역에서 살아갈 것인가, 그게 아니면 마왕을 따라가서 마족의 영역에 정착할 것인가.

흡혈귀라는 존재는 이 세계에서도 아마 기피와 혐오의 대상일 것이다.

인간의 영역에서 살아가려면 흡혈귀라는 사실을 반드시 꼭 숨겨야만 했다.

물론 그 경우에는 마족령으로 돌아가버리는 마왕의 비호도 받지 못하게 된다.

즉 마왕이라는 뒷배 없이 자기 힘으로 쭉 살아가야 한다는 의미였다.

반면에 마왕을 따라가는 경우는 인간으로서 지닌 신분을 버릴 수밖에 없게 된다.

흡혈 양은 이래 봬도 귀족의 아이다.

게다가 저번 전쟁에서 멸망당했던 케렌 가문의 유일한 생존자였다.

이 입장을 잘 살리면 사리엘라 국내에서 다시 영화를 누릴 수도 있을 것이다.

뭐, 어디까지나 어쩌면 가능하다는 이야기일 뿐 결국 성공의 여부는 흡혈 양과 메라에게 달려 있지만……

그리고 사리엘라 국의 높으신 분들의 의향에 달려 있겠네.

마왕을 따라간다는 것은 그 입장을 내버린다는 뜻이다.

마족령으로 향한다는 것은 인족의 신분과 권리를 전부 포기한다는 뜻이기도 하다.

추후의 삶을 결정하는 중대한 선택이었다.

그 선택을 결정해야 하는 타임 리밋은 사리엘라 국의 수도에 도착할 때까지.

타임 리밋은 자꾸자꾸 가까워진다.

어느 쪽을 선택하든 흡혈 양은 무언가를 포기하고 버려야 한다.

분명 어느 길이 되었든 파란의 인생을 걸어 나아가게 되겠지.

뭐, 어느 쪽을 선택하느냐는 흡혈 양 본인이 결정할 문제.

내가 나설 자리는 아니다.

실컷 고민하고 결정해보라는 느낌이랄까?

솔직히 말해서 뭘 선택하든 나야 아무래도 좋거든.

나한테 민폐만 안 끼치면 되는 거야.

그래, 민폐만 안 끼치면 되는데.

현재 나한테 민폐를 끼치고 있는 건 다른 녀석이다.

누구냐고? 그 녀석이란 남은 여행의 동행자, 메라.

응, 뭐 때문에 민폐냐면 말이야. 그냥 다 짜증스러워.

요즘 들어서 메라는 스물네 시간 내내 꾸물꾸물꾸물꾸물!

진짜 내가 다 답답해서 보기만 해도 짜증이 팍팍 솟는다.

그게 전부라면 차라리 낫지.

내 정신 건강에는 별로 안 좋지만 그래도 용서할 수 있었다.

내가 용서 못 하는 이유는 메라 때문에 흡혈 양 육성 계획이 뜻대로 진전되지 않는 데 있었다.

그야 그렇지, 자기 종자가 심상치 않은 꼴로 풀 죽어 있으면 신경 쓰이지.

그 때문에 흡혈 양도 집중력이 산만해지고 결과적으로 수행의 효율이 떨어진다.

크앙~!

나는 다른 사람 때문에 발목을 붙잡히는 게 진짜 진짜 싫단 말이다~!

왜 남의 다리를 붙들고 늘어지는데?

애당초 왜 다른 사람이라는 게 존재하는 건데?

다른 사람이라는 게 존재하니까 이렇게 쓸데없이 짜증을 느끼는 거 아니냐고, 응?

그렇다면 말이지, 다른 사람을 전부 싹 없애버리면 마음 편안하게 지낼 수 있게 되는 걸까? 오호라!

그렇게 하면 대화라는 난제를 안 해치워도 되는 거잖아.

이런 명안이 있을 줄이야!

그런데 그 다른 사람 중에서 배제 불가능한 마왕이 있는 건에 대하여.

아, 역시 안 되겠다, 이거는.

명안은 무슨 그냥 꽝이네.

으으, 이렇게 시시한 생각이나 자꾸 떠올릴 만큼 내 짜증이 점점 심해지고 있었다.

메라는 우울해하고, 쟤가 걱정되는 흡혈 양도 애를 태우는 분위기고, 나는 둘을 번갈아 보면서 짜증을 삭히고 있고, 날이 갈수록 분위기가 점점 나빠진다.

메라 본인도 그런 분위기를 알아차리고 있고 그게 자기 때문이라는 자각도 있는 듯싶었다.

그럼에도 바뀌지 않는다.

그럭저럭 평온한 척 보이도록 노력은 하고 있지만 그러다가 문득 또 뻔히 보이는 무거운 분위기가 흘러나온다.

그런 경향이 현저해지는 건 도시에서 돌아왔을 때.

도시에 갔다가 돌아온 직후는 짜증을 유발하는 정도가 확 뛰어오른다.

모처럼 마왕이 신선한 식재료를 써서 밥을 만들어주는데도 우중충한 메라 때문에 제 맛이 안 난다.

그것도 내 짜증스러움을 촉진시켰다.

이제 슬슬 확 폭발해버릴 것 같아.

"짜잔~! 오늘은 기분 전환으로 술이나 쭉쭉 들이켜보자."

나 말고 다른 일행들이 도시에 다녀온 다음 날.

악화된 분위기를 바꿔보려는 건지 마왕이 평소 식탁에 꺼내 놓지 않던 술을 들고 나왔다.

싫은 기억은 술을 마시고 잊어버리자는 걸까?

뭐, 이쯤에서 뭔가 숨 돌리기가 필요하다는 건 이해되지만 말이야.

"그러니까 잔 받아. 시로도 여기 잔. 아, 소피아는 역시 안 되겠다. 술은 마시지 말자."

마왕이 술을 컵에 따라서 메라에게 건네주고 다음은 나에게도 마찬가지로 건네줬다.

어? 나도?

마왕이 건네주는 술잔을 얼떨결에 받아 들었다.

흡혈 양은 갓난아기니까 역시 술은 자제시켜야겠지만 실제 연령을 말하자면 나도 비슷한 처지인데 괜찮은 걸까?

뭐, 받은 술잔은 일단 마셔야지.

전세에서는 미성년이기도 했고 술을 마시는 경험은 이번이 처음이었다.

이쪽 세계의 음주 가능 법률이 어떻게 돼 있나 잘은 모르겠지만 왠지 좀 나쁜 짓을 하는 느낌이라서 두근두근하다.

일본의 법률로 말하자면 음주 따위야 비교도 되지 않을 만한 흉악 범죄를 마구마구 저질렀지만 말이야.

컵 안의 투명한 액체를 할짝 마셨다.

앗, 달다.

과실주인가 하는 그건가?

달아서 잘 넘어간다.

그래도 평범한 주스하고는 다르다. 지금껏 맛본 적 없는 신기한 감각이 든다.

뭘까. 쑤욱? 더엉실? 두웅실?

아무튼 뭔가 신비로운 느낌이야.

따라주는 술을 홀짝홀짝 마시면서 요리를 집어 먹는다.

마왕도 자기 컵에다가 술을 따라서 단번에 들이켰다.

오오~ 꿀꺽꿀꺽 잘 마신다~.

메라는 처음에 잠깐 주저했었지만 마왕과 내가 꿀꺽꿀꺽 마시는 모습을 보고 체념한 듯 천천히 술을 들이마셨다.

"아직도 잔뜩 남아 있거든. 팍팍 마시자고~."

마왕이 벌써 두 번째 잔을 손에 들어 올리더니 첫 번째와 마찬가지로 단번에 들이켰다.

금세 또 세 번째 잔을 술통에 담갔다가 역시 마찬가지로 들이켰다.

제대로 알아들으셨는가?

병이 아니라 통이다.

마왕이 준비한 술, 통에 가득 들어서 찰랑찰랑하고 있었다.

다 마실 수는 있을까?

고~런 생각을 한 시기가 저에게도 있었습니다.

마왕의 노도와 같은 기세는 사그라지지 않고 혼자서 거의 한 통 분량을 다 마셔버렸다.

그리고 현재 두 통째.

두 통째!

그럼에도 마왕의 기세는 멈출 줄을 모른다.

완전 술고래잖아.

그냥 저 녀석 한 명이면 충분하지 않을까 하는 느낌이네.

그래도 그렇게 되면 왠지 재미가 없으니까 나도 맞붙어서 술을 마셨다.

술은 처음 마시지만 마시면 마실수록 핑 하는 느낌으로 눈이 빙글빙글 도는 기분이 든다.

그런데도 덩실덩실 둥실둥실해져서 뭔가 행복한 기분이 드는 게 신기하다.

지금이라면 뭐든 다 해낼 수 있을 것 같군!

"으, 딸꾹, 으으……."

살짝 도취된 나와 정반대로 메라는 갑자기 울음을 터뜨렸다.

이게 소문으로 듣던 울보 술꾼인가!

진짜 술을 마시면 우는구나!

아니, 그보다 이럼 더 짜증 나잖아!

"안 돼! 안 된다네, 자네~! 마셔, 마시는 거야!"

"푸헉!?"

앗, 뿜어버렸다. 아까워라.

메라의 입에 억지로 술을 쏟아부었더니 사레들리고 말았다.

"무, 무슨 짓을?"

"짜증 나는 표정은 좀 집어치워라!"

다시 메라의 얼굴을 붙잡아다가 입을 벌리고 거기에 술을 쏟아부었다.

"으헉?! 쿨럭!"

기도에 들어가기라도 했나 콜록거리는 메라.

그 꼴이 왠지 모르게 우스워서 깔깔 웃어버렸다.

"시로가 웃고 있네. 아니, 그보다 제대로 말을 했어. 진짜 별일이다."

마왕이 뭐라고 말을 하는데 너무 웃느라고 배가 아파서 신경 쓸 틈이 없었다.

자꾸 기침하는 메라, 포복절도하는 나, 수수방관하는 마왕.

옆에서 보면 혼돈으로 가득 찬 광경이겠지~.

그렇게 생각했더니 또 웃음이 치밀어 올라왔다.

참고로 흡혈 양은 자는 중이다.

자기만 술을 못 마신다고 삐쳐서 몰래 집어다가 딱 한 모금 입에 댔다가 뻗어버렸다.

아무래도 흡혈 양은 술에 약한가 보다.

"쿨럭! 쿨럭! 후유."

간신히 조금 숨을 가라앉히고 다시 차분해진 메라가 그럼에도 가볍게 기침을 터뜨리면서 쏘아보고 있었다.

이번에는 메라도 역시 화가 나는가 보다.

술과 기침 때문에 새빨갛게 물든 얼굴에는 평소 내보인 적 없는 강렬한 감정이 떠올라 있었다.

"응, 좋은 얼굴이네. 꾸물꾸물하는 거보단 그게 훨씬 더 사나이다워."

태평스럽게 그런 소리를 말하자 메라의 분노는 자제할 수 있는 범위를 넘어간 듯했다.

"당신이 대체 뭘 안다는 겁니까!"

평소였다면 절대로 소리 높이지 않았을 메라가 큰 목소리로 쏘아붙인다.

"전부 다 잃어버리고 게다가 흡혈귀가 돼버린 내 심정을, 당신이 뭘 안다는 건가?!"

잠들어 있는 흡혈 양을 신경 쓰지도 않고 전부 다 잊은 채 소리 지르는 메라.

다행히 흡혈 양은 죽은 것처럼 잠들어서 일어날 낌새가 없었다.

자네~ 지금 발언은 흡혈 양한테는 들려주면 안 되는 말이잖은가~.

콜록거리다가 금방 곧바로 큰 소리를 질러서일까, 아니면 꾹꾹 눌러 담았던 감정이 폭발했기 때문일까, 메라는 어깨를 들썩거리면서 이쪽을 쏘아봤다.

그러거나 말거나~.

"뭐야~ 고작 그딴 일 갖고 세상 다 끝난 분위기 내지 말라고."

그렇게 말하고 꿀꺽꿀꺽 술을 들이켰다.

컵의 내용물을 단번에 비워버리고 푸핫, 얼굴을 원래 위치로 되돌리고 보니 메라는 내 말에 어안이 벙벙한 듯 표정을 멍하니 굳히고 있었다.

그렇지만 금방 그 표정에 분노가 차차 물든다.

"난 말야, 한 번 죽어서 죄다 잃어버리고. 게다가 거미였거든? 인간처럼 생겨 먹지도 못했단 말이야. 흡혈귀가 뭐 어때서. 살짝 햇빛에 약하고, 피를 꼭 마셔야 된다는 거 그게 전부네. 겨우 그거 갖고 불행 자랑해 봤자 아주 가소로워서 웃음만 나온다고."

메라가 입을 열기도 전에 내가 먼저 쏘아부었다.

그 말에 메라는 입을 반쯤 벌린 채 아무 대답도 하지 못했다.

전부 다 잃어버렸다?

메라는 살아 있잖아.

적어도 목숨은 있고, 지금껏 살아오면서 기른 능력은 사라지지 않았다.

이쪽은 세계 자체가 바뀌어버린 데다가 이제껏 살아오면서 쌓아왔던 전부를 버려야 했는데도…….

갖고 온 것은 기억과 지식뿐.

몸마저도 인간에서 거미로 바뀌어 가지고 맨땅에서 다시 시작했단 말이야.

흡혈귀가 되어버렸다?

거미가 되는 거랑 어느 쪽이 더 나을까?

인간의 윤리관이라든가 그런 거 때문에 메라가 괴로워한다는 건 대충 알겠는데 말이야. 나는 윤리관은 무슨 개뿔도 없이 사느냐 죽느냐가 걸린 서바이벌 필드에다가 강제로 내동댕이쳐졌다고.

독이 꽉 찬 마물의 시체를 먹으면서 살아가야 하는 것도 아니잖아.

흡혈귀 따위야 어쨌든 인간형이고, 가끔씩 피를 빨아 마셔야 하는 제약밖에 없으면 슈퍼 이지 모드 아니야? 하품이 나오겠네.

게다가ㅡ.

"그 말 있잖아, 얘한테도 똑같이 말할 수 있어?"

나는 푹 잠들어 있는 흡혈 양을 가리키면서 물었다.

"나랑 마찬가지로 한 번 죽었고, 전부 다 잃어버렸고. 그런 데다가 흡혈귀로 태어났고. 게다가 또 또 댁이 말했던 대로 전부 다 잃어버리는 경험을 되풀이하고. 두 번이거든? 얘는 두 번을 잃어버렸어. 그래도, 그럼에도 앞날을 바라보면서 살아가려고 죽을힘을 다하고 있잖아. 거기에 비하면 댁은 뭔데?"

메라가 퍼뜩 놀라더니 흡혈 양을 바라봤다.

분명 나랑 메라는 처지가 다르니까 메라의 심정을 알겠느냐고 묻는다면야 전부 알 리가 없었고, 기껏해야 상상밖에 못한다.

하지만 흡혈 양은 아마도 알 수 있었다.

같은 처지의 동지가 바로 곁에 있는데도 메라는 마치 자기만 불행의 구렁텅이에 떨어진 사람처럼 말했다.

흡혈 양의 심정은 신경 쓰지도 않고…….

그런 주제에 뭔 일이 있을 때마다 흡혈 양의 보호자 행세를 했다.

각오를 제대로 다지지도 못한 주제에 형식만 겉꾸미려고 한다.

그것이 바로 나를 가장 짜증스럽게 만드는 원인이었다.

그따위 어중간한 충정을, 긍지를, 하필 나한테 내보이지 말라고…….

"그렇게 싫다면 콱 죽어버리든가."

통을 들어 컵에다가 술을 들이부었다.

내 말에 의표를 찔린 듯 메라는 눈이 휘둥그레졌다.

내가 그렇게 별난 소리를 했나?

"그렇게 힘들어서 살아가고 싶지도 않다면야 무리해서 살 필요도 없지 않아? 편하게 죽게 도와줄 수도 있는데? 되도록이면 한순간에 끝나도록 내가 잘 신경 써줄게."

나는 쭉 살아갈 거라 죽을 생각 따위 티끌만큼도 없지만, 그건 내 생각이다.

세상에는 죽고 싶어 하는 사람 또한 있었다.

메라가 더는 살고 싶지 않다고 주장하겠다면 억지로 살아갈 필요는 없다고 생각한다.

술을 단번에 들이켜고 컵을 내려놓았다.

그리고 대낫을 손에 들고 메라의 목에 들이댔다.

"어떡할래?"

내가 농담으로 하는 말이 아님을 눈치챘는지 메라의 빨갰던 얼굴이 핼쑥해졌다.

"못 죽습니다."

꺼져 들어가는 목소리로 떨리는 입에서 말이 새어 나온다.

"안 들리는데~."

"못 죽습니다! 아가씨를 위해서라도 아직 죽을 순 없단 말입니다!"

비명처럼 소리 지르는 그 모습은 빈말이라도 멋있다는 말은 하기 어려웠다.

그래도 그만큼 혼이 담겨 있는 듯 느껴졌다.

"그럼 답이 나왔네."

대낫을 떼어 낸다.

칼날에서 해방된 메라가 흐느적흐느적 주저앉았다.

"살아가는 의미, 긍지라든가 신념이 있었다면 뭘 망설일 필요가 있는 건데? 자기 안에서 절대로 양보 못할 뭔가가 있는 거라면 그거 말고 다른 일 때문에 고민할 필요가 대체 뭐냐고. 흡혈귀가 됐다면 거기에 뭔 영향이 생기나? 안 생기면 그냥 다 사소한 일이야, 사소한 일."

메라의 고민거리를 사소한 일이라는 한마디로 일도양단했다.

나 스스로도 모진 소리 같기는 했다.

메라 본인의 입장에서는 틀림없이 중대한 문제였을 텐데도 남의 일이라고 해서 사소한 일이라는 한마디로 치부해버렸으니까.

그래도 그것이 거짓 없는 내 본심이니까 별수 없잖아.

메라는 내 말에 어안이 벙벙해져서 그대로 입을 꾹 다물고 말았다.

시선은 잠들어 있는 흡혈 양에게 향하고 있었다.

자신만의 세계로 들어가버린 메라는 방치하고 나는 술을 들이켰다.

잠에서 깨어났더니 세상이 거꾸로 뒤집어졌다.

응? 뭔 일인가 싶어서 주위를 둘러보니까 나무와 나무 사이에 쳐 놓은 실이 엉망진창으로 엉킨 상태에서 내 몸을 거꾸로 매달아 놓고 있었다.

어째서 이렇게 돼 있는 거야?

잘 모르겠다.

기억을 더듬어서 이런 상태가 된 원인을 떠올리려고 해봐도 역시 통 모르겠다.

음, 그러니까.

어제는 마왕이 술을 꺼내 놓길래 그걸 마셨지.

거기까지는 기억난다.

그런데 도중부터 기억이 사라졌다.

뭔가 맛있고 행복했다는 기억은 남아 있는데, 그거 말고 다른 기억이 전혀 안 나는데?

일단 이렇게 마냥 거꾸로 매달려 있어 봤자 꼴만 우습겠네.

뒤얽힌 실에서 탈출하고 지면으로 내려섰다.

"좋은 아침입니다."

뭔가 유난히 시원스러운 아침 인사가 들려왔다.

고개를 돌려 보니 뭔가 엄청나게 눈부신 미소를 띤 메라가 보인다?

응? 이 녀석이 이런 캐릭터였던가?

"어제는 정말 감사했습니다. 덕분에 후련해졌습니다."

어제? 무슨 일 있었나?

"중요한 건 자신이 무엇이 되었느냐가 아닌, 무엇을 행하느냐겠지요. 제가 해야 할 일은 물론 분명합니다. 어제까지의 저는 자신이 무엇이 되어버렸느냐를 가지고 너무 신경 쓴 나머지 각오가 흔들렸던 겁니다."

저기요~. 뭔 얘기인지 못 알아듣겠는데요~?

"앞으로는 각오를 단단히 다지겠습니다. 흡혈귀가 되었다는 사실을 받아들이고 아가씨를 지켜 보이겠습니다."

아, 넵.

그런가요? 열심히 해보세요.

어? 이거 말고 뭐라고 코멘트를 해줘야 되는 거야, 대체?

뭔가 잘은 모르겠지만 아무래도 나에게 기억이 없는 동안에 고민거리가 싹 가셨나 보다.

응, 뭐, 꾸물꾸물하는 꼴을 안 봐도 된다면 좋은 일인가?

시스터즈 퍼펫 타라텍트

Ael　　　Sael

Puppet Taratect Sisters

통칭 인형 거미라 불리는 마물. 실로 인형을 조종함에 따라 거미 마물이면서도 인간의 강점을 제 것으로 익혀서 신화급에도 손이 닿을 만한 실력을 자랑한다. 여섯 개 달린 팔로 능란하게 무기를 다루며 마법까지 구사하는 만능형. 본체는 인형의 안에 있는 손바닥 사이즈의 작은 거미로, 본체만 무사하다면 인형은 아무리 파괴되어도 의미가 없기 때문에 내구력도 만만하지 않다. 본래는 마네킹 같은 겉모습이었지만 마개조를 받아 인간과 상당히 가까운 형태로 변화했다. 각각 아엘, 사엘, 리엘, 피엘이라는 이름을 받아 나날이 여자아이다움을 갈고닦고 있다.

Riel   Fiel

막간 종자의 꿈

"메라조피스, 오늘 밤에는 한잔하세나."

"주인님. 오늘 밤에는 한잔이 아니라 오늘밤에도 한잔이잖습니까?"

"잔소리하지 말게나. 술이라도 마셔야지 못해 먹겠다네."

집무를 마친 주인님께서 술병을 손에 들었다.

주인님이 저녁 반주의 상대로 나를 지명하는 것은 어제오늘 일이 아니었다.

아무래도 나는 술이 들어가면 평소보다 감정적이 되는가 보다.

그에 따라서 무의식중에 평소는 입에 담지 않는 본심이 흘러나와 버린다.

주인님은 그 부분을 캐물어 알아내면서 재미있어하시는 거다.

"어머, 어머나. 둘만 마시려고요? 얄미워라."

문이 열리고 사모님께서 모습을 보이셨다.

그 시선은 주인님이 들고 계시는 술병으로 빨려 들어갔다.

"어이쿠, 왜 우리한테 투정인가. 세라스는 한잔하면 금방 잠들어 버리지 않는가?"

"오늘은 분명히 잘 깨어 있을 거예요."

한 모금만 마셔도 잠들어버리신다.

그럼에도 불구하고 매번 같은 말씀을 하면서 도전하시고는 평소와 마찬가지로 잠들어버리신다.

세 개의 컵에 술을 따랐다.

주인님의 건배 선창으로 서로의 컵을 가볍게 부딪치면서 맑은 소리를 울렸다.

고아한 향을 즐기며 술에 입을 가져다 댄다.

주인님은 떫은맛이 강한 술을 선호하시지만 오늘 밤 준비한 술은 달고 목구멍으로 매끄럽게 넘어갔다.

컵을 책상에 내려놓는 소리가 나서 그쪽으로 눈길을 돌렸더니 아니나 다를까, 사모님께서는 벌써부터 꾸벅꾸벅하고 계셨다.

주인님이 그 모습을 보고 쓴웃음 지은 뒤 흔들흔들 좌우로 갸우뚱거리고 있는 사모님의 몸을 행여나 부서질세라 조심스럽게 안아서 들어 올렸다.

한편에 놓여 있는 소파에 살며시 눕히고는 애지중지 머리를 쓰다듬으니 사모님은 마음 푹 놓고 잠에 빠져들었다.

"후후. 나와 메라조피스가 둘이 저녁 반주를 마시는 게 혼자 따돌림 당하는 듯하여 마음에 안 들었던가 보군. 참 귀여운 사람일세."

"예, 그렇습니다."

어릴 적부터 알았던 사모님은 지금도 옛날에도 솔직하고 귀엽다.

결코 맺어질 수 없음을 알면서도 그 구김살 없는 미소에 자꾸 이끌리는 자신을 억누르지 못했다.

그래서 더더욱 그 여인의 상대가 주인님이어서 다행이었다.

주인님은 사모님을 소중하게 아껴주고 계신다.

주인님이라면 사모님을 불행에 처하게 두지 않는다.

사모님이 행복하게 지낼 수 있다면 나의 이 마음 따위야 간단히 봉인할 수 있었다.

"메라조피스, 미안하네."

그럼에도 불구하고 주인님이 소침한 모습으로 사죄를 한다.

"내 힘이 부족했다네. 그 때문에 세라스를 불행하게 만들고 말았어."

주인님이 꺼내는 참회의 말에 나는 고개를 가로저었다.

"사모님께서는 행복하셨습니다. 왜 아니겠습니까. 저토록 편안한 표정을 짓고 계시지 않습니까."

그래, 눈에다가 새겨 넣는다.

사모님은 편안한 표정으로 잠들어 계셨다.

주인님과 서로를 끌어안는 자세로…….

마지막 순간까지 서로가 서로를 사모했었다.

분명 최후는 불행한 결말이었을 것이다.

하지만 사모님은 주인님께 사랑받고 행복했다.

그것은 틀림없는 사실로, 그렇다면 주인님께서 사죄할 일은 무엇 하나도 없다.

"그럼에도 나는 사죄해야겠네. 자네에게 귀찮은 짐을 짊어지우고 말았으니까. 우리의 원통함이라는 짐을 말일세. 자네에게 별 감정이 없다면 그냥 내려놓아도 괜찮네만?"

"그것이야말로 주인님께서 사죄할 일은 아니지요. 저는 제 의사로 아가씨를 지켜드리겠노라고 결심했습니다."

그렇다. 나는 내 의사로 결심했다.

아가씨를 죽을 때까지 지켜드리겠다고…….

"주인으로서, 그리고 친구로서 경애하는 존 케렌 님. 한 명의 여성으로 제가 사랑했던 세라스 케렌 님. 두 분의 아이를 지키겠습니다. 두 분에게 부탁받았기 때문이기도 합니다만, 그 이상으로 저 또한 아가씨를 지켜 나가는 제 자신을 바라고 있기 때문입니다."

아무렴, 그렇고말고.

내게는 살아서 완수해야 하는 사명이 있었다.

그럼에도 불구하고 나는 그것을 잃어버린 채 자기 자신만으로 머릿속이 가득 차고 말았다.

그 때문에 지켜야 하는 아가씨에게 얼마나 큰 걱정을 끼치고 있는지를 알면서도……

지키겠다고 말해 놓고도 나는 줄곧 아가씨에게 보호받고 있을 따름이었다.

"더는 망설이지 않겠습니다. 주인님과 사모님의 몫까지 저는 아가씨를 지켜드릴 겁니다."

그것이 내가 할 수 있는 최소한의 보은.

두 분처럼 아가씨에게 가족의 애정을 쏟아주는 것은 불가능하다.

그렇지만 곁에 함께하면서 뒷받침해드리자.

아가씨는 강하시다.

이토록 한심스러운 나로서는 대단한 도움이 안 될 테지만 그럼에도 나는 내가 할 수 있는 일을 다하겠다.

"제가 짊어지는 것은 두 분의 원통함이 아닙니다. 두 분께서 아가씨에게 못다 주셨던 애정입니다. 저는 그것을 죽을 때까지 내려놓지 않을 겁니다, 결단코."

내 말에 주인님이 웃음 지었다.

눈물은 흘러나오지 않았지만 웃는지 우는지 모를 표정이었다.

주인님은 말없이 컵의 내용물을 들이켜고 일어섰다.

잠들어 있는 사모님을 안아 들고 문을 향해 걸어 나아간다.

"메라조피스, 소피아를 부탁하겠네."

그리 말한 뒤 주인님은 문 바깥으로 나갔다.

깜짝 놀라서 눈이 뜨였다.

문 너머로 사라져 가는 주인님에게 뻗었던 손이 아무것도 없는 공중을 허망하게 붙잡고 있었다.

손을 뻗지 않으면 두 번 다시 주인님과 사모님을 만나지 못할 것 같았다.

그리고 틀린 생각은 아니었다.

두 분은 이미 이 세상에는 없으니까.

눈물이 볼을 타고 흘러내렸다.

뻗었던 손을 그대로 얼굴에 가져간다.

눈물을 훔치고 일어섰다.

아무래도 두 분께도 걱정을 꽤나 끼쳐드렸나 보다.

꿈에도 나올 만큼…….

그렇지만 이제 걱정은 하지 마십시오.

아가씨를 지켜드리겠습니다.

저는 그 맹세를 죽을 때까지 완수해 보이겠습니다.

그러니까 마음 편안히 잠드십시오.

R3 할아범, 지룡에게 도전하다

알몸뚱이로다!

흠흠! 알몸뚱이 생활에도 꽤 익숙해졌구먼!

이미 수치심 따위는 별의 저편으로 날아가버렸다네.

그따위 감정이 처음부터 있었던가 없었던가 나 본인도 자신은 없지만 말이네!

거미들과 함께 생활을 시작한 지 제법 시일이 흘렀다.

엘로 대미궁의 내부는 동굴로 구성돼 있는 까닭에 햇빛이 들지 못하고, 그로 인하여 시간 감각이 애매해진다.

그 때문에 얼마나 많은 시간이 흘렀는지는 정확히 알지 못한다.

하지만 그런대로 많은 날짜가 흐르기는 했으리라.

어쨌든 내 스킬이 일제히 다 성장하고 있으니까 말이다.

이곳에 오고 나서 내 성장의 정도는 실로 극적이었다.

이제껏 내 인생은 대체 무엇이었느냐고 한탄스럽도록…….

이토록 귀중한 시간을 보내는 데 알몸뚱이로 지내는 것쯤은 자질구레한 불편함이로다!

옷을 버리고 마물을 먹고 자연 속에서 잠들었다가 깨어난다.

훌륭할지니.

이것이야말로 생물 본연의 삶이라 할 수 있겠다.

집을 짓고 옷을 입고 조리된 식사를 먹는 그러한 행위야말로 인간을 퇴화시키는 걸림돌이 아니었을까, 하는 의문을 억누를 수가 없다.

가능하다면 이곳에서 이대로 생활을 계속하고 싶은 마음이다.

다만, 그러나, 그 생활에도 먹구름이 드리워지고 있었다.

거미들도 그것을 깨달아 술렁거리고 있었다.

우리의 신상에 일어난 문제, 그것은 즉 식량 부족.

나와 거미들이 주변에 있는 마물을 모조리 다 사냥해서 잡아먹은 까닭에 식량이 없어져버렸다는 게다.

이곳 엘로 대미궁에서 구할 수 있는 식량이란 즉 마물이다.

마물이 사라지면 먹을거리가 사라진다.

이미 상층 주변의 마물은 거의 다 사냥해버렸고 중층의 마물마저도 요즘 들어서는 멀리까지 나가지 않는 한 발견이 어려웠다.

작열에 뒤덮인 중층 안쪽을 멀리 뒤지는 작업은 위험했다.

원정을 나가자면 상층밖에 마땅한 곳이 없을 테지만 이곳마저도 이미 하루나 이틀 안에 당도할 범위에는 마물이 없었다.

나는 최악의 경우 전이를 써서 도시로 돌아간다는 방법이 있지만 거미들은 그러지도 못한다.

무엇보다도 거미들은 상당한 큰 살림이다.

수가 많으면 그만큼 먹을거리의 양도 많다.

게다가 그 숫자는 맨 처음 내가 이곳을 방문했을 때보다 더욱 늘어났다.

이미 총수를 일일이 헤아릴 수가 없을 지경이니.

하루하루 늘어나는 거미와 달리 먹잇감으로 잡을 마물은 자꾸자꾸 줄어든다.

원정을 나가 마물을 잡아 와도 돌아오는 동안 또 배가 꺼져버린다.

이미 먹는 데 곤경을 겪고 있는 상태이고 이대로는 머지않아 공복에 시달리게 됨은 눈에 훤히 들여다보였다.

무리가 통째로 대이동을 벌이는 수밖에 없어 보인다만, 어떨 작정이려는가?

내가 염려하던 사안을 거미들의 사령관으로 있는 아홉 마리가 헤아리지 않았을 리도 없거늘.

아홉 마리는 여전히 이해 불가능한 언어로 염화를 반복하면서 상담을 하는 듯했다.

그리고 뭔가 결론을 내렸는지 거미들 전원에게 염화를 보냈다.

직후 거미들을 중심으로 집단 전이 마법의 발동이 준비되었다.

나도 같은 마법을 다룰 수 있기에 안다.

실로 대단한 솜씨로다.

마법의 전개 속도, 구축의 완성도, 효율.

모든 면에 있어서 나를 아득하게 웃돌고 있었다.

무시무시하군.

거미들이 전이에 대비하고 있었다.

그 안으로 나도 천연덕스럽게 끼어들었다.

이내 곧 전이 마법이 완성됐고 우리를 다른 장소로 순간 이동시켰다.

전이한 곳은 방금 전까지 있던 곳과 마찬가지로 어두운 동굴의 안.

그러나 방금 전까지 있던 곳과 비교도 되지 않는 묵중한 분위기가 감돌고 있었다.

내 위기 감지도 윙윙 반응한다.

나와 마찬가지로 거미들도 그것을 감지한 듯 보였다.

임전 태세를 갖추고 경계하는 모습.

그러나 그들을 비웃는 것처럼 가장 바깥쪽에 있던 거미 한 마리가 습격당했다.

몸을 꿰뚫려서 그 거미는 즉사했다.

거미의 몸을 꿰뚫고 있는 것은 금속질의 발톱.

온몸으로 금속의 광채를 발하는 벌레 비슷한 외견의 마물.

재빨리 감정한 결과, 그 마물의 이름은 엘로 우토에우도로 판명됐다.

들은 적도 본 적도 없는 마물이로군.

다만 무시무시한 부분은 저것의 스테이터스.

공격력과 방어력과 속도까지 물리계 능력치 전부가 천을 넘어섰다.

상당히 강력한 마물이군.

엘로 우토에우도가 발톱을 휘두르면서 거미들에게 들이닥쳤다.

그러나 요격에 나선 거미들도 예사로운 마물은 아니었다.

엘로 우토에우도를 중심에 놓고 흩어져서 사방으로부터 실을 날려 옴짝달싹 못하게 묶어 놓는다.

실에 묶여 움직임을 봉인당한 녀석에게 실을 날린 집단과 다른 개체의 거미들이 마법을 발사했다.

훌륭한 연계에 의해 엘로 우토에우도는 순식간에 격파당하고 말았다.

그리고 오랜만에 먹잇감을 해치운 거미들이 놈의 몸에 달라붙었다.

바깥 세계였다면 숙련된 모험가가 아닌 한 대항조차 불가능했을 마물도 여기에서는 먹잇감에 불과하다는 것인가.

거미들에게도 한 마리 희생이 나왔다만 한 마리 정도라면 금세 보충이 가능하다.

참으로 무시무시한 집단이로다.

그러나 이토록 강력한 마물이 서식하고 있었다 함은 여기는 대체 어디란 말인가?

엘로 우토에우도라는 명칭으로 짐작하건대 엘로 대미궁 내부라는 정도는 알 수 있지만…….

이런 마물이 있었다는 이야기도 들은 적조차 없다.

아니, 있기는 하군.

엘로 우토에우도라는 그 명칭을 처음 듣는 것은 물론 틀림없지만 강력한 마물이 사방팔방 돌아다닌다는 장소에는 짚이는 바가 있었다.

엘로 대미궁 하층.

인간이 발을 들여놓는 자체가 불가능한 강력한 마물의 소굴이라고 알려져 있는 장소.

과거에 절벽 구덩이라고 이름 붙인 거대한 구멍을 내려갔던 모험가들이 거의 전멸하는 사태와 맞닥뜨렸던 적도 있었다.

갖고 돌아온 것은 단지 무시무시한 마물이 북적거리고 있었다는 정보뿐.

이곳이 바로 그 엘로 대미궁 하층이 아닌가?

그렇다면 내 살갗에 휘감겨 붙는 묵직한 공기도 납득이 된다.

도대체가, 터무니없는 장소로 오고 말았군그래.

한데 어째서인가.

긴장 속에 두근두근하는 마음이 섞여 있는 까닭은…….

상층에서 단련한 실력이 전인미답의 이곳 하층에서 얼마나 통용될 것인가.

피가 끓는군.

그렇게 분발했던 때가 며칠 전이다.

지금은 그럴 기운도 나지 않는다.

죽는다. 진짜 죽어버린다.

엘로 대미궁 하층은 내 상상을 뛰어넘었다.

첫날의 엘로 우토에우도와 비슷한 수준, 그 이상으로 강력한 마물이 끊임없이 덮쳐드는 꼴이라니.

바깥 세계였다면 한 마리만으로도 틀림없이 대소동이 벌어졌을 그토록 강력한 마물이 이곳에서는 아주 지천에 널려 있었다.

이리도 무시무시한 곳이 있었단 말인가.

그러한 마물들을 어려워하지도 않고 격퇴해버리는 거미들도 마찬가지다.

나도 자신의 식량 조달을 위해 조금이나마 참전하고 있지만 그때마다 자신감을 잃어버리게 된다.

내 마법은 마물들에게 매우 손쉽게 회피당하고 기껏 적중시킨들 별반 대미지가 없었다.

자꾸 빗나가는 이유는 준비에 너무 긴 시간을 들이기 때문…….

적중시켜도 별반 대미지가 없는 이유는 맞히겠다는 의욕이 앞서 위력이 낮고 속사가 가능한 마법을 날리기 때문…….

대미지를 가하고자 한다면 강력한 마법을 날릴 필요가 있었다.

그렇지만 강한 마법은 그만큼 준비에 긴 시간이 걸리고 상대에게 읽혀서 회피당하고 만다.

반대로 준비 시간이 짧은 마법으로는 위력이 충분하지 못하여 적중시켜도 대단한 대미지가 들어가지 않았다.

곧장 날릴 수 있으면서 또한 높은 위력을 지닌 마법이 아닌 한 통용되지 않는다.

뭔가 타개책은 없을까 머리를 쥐어짜봐도 이게 참 만만한 일이 아니었다.

마법 구축 속도를 올리는 방법은 당장 가능한 수단이 아니다.

어찌해야 하는가.

그렇게 고민하고 있을 상황이 아니게 됐다.

나뿐 아니라 거미들 사이에도 긴장감이 고조되고 있으니.

이리로 접근하는군.

이제껏 겪은 마물과 일선을 긋는 존재가.

이제껏 맞닥뜨렸던 마물도 강력한 부류이기는 했다.

하나 그 마물들마저도 빛이 확 바래질 만큼 저 녀석들은 격이 달랐다.

〈지룡 카구나 LV 26

스테이터스

HP: 4199/4199(녹)   MP: 3339/3654(청)

SP: 2798/2798(황)　　　　　　　: 2995/3112(적)

평균 공격 능력: 3990 (상세)　　평균 방어 능력: 4334 (상세)

평균 마법 능력: 1837 (상세)　　평균 저항 능력: 4006 (상세)

평균 속도 능력: 1225 (상세)

스킬

「지룡 LV 2」　　　「역린 LV 9」　　　「견갑각 LV 8」

「강체 LV 8」　　　「HP 고속 회복 LV 6」「MP 회복 속도 LV 2」

「MP 소비 완화 LV 2」「마력 감지 LV 3」　　「마력 조작 LV 3」

「SP 회복 속도 LV 1」「SP 소비 완화 LV 1」「대지 강화 LV 8」

「파괴 강화 LV 8」　　「관통 강화 LV 6」　　「타격 대강화 LV 5」

「마력격 LV 1」　　　「대지 공격 LV 9」　　「연계 LV 1」

「명중 LV 3」　　　「위험 감지 LV 10」　「열 감지 LV 6」

「땅 마법 LV 2」　　「파괴 내성 LV 9」　　「참격 대내성 LV 2」

「관통 대내성 LV 3」「타격 대내성 LV 6」　「충격 대내성 LV 4」

「대지 무효」　　　　「불 내성 LV 3」　　　「벼락 내성 LV 7」

「물 내성 LV 3」　　「바람 내성 LV 5」　　「중압 내성 LV 2」

「상태 이상 대내성 LV 8」「부식 내성 LV 3」　　「고통 무효」

「통각 대경감 LV 3」「시각 강화 LV 3」　　「밤눈 LV 10」

「시각 영역 확장 LV 4」「청각 강화 LV 1」　　「천명 LV 2」

「마력 기관 LV 3」　「순신 LV 1」　　　　「내구 LV 1」

「강대 LV 9」　　　　「성채 LV 2」　　　　「도사 LV 2」

「천수 LV 1」　　　　「축지 LV 1」

스킬 포인트: 31200

칭호

「마물 살해자」　　　「마물 살육자」　　　「용(龍)」

「패자」

〉

지룡 게에레 LV 24

스테이터스

HP: 3556/3556(녹)　　　　MP: 2991/2991(청)

SP: 4067/4067(황)　　　　 : 3562/3845(적)

평균 공격 능력: 3434 (상세)　평균 방어 능력: 3875 (상세)

평균 마법 능력: 1343 (상세)　평균 저항 능력: 3396 (상세)

평균 속도 능력: 4123 (상세)

스킬

「지룡 LV 2」　　　「역린 LV 6」　　　「견갑각 LV 2」

「강체 LV 2」　　　「HP 고속 회복 LV 3」　「MP 회복 속도 LV 1」

「MP 소비 완화 LV 1」　「마력 감지 LV 3」　　「마력 조작 LV 3」

「SP 고속 회복 LV 3」　「SP 소비 대완화 LV 3」　「대지 강화 LV 8」

「파괴 강화 LV 9」　　「참격 대강화 LV 8」　「관통 대강화 LV 4」

「타격 대강화 LV 8」　「마력격 LV 1」　　　「대지 공격 LV 8」

「공간 기동 LV 5」　　「연계 LV 1」　　　「명중 LV 10」

「회피 LV 10」　　　「확률 보정 LV 7」　「위험 감지 LV 10」

「기척 감지 LV 8」　　「열 감지 LV 7」　　「동태 감지 LV 8」

「땅 마법 LV 2」　　「파괴 내성 LV 4」　「참격 내성 LV 8」

「관통 내성 LV 8」　　「타격 내성 LV 9」　「충격 내성 LV 5」

「대지 무효」　　　　「벼락 내성 LV 3」　　　「상태 이상 대내성 LV 3」

「부식 내성 LV 1」　　「고통 무효」　　　　「통각 경감 LV 7」

「시각 강화 LV 7」　　「밤눈 LV 10」　　　「시각 영역 확장 LV 5」

「청각 강화 LV 5」　　「후각 강화 LV 4」　　「촉각 강화 LV 3」

「신명 LV 9」　　　　「마력 기관 LV 1」　　「천동 LV 2」

「부천 LV 1」　　　　「강대 LV 8」　　　　「강고 LV 9」

「도사 LV 1」　　　　「수호 LV 8」　　　　「위타천 LV 3」

스킬 포인트: 31000

칭호

「마물 살해자」　　　「마물 살육자」　　　「용(龍)」

「패자」　　　　　　　　　　　　　　　　　　　　　〉

〈**지룡 푸이트 LV 11**

스테이터스

HP: 2965/2965(녹)　　　　　MP: 2912/2912(청)

SP: 2943/2943(황)　　　　　　: 2877/2944(적)

평균 공격 능력: 2938 (상세)　　평균 방어 능력: 2941 (상세)

평균 마법 능력: 2899 (상세)　　평균 저항 능력: 2907 (상세)

평균 속도 능력: 3000 (상세)

스킬

「지룡 LV 1」　　　　「역린 LV 4」　　　　「견갑각 LV 1」

「강체 LV 1」　　　　「HP 고속 회복 LV 1」「MP 고속 회복 LV 1」

「MP 소비 대완화 LV 1」「마력 감지 LV 8」　　「마력 조작 LV 8」

「SP 고속 회복 LV 1」　「SP 소비 대완화 LV 1」　「대지 강화 LV 4」

「파괴 강화 LV 3」　「참격 대강화 LV 3」　「관통 강화 LV 3」

「타격 강화 LV 5」　「마력격 LV 5」　　　「대지 공격 LV 5」

「공간 기동 LV 3」　「연계 LV 1」　　　　「명중 LV 10」

「회피 LV 10」　　　「확률 보정 LV 6」　　「위험 감지 LV 5」

「기척 감지 LV 5」　「열 감지 LV 4」　　　「동태 감지 LV 4」

「땅 마법 LV 10」　　「대지 마법 LV 6」　　「파괴 내성 LV 2」

「참격 내성 LV 2」　「관통 내성 LV 2」　　「타격 내성 LV 3」

「충격 내성 LV 2」　「대지 무효」　　　　「상태 이상 대내성 LV 1」

「고통 무효」　　　　「통각 경감 LV 3」　　「시각 강화 LV 5」

「밤눈 LV 10」　　　「시각 영역 확장 LV 2」「청각 강화 LV 3」

「후각 강화 LV 2」　「촉각 강화 LV 2」　　「신명 LV 5」

「마력 기관 LV 5」　「순신 LV 5」　　　　「내구 LV 5」

「강대 LV 5」　　　　「강고 LV 5」　　　　「도사 LV 5」

「호부 LV 5」　　　　「축지 LV 5」

스킬 포인트: 21000

칭호

「마물 살해자」　　　「마물 살육자」　　　「용(龍)」

「패자」　　　　　　　　　　　　　　　　　　　〉

나타난 것은 지룡(地龍).

게다가 세 마리.

지룡 카구나, 지룡 게에레, 지룡 푸이트.

용(龍), 그들은 마물 중에서도 특별한 존재일지니.

용(竜)이 연륜을 쌓아 진화한 모습, 그것이 바로 용(龍).

상위 용(竜)마저도 어지간하면 목격할 일이 없다.

그것이 진화를 거쳐 된 용(龍)이라면 더더욱 드물다.

용(龍)은 인간의 손이 닿지 않은 자연 깊숙한 곳에 서식한다고 알려져 있으며 그곳에 걸음을 들여놓는 어리석은 자에게 벌을 내리는 존재.

자연의 수호자.

절대적인 힘을 보유한 S랭크의 마물.

그들이 셋이나…….

제아무리 대범한 나일지라도 셋이나 되는 용을 앞에 두고는 공포를 느낀다.

어디 그뿐인가, 용과 상대하기는 이것이 첫 번째 경험이거늘.

때때로 용이 인간의 영역에 나타나는 경우는 있었다.

그러한 개체는 대체로 막 진화한 젊은 용이다.

S랭크일지언정 막 진화를 거쳐 물불을 가릴 줄 모르는 용을 사냥하는 것은 가능하다.

물론 토벌에는 상당한 피해를 각오해야 한다만…….

하지만 오늘 저 앞에 나타난 용은 셋 모두 제법 높은 레벨이었다.

푸이트는 다소 낮은 편이지만, 카구나와 게에레까지 나머지 둘은 레벨을 보건대 진화한 지 꽤 많은 시간이 경과했다고 추측할 수 있겠다.

사람이 사는 마을에 내려오는 미숙한 개체와 비교할 수 없다. 수호자라는 칭호에 어울리는 관록.

그런 용들이 지금 제 엄니를 드러내려고 한다.

긴장하지 말라는 것이 오히려 무리일 테지.

요격에 나선 거미들도 마찬가지.

중심의 아홉 마리도 과연 당혹스러운 듯 잇따라 염화로 소리를 질러 대고 있었다.

그럼에도 상대는 기다려주지 않는다.

게에레가 뛰쳐나왔다.

날렵하고 탄력 있는 체구의 게에레는 겉모습에서 느껴지는 인상처럼 민첩한 움직임으로 거미들과 거리를 좁히고 칼날이 된 두 팔의 손톱을 휘둘렀다.

최전열에 있던 거미들은 제대로 반응조차 못하고 그 칼날에 잘려 나갔다.

반격으로 날려 보냈던 실은 모든 가닥이 전부 회피당한다.

이리도 민첩할 수가.

스테이터스를 봤을 때부터 짐작하고도 남았지만 그럼에도 직접 저 몸놀림을 보니 경악스럽다.

게에레는 속도가 높은 물리 공격형.

민첩한 몸놀림을 살려서 일격 이탈을 반복하며 거미들을 농락하고 있었다.

그리고 게에레에게 휘둘린 거미들에게 폭발이 덮쳐들었다.

떨어진 위치에서 발사된 카구나의 브레스였다.

그 위용이란 살아 있는 요새.

부동의 자세로 또다시 브레스를 발사.

그 파괴력으로 말하자면 직격을 받은 거미가 형체도 못 남기고 사라질 지경.

거미들도 마법을 날려 반격하고 있지만 그것들은 전혀 대미지를 가하지 못했다.

카구나는 완전한 방어형.

둔중한 거체를 지닌 까닭에 속도는 느리다만 그만큼 뛰어난 방어력을 보유했다.

하층의 마물을 냅다 장사 지냈던 거미들의 마법이 저 비늘에 흠집 하나 못 내는 형편이었다.

게에레가 속도로 농락하고, 카구나가 그 틈에 고위력의 브레스를 때려 박는다.

둘의 연계를 저지하려고 해도 애당초 카구나에게는 공격이 먹히지 않고 게에레에게는 공격이 맞지 않는다.

하나여도 극히 난감한 지룡이 둘이서 역할을 분담하여 공세에 나선다.

그 무시무시함이란 어떤 하층의 마물이든 간에 어려움 없이 쓰러뜨렸던 거미들에게 심대한 피해를 초래했다.

게다가 적은 저 둘뿐이 아니었다.

둘이 펼치는 공격의 빈틈을 메꾸려는 듯 푸이트가 절묘한 타이밍으로 거미들을 견제하고 있었다.

카구나의 브레스로부터 달아나려고 하는 거미들의 발을 묶는 마법을 날리거나, 게에레를 붙잡으려고 사방에 둘러치는 거미줄을 절단하는 등 자신은 무리하지 않는 범위 안에서 활개 치고 다닌다.

카구나와 게에레의 그림자에 숨어 다니는 그 움직임은 언뜻 잘 드러나지는 않지만, 거미들의 피해를 확대시키고 있는 가장 큰 요인은 푸이트일지도 모르겠군.

스테이터스나 레벨로는 아직 다른 둘에게 뒤져도, 장래에 가장 강력해지는 개체는 어쩌면 푸이트 저 녀석이 아니겠느냐는 예상마저 들게 한다.

요컨대 센스가 좋다.

요소요소에서 적확한 움직임을 취할 줄 안다.

안 되겠군.

이대로 가면 거미들이 전멸해버릴지도 모르겠어.

거미들은 아직 많이 남아 있으나 공격이 통용되지 않는다면 숫자가 얼마나 많든 간에 어찌할 도리가 없는 법이다. 이대로는 악화될 뿐이다.

전황을 둘러보면서 서둘러 마법을 구축한다.

나도 단지 멍하니 거미들과 지룡의 싸움을 구경만 한 것은 아니었다.

줄곧 마법 구축을 계속했을 따름이었다.

내가 행사 가능한 마법 중 최대의 위력을 발휘하는 마법을…….

문제는 제대로 적중시킬 수 있느냐인데.

분명하게 말해서 게에레와 푸이트에게 적중시키기란 거의 불가능이다.

푸이트도 게에레에게는 미치니 못할지언정 전장을 휘젓고 다니고 있어 조준을 맞출 수가 없었다.

이리되면 남은 선택지는 소거법으로 카구나가 된다.

그러나 카구나도 나머지 둘에 비해서 느릴 뿐 하층의 어지간한 마물보다는 빨랐다.

다른 능력치가 눈에 확 띄게 높기 때문에 두드러지지는 않지만 그럼에도 천을 넘는 속도이니까.

어딘가 틈을 찌르지 않는 한 빗나가버릴 테지.

나의 그러한 염려를 알아준 것인가, 혹은 단순한 우연인가.

거미들의 일부가 제 몸을 돌보지 않고 카구나에게 돌격했다.

카구나의 브레스를 맞고 그중 대부분이 소멸돼버렸지만, 살아남은 소수가 카구나에게 실을 휘감아 묶는 데 성공했다.

그 대단한 지룡일지라도 거미들의 실을 당장에 잡아떼기란 불가능한 듯 거체가 마구 날뛰어 댄다.

난동 부리는 카구나의 몸에 또다시 추가로 실을 감아 붙여서 더욱 움직임을 제한했다.

마침 그때 내 마법이 완성됐다.

"물러나시게!"

내 말이 전달될지는 모르겠다만 카구나의 움직임을 멈추고 있던 거미들에게 소리쳤다.

거미들이 카구나에게서 거리를 벌렸을 때 나는 혼신의 마법을 카구나를 향해 발사했다.

옥염 마법 레벨 2, 옥염 창.

거대한 불꽃 창이 카구나의 몸에 꽂혀 들었다.

내가 제일의 특기로 삼는 불 마법, 그 불 마법의 최상위 마법인 옥염 마법 중 내가 구사할 수 있는 최고 레벨의 마법이었다.

개체 단위의 마법으로서는 내가 행사 가능한 최대의 파괴력을 발휘한다.

카구나를 구속하고 있는 거미들의 실이 화염에 감싸였고 카구나의 거체가 그 업화 속으로 사라졌다.

언제나 컴컴한 어둠에 감싸여 있던 이곳 엘로 대미궁이 그 화염의 불빛에 비추어진다.

그것도 일순간의 일.

화염이 폭발하면서 꺼져 사라졌다.

화염을 떨쳐 버리고 카구나가 유유히 상처 없는 모습을 드러냈다.

상처 하나 없다고?

어찌 이럴 수 있단 말인가.

나도 이 마법 한 번으로 설마 카구나를 해치우리라는 기대는 하지 않았다.

그만큼 스테이터스의 격차가 크기 때문이었다만 그럼에도 부상을 입히는 정도는 가능하리라고 예상했었다.

그럼에도 아예 상처 하나 안 날 줄이야.

이것이 용인가.

용에게는 마법이 통하지 않는다고 전해 들었던 소문은 거짓말이 아니었다는 말인가.

이 마법마저도 통용되지 않는다면 내게는 카구나에게 타격을 입힐 수단이 없었다.

자신의 모자람을 통감하고 있던 때에 카구나의 시선이 이쪽으로 쏠렸다.

입이 벌어지고 브레스의 전조가 깃든다.

아차!

즉시 옆으로 뛴 보람이 있어 브레스에 직격당하는 꼴은 간신히 모면했다.

브레스가 몸을 스쳐 지나가는 감각이 느껴졌다.

식은땀을 흘리면서 지면을 기어가다시피 하여 그 자리를 벗어났다.

죽는다! 진짜 죽어버린다!

어허, 거참, 세계란 참으로 넓구나.

이런 괴물이 내가 알지 못할 뿐 얼마나 더 있을까 상상하면 내 인식이 얼마나 안이했던가, 그야말로 절실히 깨닫게 되는구나.

신화급으로 대표되는 그런 괴물이 실재한다는 사실은 알고 있었는데도 그들을 실감과 함께 인식하고 있질 못했음이니.

그보다 하나 아래의 S랭크를 상대하는데도 이런 꼴이군.

나로서는 도저히 대항이 불가능하다.

전선에 복귀한 카구나가 거미들에게 브레스를 토해 냈다.

게에레가 카구나의 브레스로 인하여 거미들의 전열에 발생한 빈틈을 더욱 벌려 놓았다.

안쪽으로 치고 들어온 게에레를 포위하고자 움직이는 거미들을, 푸이트가 가만 놔두지 않고 견제했다.

거미의 수에는 아직 여유가 있었다.

그러나 압도적인 힘을 보유한 지룡과 달리 거미들에게는 딱히 유효한 수단이 없었다.

이래서는 전멸도 시간문제로군.

그리 판단하고 나 하나라도 도망치고자 전이 마법을 준비할까 고민이 들던 그때, 게에레의 몸에 어둠의 창이 꽂혀 들었다.

나의 염옥 창이 카구나의 몸을 꿰뚫지 못했던 데 반해, 저 어둠의 창은 확실하게 게에레의 몸을 관통시켰다.

고통에 찬 울음소리가 동굴 안에 울려 퍼진다.

어둠의 창에 몸체를 꿰뚫려서 움직임을 봉인당한 게에레에게 거미들이 쇄도했다.

이제껏 날렵하고 민첩한 몸놀림으로 모든 공격을 피해 다녔던 게에레도, 부상당한 탓에 움직임이 둔해진 상황에서 사방팔방 밀어닥치는 거미를 상대로는 속수무책.

게에레의 거체가 무수히 많은 거미 떼의 파도에 휩쓸렸다.

게에레의 방어력을 감안하면 그럼에도 살아남을 것 같았다만 거미들은 어둠의 창에 꿰뚫려 벌어진 상처 부위를 향해 쇄도하고 있었다.

하필 상처 부위를 공격당해서는 방어력이 얼마나 높다 하여도 그 힘을 충분히 발휘하기란 불가능한 법.

상처 부위를 억지로 넓히고는 새로 벌어진 상처를 헤집어서 또 막무가내로 넓혀 놓는다.

그렇게 되면 용일지언정 무사할 수는 없었다.

푸이트가 게에레를 구하려고 움직였지만 그 몸이 지면으로 잠겨들었다.

마치 보이지 않는 무언가에 짓눌린 듯한 모습으로 푸이트의 몸이 소름 끼치는 소리를 울리면서 지면에 틀어박혔다.

설마 중압 속성의 공격인가!

그분께서 같은 방식의 공격을 펼쳤던 모습이 떠올랐다.

그러나 지룡마저도 꼼짝 못 하게 억누르다니 정녕 무시무시한 위력이로다.

중압에 찌부러진 푸이트에게 주위에 있던 거미들이 실을 쏟아부었다.

실에 묶여서 꼼짝달싹 못 하도록 구속당한 푸이트.

그 즈음에는 중압 속성의 공격도 멈춰 있었지만 실에 구속된 상태에서 이미 거미들이 운집해 있었다.

이리된 이상 맞이할 미래는 게에레와 똑같겠군그래.

남아 있는 카구나에게도 거미들이 달라붙으려고 했지만 움직이는 요새처럼 카구나는 그 공세를 일축해버렸다.

그러나 그 몸부림도 다른 무리와는 비교도 되지 않는 속도로 육박하는 거미의 존재로 인하여 형세가 돌변했다.

명백하게 게에레를 뛰어넘는 속도로 카구나에게 접근한 그 거미는 곧장 카구나의 다리를 앞다리에 달린 낫으로 베어 날렸다.

깊숙이 베여 갈라진 카구나의 다리.

물론 저런 부상을 입은 상태에서는 제대로 서 있질 못한다.

거체에 따른 자신의 무게도 맞물려서 카구나는 더는 서지 못하고 핑음을 울리며 쓰러졌다.

그리로 쇄도하는 거미들.

내 눈앞에서 카구나, 게에레, 푸이트를 파묻고 거미의 산이 만들어졌다.

저마다 그 산에서 빠져나오려고 버둥거리고 있지만 실에 온 몸부림을 구속당한 채 차츰 조용해졌다.

허허, 그거참. 설마하니 저토록 강대한 힘을 지닌 지룡이 이런 결말을 맞이할 줄이야.

나는 그 결말의 주역을 맡은 아홉 마리의 거미를 돌아봤다.

게에레에게 어둠의 창을 꽂아 넣었고, 푸이트를 중압 속성의 공격으로 저지했고, 카구나의 다리를 베어 날렸던 존재.

이 아홉 마리는 다른 거미들과 차원이 다르다.

저들의 강대함은 그분이 연상되는 면이 있었다.

저들의 강대함을 겪으면 절로 섬뜩한 두려움이 솟구친다.

다만 그 이상으로 나는 흥분했다.

맨 처음 게에레를 꿰뚫었던 그 어둠의 창.

그것은 아마도 암흑 마법의 암흑 창이다.

마법의 격으로서는 내가 날렸던 옥염 창과 다르지 않을 터.

하나 그 위력이란 비교도 되지 않으니.

나의 능력치가 뒤떨어지는 까닭도 작용했을 테지.

그러나 그 이상으로 어둠의 창에 담겨 있었던 마력의 양이야말로 그 위력의 비밀이라는 생각이 들었다.

기존의 마법을 단지 스킬을 따라 발사하는 데서 그치지 않고 거기에 마력을 거듭 가중시킨다.

말로 표현하기는 간단한 행위다만 그것이 얼마나 난해한가를 나는 잘 알고 있었다.

비유하여 말하자면 좁은 수로에 탁류를 흘려보내는 행위였다.

보통은 수로를 무너뜨려버린다.

그와 마찬가지로 무리해서 마력을 가중시키려고 하면 마법은 구축이 파괴되어 불발로 끝나게 된다. 최악의 경우는 폭발이겠군.

그럼에도 정상적으로 발동시켰기에 그만한 위력을 발휘했다.

가능한 게다.

실제로 성공시킨 선구자가 있지 않은가. 나 또한 그 길을 따라 걷지 못할 이유가 무엇이랴.

저 수법을 익히는 데 성공한다면 마도의 극의에 한 걸음 가까워질 수 있으니!

저 기술을 습득하는 데 성공한다면 고민거리였던 마법의 위력을 끌어올리는 한편, 신속한 구축마저도 동시에 가능해질 수 있지 않겠는가!

옥염 마법 같은 최상위 마법이 아닌 하위의 마법으로 마찬가지의 위력을 재현하는 그런 기법도 꿈은 아니로다!

그럼에도 불구하고 구축 속도가 기존과 다르지 않게 된다면 마법에 혁명이 일어난다!

과연 나는 해낼 수 있는가?

해 보이겠다!

《경험치가 일정 수치에 도달했습니다. 로난트 오로조이가 LV 68에서 LV 69로 성장했습니다.》

《각종 기초 능력치가 상승했습니다.》

《스킬 숙련도 레벨 업 보너스를 습득했습니다.》

《스킬 포인트를 입수했습니다.》

《조건을 충족시켰습니다. 칭호 〈용(龍) 살해자〉를 획득했습니다.》

《칭호 〈용 살해자〉의 효과로 스킬 〈천명 LV 1〉과 〈용력 LV 1〉을 획득했습니다.》

《〈신명 LV 1〉이 〈천명 LV 1〉에 통합되었습니다.》

으음?

거미의 산에 파묻혀 있던 지룡 셋이 마침내 힘이 다한 게로군.

거참, 뜻밖이로군. 아무래도 나 또한 전투에 참가한 취급인 듯 덩 달아서 용 살해자의 칭호를 받아버렸구먼.

거의 도움이 되지 않았는데도 횡재를 했어.

진심으로 죽는 줄 여겼다만 실로 유의미한 시간이었군.

……그래, 유의미한 시간이기는 했다.

아무것도 못했고, 쓸모도 없었지만 말이다.

만담 병렬 의사 대화집 세 번째, 지룡 3형제

"야, 야아, 야아아아! 언제 또 한 마리가 늘어났소?!"

"세 마리를 어떻게 이기라는 거냐!"

"아니, 못 이길 것도 없지 않은가?"

"카구나와 게에레가 같이 다니는 건 예상대로니까 그렇다 치고, 신참이 가입했다는 말은 못 들었슴다."

"즉 전력을 스카우트하는 유능한 카구나P."

"카구나의 가장 뛰어난 능력은 방어력이 아니라 매니지먼트 능력이었나?"

"단독으로 정정당당하게 전투에 임하는 아라바 씨랑은 꽤 다르네!"

"실제로 한 마리 한 마리는 아라바보다 뒤떨어지지만, 셋이 동시에 덤벼들면 난이도는 이쪽이 훨씬 더 높겠네."

"그러~나! 우리도 달랑 혼자가 아니올시다! 보라! 이것이 바로 숫자의 폭력일지니! 상대가 셋이라면 집단을 이뤄서 처치하면 되지 않겠는가."

"근데 우리 쪽 한 마리 한 마리는 거의 다 졸병이거든?"

"아군의 졸병들을 뒷받침하는 것이 우리 임무지, 뭐."

"그건 그렇고, 저 변태 할아범은 어떡할 거야?"

"그게 누구야? 내 눈에는 안 보여, 안 들려, 어디 있는데? 응, 내버려 두자."

막간 막말 소녀와 착해 빠진 소년 용사

할아범이 안 돌아옵다.

반갑습다. 모두가 아끼고 예뻐해주는 오렐 아가씨, 여덟 살~임다.

이렇게 러블리한 여자아이를 방치하고 그 할아버님은 어디에서 뭘 하고 있는지, 원.

로난트 님이 굉장한 마법사라는 건 알거들랑요?

근데 그렇다고 해서 타향 땅에다가 여덟 살 아이를 방치한 채 행방이 묘연해지는 짓은 좀 많이 아니잖습까.

나더러 뭘 어쩌라고요?

이거는 님 자는 떼어버리고 할아범이라고 불러도 용서받을 수준 아닙까?

뭐 대책이 없으니까 제국의 높으신 분이라는 티바 아저씨의 밑에서 임시로 일을 보고 있습다.

지금 제가 머무르고 있는 이 도시에는 오우츠 국의 군대 말고 제국군 사람들도 뻘뻘 돌아다니고 있거들랑요.

그 사람들을 따라다니면서 허드렛일 비슷한 심부름을 하고 있습다.

첫날에 할아범이 인사를 해 둬서 다행임다.

안 그랬음 네가 누군데, 소리나 듣고 의지할 사람도 없이 쫓겨나지 않았겠습까.

적국에 점령당한 도시에서 그 적국에 가담한 제국의 어린아이가 혼자서 지낸다고요?

뒷골목에서 죽어 나가는 미래밖에 안 보임다.

진짜로 위험했슴다.

"아, 오렐. 마침 부르려고 했는데 잘 만났구나. 잠깐 장을 보러 갈 테니까 짐꾼으로 따라와주겠느냐?"

티바 아저씨가 잡일을 처리하고 있던 나를 발견하고 부탁을 했다.

부탁이라는 형식을 갖추기는 해도 이쪽은 본래의 고용주였던 할 아범이 휙 사라져버린 탓에 신변을 의탁하고 있는 처지임다.

거부권 따위 없~슴다.

"넷슴다."

"슴다는 좀 빼고 말하거라."

아저씨가 온화한 미소를 띠며 말버릇을 교정해줬다.

죄송함다.

제가 시골뜨기라서 입버릇이 안 고쳐짐다.

저처럼 말버릇 나쁜 계집아이를 쾌히 거둬주실 만큼 아저씨는 좋은 사람임다.

할아범은 버리고 새 고용주로 모셔볼까 진지하게 고민 중임다.

아저씨를 따라가서 도시를 걷는다.

"미안하구나. 너처럼 작은 아이에게 짐꾼을 시키고 싶진 않다만, 곤란하게도 손이 비어 있는 사람이 없어서 말이다."

아저씨가 미안하다는 듯 사과했다.

"아저씨, 저는 이런 일로 불평하지 않슴다. 사과도 됐슴다. 일을 맡겨주는데도 투덜거리는 녀석은 확 걷어차줘야 함다."

내 과격 발언에 아저씨가 쓴웃음 지었다.

일손이 부족한 건 사실임다.

점령한 도시에서 활동하려면 그야 당연히 큰일 아니겠슴까.

일단 주도는 오우츠 국이 하고 있슴다. 그러니까 제국이 담당할 역할이 아주 많지는 않은데도 아저씨와 다른 분들은 매일매일 바쁘게 활동하고 있슴다.

그게 뭐랄까, 오우츠 국은 약소국이잖슴까. 기껏 도시를 점령하고도 제대로 통치를 못한다는 게 지금의 실정임다.

그 때문에 본래 통치에는 관여하지 않아야 하는 제국 사람들이 분주히 뛰어다니게 됐거들랑요.

덕분에 할아범한테 버림받고도 제가 아저씨 밑에서 일을 받아보고 있기는 함다.

그래도 이 도시에 있는 제국 사람들에게는 완전히 민폐 아니겠슴까.

도시의 분위기가 아주 엉망진창이거들랑요.

"으음?"

아저씨가 눈살을 찌푸린다.

전방에 몰려 있는 인파가 야유를 마구 날린다.

보십쇼, 문제 발생임다.

"무슨 일인가?"

인파를 향해 아저씨가 말을 건넨다.

큰 소리는 아니었는데 신기하게도 목소리가 잘 울려 퍼짐다.

소란을 떨던 인파가 아저씨의 목소리를 듣고 뚝 조용해지고 시선을 이쪽으로 보내온다.

그리고 아저씨의 복장으로 제국의 기사라는 걸 알아보고는 뿔뿔

이 흩어져서 도망쳤습다.

남아 있는 사람은 두들겨 맞은 걸로 보이는 소년뿐.

"다 큰 어른들이 이런 어린애한테 무슨 짓을…….너무하는군. 얘야, 괜찮느냐?"

아저씨가 쓰러져 있는 소년에게 손을 내민다.

소년은 그 손을 붙잡지 않고 자기 힘으로 일어섰다.

오오, 자빠져 있길래 몰라봤는데 굉장한 미소년.

"너무한 건 대체 어느 쪽입니까?"

소년의 말에 아저씨가 고개를 갸웃거렸다.

그러나 뭔가 마음에 짚이는 게 있었을까, 아저씨의 눈이 휘둥그레졌다.

"우리가 저 사람들에게 한 짓에 비한다면 이 정도는 당해 마땅한 처사입니다."

소년이 후회 어린 목소리로 중얼거렸다.

어렴풋하게 소년이 말하려는 바는 이해가 됩다.

이 도시에는 오우츠 국의 침공을 받아 점령당한 경위가 있습다.

게다가 주력이 다른 전장에 가 있는 동안 무고한 주민에게 습격을 가하는 비열한 방법으로 함락시켰습다.

주민들이 존경하고 따랐던 영주 부부가 누군가에게 암살당했는데, 그것도 오우츠 국의 비열한 범행이라는 소문이 나돌고 있는 형편입다.

그 때문에 도시의 생존자 주민들은 오우츠 국에 대해 깊은 원한을 갖고 있습다.

오우츠 국의 인간이 이렇게 주민들에게 두들겨 맞는 게 일상다 반사가 될 만큼…….

그래도 잘 이해가 안 되는 점이 하나 있거들랑요.

어째서 이 소년은 마치 자신이 가해자라는 식으로 말하는 건지 모르겠슴다?

어딜 봐도 저랑 별 차이 안 나는 나이의 소년이 도시 습격에 가담했을 것 같진 않은데 말임다.

"용사 율리우스 님, 그것은 당신이 신경 쓸 필요 없는 사안입니다."

머릿속에다가 물음표를 떠올리고 있던 제 귓가에 아저씨의 터무니없는 발언이 날아들었슴다.

용사? 용사아?!

"으에엣?!"

무심코 얼빠진 비명을 질러버렸는데 어쩔 수 없다고 생각함다.

아니, 용사라굽쇼?

마왕에 대항하기 위한 인류의 희망, 그 용사가 이런 소년일 줄을 도대체 누가 상상이나 했겠슴까~!

"당신께서는 전장의 분위기를 경험하기 위함이라는 명목으로 동반하셨을 뿐입니다. 이 전쟁에서 당신이 짊어져야 하는 책임은 무엇 하나도 없습니다."

"그럼에도 저는 저 사람들이 보기에는 가해자 중 한 사람입니다. 용사가 형식적으로나마 참가했다는 사실은 저들에게서 정당성을 빼앗는 결과를 불러오고 말았습니다. 그러니까 오우츠 국은 이토록 심한 짓을 저지른 것입니다. 용사가 자기편을 들고 있다. 그렇다면 자신들은 올바르다. 올바르기에 무슨 짓을 해도 용납된다. 제 자신은 무엇 하나 저지르지 않았다 해도 제 존재가 이 도시의 참상을 만들어 낸 겁니다."

뭔가 어려운 이야기를 하고 있습다.

"그 말씀은 틀렸습니다. 당신이 참가하든 하지 않았든 오우츠 국은 이 도시를 습격했을 테니까요."

"그래도 저는 제 자신을 용서할 수 없습니다."

용사님은 슬픔에 젖은 눈으로 도시를 바라보고 있었다.

불타올라 무너진 수많은 집을, 재건도 제대로 진행하지 못하고 있는 도시의 광경을, 눈을 돌리지 않고 바라보고 있습다.

저 눈에는 회한과 그 이상의 결의가 가득했다.

아, 그렇구나. 납득이 됩다.

소년은 틀림없이 용사입다.

저랑 별로 차이도 안 나는 나이의 소년인데도 저 눈동자에 깃들어 있는 결의는 어지간한 어른도 좀처럼 품지 못할 정도임다.

"용사님……."

아저씨도 소년의 눈동자에서 같은 결의를 발견했는지 마음 저리는 표정을 띠었다.

그것은 이런 소년에게 무거운 결의를 품게 만들어버린 어른으로서 보이는 회한일까.

제게는 너무 어려워서 소년의 결의가 지닌 무거움도, 아저씨가 띠어 보인 표정의 진짜 의미도 잘은 모르겠습다.

"저는 아무것도 헤아리지 않고 이곳에 왔습니다. 그 때문에 이토록 후회하는 처지가 되어버렸죠. 앞으로는 스스로 고민하고 행동하겠습니다. 어린아이라고 하여 이용당하는 것은 이번뿐입니다. 저는 용사니까요. 이름만 갖고 장식품이 될 생각은 결코 없습니다."

"그러하시다면 먼저 자신의 몸을 아끼십시오. 당신이 명실공히 용사가 되고자 한다면 이런 데서 목숨을 소홀히 다뤄서는 안 되는 겁니다."

아저씨가 간곡하게 타일러 말하고 있었다.

용사님은 그 말을 듣고는 곧 불만을 표시했다.

"그렇지만 이 도시 주민들을 위해 뭔가를 하고 싶습니다."

"그래서 당신은 잠자코 얻어맞았다는 겁니까? 그래서는 당신을 위한 일도, 하물며 저들을 위한 일도 되지 않습니다. 당신을 구타함으로써 받는 위로는 일순간뿐. 저들은 당신을 때린 손이 아플 것이고, 그 이상으로 당신 같은 어린아이에게 손을 들었다는 사실에 마음 아파할 겁니다. 이윽고 상처 받은 마음은 선량함을 잊어버릴 테지요. 그렇게 만들지 않기 위해서라도 당신은 괜히 맞고 있어서는 안 됐습니다."

아저씨가 멋있는 말을 했습다.

아저씨의 말에 용사님도 퍼뜩 놀랐습다.

"하지만, 그럼 제가 저들에게 무엇을 해줄 수 있는 겁니까?"

"마물이라도 사냥하면 되지 않겠습까?"

어찌할 바를 몰라 하는 용사님의 물음에 제가 무심코 반사적으로 대답을 하고 말았습다.

"아, 그게, 죄송함다!"

"아니야, 괜찮아. 마물을 사냥하라고 말한 거야?"

허둥지둥 무례를 사죄하는 저에게 부드러운 미소를 지어주는 용사님.

"음, 그러니까요. 이 도시의 방벽이 일부 무너진 건 알고 계시잖습까? 완전히 무너진 데는 감시가 붙어 있습다만, 거기 말고도 금방 무너지려고 하는 자리가 꽤 많습다. 그 탓에 불안해서 잠을 제대로 못 자는 주민이 꽤 많다는 말을 언뜻 얻어들은 적이 있습다. 반쯤 무너진 벽을 마물이 아예 부수면 어떡하냐고. 마물이 시체 냄새를 맡고 꾀어들었는지, 도시 바깥에서 예전보다 잔뜩 기웃거린다고 하잖습까. 그러니까 그 마물들을 퇴치하면 도시 주민들을 위한 일이 되지 않겠습까? 용사의 임무라기보다는 모험가의 일거리 같긴 하지만 말입다."

내 설명을 들은 용사님이 눈을 빛냈다.

"모험가란 말이지?"

"아, 음, 뭔가 마음에 안 드심까?"

"아니, 반대야. 그렇구나. 그런 방식도 어쩌면 괜찮을 거야. 고마워."

용사님은 한마디 답례한 뒤 빠른 걸음으로 떠나갔습다.

저랑 아저씨는 그 뒷모습을 배웅하다가 예정대로 장보기를 마쳤습다.

다음 날 이후, 작은 용사님이 도시 주민들의 안전을 지키기 위해 마물 토벌에 나섰다는 이야기가 퍼져 나갔다.

그 이야기를 듣고 저는 그 용사님이라면 장래에 훌륭한 분이 되리라고 생각했습다.

용사의 이름에 부끄럽지 않은 훌륭한 분이…….

그나저나 제국의 필두 궁정 마도사라는 훌륭한 직함을 갖고 계시는 할아범은 대체 언제쯤 돌아오는 겁까?

훌륭한 건 직함과 실력뿐이고 알맹이는 전혀 훌륭하지 않습다.

血3 불행을 초래한 원흉

메라조피스라는 남자는 충의의 인간.

내 부모님에게 충성을 맹세했었고 두 분이 세상을 뜬 이후에도 나를 섬기고 있다.

그 충성심의 굳건함이란 이루 헤아릴 수가 없다.

지금은 이렇듯 함께 여행하는 관계가 되어 있지만 그 이전의 메라조피스에 관해 내가 아는 사실은 의외로 적었다.

부모님이 살아 있던 무렵은 평범한 갓난아이로 지냈기에 물을 기회도 실제로 볼 기회도 그리 많지 않았으니까.

다만 얼마 안 되는 기회였음에도 전해졌던 사실은 있었다.

메라조피스는 일벌레였다. 그것도 중증으로…….

잠은 언제 자냐고 의문이 들 만큼 일만 했거든.

메라조피스는 명목상 종자 직책을 맡고 있었지만 실질적으로 수행하는 업무를 보면 집사와 다름없었다.

아니, 종자의 업무와 병행해서 집사 일까지 맡아봤었지.

그 비정상적인 업무량의 원동력은 아버님에 대한 충성심과 어머님에게 보냈던 연모.

메라조피스는 내 어머님을 사랑했다.

전세에서 연애 관련의 사건과 연이 없었던 나마저도 분명하게 알아볼 정도였으니까, 틀림없이 저택 안에 있던 사람들 또한 암묵적으로 모르는 척을 해줬을 것이다.

종자가 모시고 받들어야 하는 주인의 안사람에게 사랑을 한다?

이야기였다면 금단의 사랑이 어쩌고저쩌고 흥이 날 만한 내용이었겠지만 실제로 그런 상황을 당하고 보니 그저 민폐더라고…….

스캔들이라도 터져 봐. 농담으로 넘길 일이 아닌걸.

그래도 그런 인물에게 직위가 용납되었던 까닭은 다름 아닌 메라조피스였으니까.

메라조피스는 결코 과오를 저지르지 않는다.

연심을 품고, 그럼에도 제 입장을 분별하여 주인을 받든다.

진심으로 어머님의 행복을 기원했기에 아버님에게 그 소망을 맡겼다.

그 속내를 아마 주위 사람들도 다 알고 있었기에 메라조피스를 용납했을 것이다.

어째서 그토록 타인에게 헌신할 수 있는가.

나는 이해되지 않았다.

자신의 행복보다도 상대의 행복을 바란다니 어떻게 그리할 수 있단 말인가.

메라조피스가 어머님에게 보내는 열기 어린 시선은 둔한 나마저도 알아볼 만큼 뜨거웠다.

그 열기를 꾹 억누르고 아버님에게 맡긴다니 어떻게 그리할 수 있단 말인가.

도무지 이해되지 않았던 메라조피스의 마음이 나는 살짝 무서웠다.

언젠가 그 마음이 내게서 떨어져 나가 어딘가로 획 사라져버리는게 아닐까 하고…….

그럴 수밖에, 메라조피스가 충성을 바치는 상대는 내가 아니라 내 부모님이었잖아.

딱히 나라는 사람에게 충성을 맹세한 것이 아니었다.

지금은 세상에 없는 내 부모님을 향하는 충성심이다.

그럼 그 부모님을 죽인 상대를 메라조피스는 어떻게 생각할까?

간단하겠지.

당연히 원망하고 있을 거야.

직접 손을 쓴 엘프, 포티머스 하이페너스.

그리고 전쟁을 벌인 오우츠 국과 신언교와 제국.

지금은 내 곁에 있어주지만 언젠가 복수를 위해 떠나가버리는 게 아닐까?

그런 불안감을 차마 떨칠 수가 없었어.

"이얏!"

메라조피스는 현재 위세 좋은 기합 소리와 함께 검을 내리치고 있었다.

그러나 그 검은 아무것도 베지 못하고 허공을 가른다.

딱히 검술 연습을 하는 게 아니라 상대에게 회피당했을 뿐.

안간힘을 다해 검을 휘두르는 메라조피스의 전신에 땀이 폭포수처럼 흘러내렸다.

흡혈귀도 땀은 흘리는구나.

그렇게 아무래도 좋은 감상을 느끼는 동안에, 결국 체력의 한계를 맞이한 메라조피스는 다리가 뒤얽혀서 나동그라졌다.

어떻게든 일어서려고 해봐도 덜덜 부들거리는 무릎을 갖고는 당분간은 일어설 수 없으리라.

오히려 저렇게 지칠 때까지 내내 검을 휘둘렀던 메라조피스의 끈기를 칭찬해줘야 한다고 생각한다.

메라조피스의 검술이 엉망진창으로 서툴지는 않았다.

문외한의 눈으로 봐도 세련되었다는 말은 못해줄 몸놀림이었지만 흡혈귀가 된 변화로 인해 상승한 능력치는 부족한 솜씨를 보완해주고도 남았다.

애당초 메라조피스는 종자인 까닭에 최저한으로 호신이 가능한 수준의 실력밖에 익히지 않았다.

그럼에도 완전히 초보자이지는 않았고 높은 능력치와 어우러졌기에 그 박력은 진짜였다.

다만 상대가 좋지 않았을 뿐…….

메라조피스의 공격을 전부 다 손쉽고 완벽하게 피해 내는 그 상대, 시로는 쓰러져 있는 메라조피스를 보고도 개의치 않고 손에 든 대낫을 휘둘러 댔다.

메라조피스의 공격을 피하면서 몇 번인가 제 움직임을 확인하는 듯한 동작을 취했었다.

압권이라는 한마디밖에 나오지 않는다. 눈에 보이지도 않는다는 말은 이런 때 쓰는구나, 라고 묘하게 납득하고 말았는걸.

실제로 시로가 어떤 식으로 움직였는지 내 눈으로는 미처 따라잡지 못했어.

그렇지만 그런 움직임을 선보인 당사자는 어딘가 납득이 안 가는 눈치다.

자꾸 고개를 갸웃거리면서 대낫을 휘두르고 있었다.

메라조피스가 일어서지도 못할 만큼 완전히 탈진했는데도 그 상대를 맡은 시로는 호흡 한 번 흐트러뜨리지 않았다.

이것이 스테이터스의 여실한 격차.

메라조피스도 흡혈귀가 됨으로써 인간이었던 시절보다 스테이터스가 훨씬 성장했는데도 전혀 아랑곳하지 않는다.

거의 무시당하는 수준이었다.

나는 알고 있었다.

메라조피스가 열심히 땀을 흘리면서 아침 해가 떠오르기 전에 검술 연습을 하고 있었다는 사실을…….

조부모의 저택에서 돌아오는 길에 도적의 습격을 받아 절체절명의 위기에 빠졌다가 시로에게 구원받고 내 운명이 바뀌었던 그날.

메라조피스는 도적 한 명에게 이렇다 할 저항도 못한 채 베였다.

메라조피스는 무력하게 당해야 했던 자신이 몹시 분했던가 보다.

다음 날부터는 아침 해가 떠오르기 전 검술 연습을 일과에 추가했다.

그래서 극적으로 강해질 리는 없다.

애당초 문관의 성향이 강한 메라조피스에게 검의 재능은 없었다.

그럼에도 메라조피스는 매일매일 검술 연습을 계속했다.

지금도 변함없이 이어지고 있었다.

그렇지만 그 노력의 성과도 시로에게는 전혀 통용되지 않았다.

한심한 결과라는 생각은 하지 않는다.

메라조피스는 본인에게 가능한 최대한의 노력을 쌓아 왔다.

나도 잘 아는 사실이었다.

다만 메라조피스를 가뿐하게 뛰어넘는 시로가 비정상적일 뿐.

당사자 또한 모르지는 않으련만 메라조피스는 이를 악물고 있었다.

아무것도 못하는 자기 자신에게 분노하고, 더욱 강해지고자 발버둥 친다.

굳센 눈동자가 그 결의를 대변해주고 있었다.

바로 얼마 전까지는 축 처져 있었던 분위기가 거짓말 같아.

아리엘 씨가 술을 꺼내 놓았던 날, 나는 몰래 술을 맛본 직후 정신을 잃어버렸던 탓에 무슨 일이 있었는지는 모르겠다.

그래도 내가 잠들어버린 다음에 뭔가 일이 있기는 했을 것이다.

다음 날부터 메라조피스는 후련한 표정을 짓고 다녔다.

단순하게 술의 힘으로 그간 쌓였던 울분을 풀어냈을 뿐이라든가 그런 것은 아닌 듯했다.

아리엘 씨가 뭔가 해줬는지도 모르겠다.

그런 생각에 아리엘 씨에게 감사의 뜻을 전하자 「나는 아무것도 안 했어」라고 겸손하게 쓴웃음을 짓기만 했다.

이러니저러니 해도 아리엘 씨는 다정하다.

내가 메라조피스 때문에 상담했을 때도 엄격한 태도를 취하면서 내 나쁜 구석을 지적해줬고…….

그 요령으로 메라조피스의 고민거리고 해소해준 게 아닐까 싶다.

나로서는 메라조피스의 고민을 어찌해줄 수가 없었으니까.

아리엘 씨에게 꾸지람 들은 다음에 나는 메라조피스의 고민거리가 무엇일지 생각해봤다.

그렇지만 그런 건 굳이 생각할 필요도 없더라.

메라조피스는 나와 같은 처지로 살아왔던 도시가 멸망당했다.

하지만 나보다 더 긴 시간을 그 도시에서 인간으로서 생활했었다.

나와 처지는 같아도 더 많이 잃어버렸다.

사람도, 재산도, 시간도.

그 전부를 잃어버린 데다가 인간으로 태어난 자신마저도 잃어버렸다.

아무리 피치 못할 사정이 있었다 해도 나는 메라조피스를 흡혈귀로 만들어버렸다.

그것이 메라조피스를 얼마나 궁지에 몰아넣었는지 나는 알려고도 하지 않았다.

메라조피스의 「감사를 드리면 드렸지 원망하는 마음 따위는 추호도 없다」라는 말을 맹신하면서…….

잃어버린 상실감의 크기, 이제부터 흡혈귀로서 살아가야 하는 부담감.

저런 갈등을 떠안고도 고민하지 말라고 타박한다면 정말 말도 안 되는 짓이겠지.

그야말로 당연한 고민거리인데도 거기에 생각이 미치지 못했으니까 아리엘 씨가 어이없어하는 것도 어쩔 수 없었어.

나는 정말 자기밖에 모르는구나.

그래, 정말 자기밖에 생각하지 않았던 거야.

메라조피스의 심정을 헤아리면 내게서 놓아주는 것이 제일 좋다고 알면서도 차마 못 보내주겠는걸.

메라조피스는 흡혈귀가 되어버렸지만 본인의 우수함을 잃어버린 게 아니고 모든 과거가 없었던 일이 되는 게 아니다.

아버님의 실질적인 집사 역할을 맡아봤던 메라조피스라면 영입을 제안하는 귀족도 허다할 테고, 지인에게 의지하면 은신하는 데도 별 어려움이 없을 것이다.

흡혈귀라는 사실을 밝히느냐 마느냐는 메라조피스 본인의 재량에 맡겨야겠지만 메라조피스의 인격을 감안하면 분명 받아들여지겠지.

내가 어떠한 길을 선택하든 간에 앞으로 큰 곤경을 겪게 되는 것은 틀림없었다.

그런 나를 섬기기보다는 차라리 다른 길을 찾아 나서는 게 메라조피스에게도 좋았다.

그래, 알고 있는걸.

그래도 못하겠어.

메라조피스를 떠나보내는 게 두려워.

자신의 목숨마저도 돌아보지 않고 나를 지켜줬던 남자가 곁에 함께하지 않는 미래를 상상만 해도 두려워서 견딜 수가 없는걸.

정말이지 나는 자기밖에 모르는 애구나…….

"자, 밥 먹으러 가자. 어디가 좋아?"

아리엘 씨가 주위를 둘러보면서 물었다.

나도 아리엘 씨를 따라서 주위를 둘러봤지만 식사를 할 만한 가게는 안 보였다.

아니, 내 시야에는 아예 사람밖에 안 보이는 상황이었다.

우리는 도시를 방문했다.

이 도시는 주변에서 가장 규모가 크다는 듯, 이곳을 지나면 수도까지 남은 거리도 금방이라고 한다.

그런 도시이니까 활기가 있고 사람이 가득했다.

사람이 많아서 메라조피스의 품에 안겨 있는 나로서는 주위가 당연히 안 보일 수밖에…….

"이 도시에는 이전에 왔던 적이 있습니다. 추천하는 가게가 있습니다만 그쪽은 어떠십니까?"

"오오! 믿어보겠어!"

메라조피스의 제안에 아리엘 씨가 눈을 빛냈다.

추천이라는 말을 듣고 기대감이 솟았나 보다.

이런 모습을 보면 이 사람이 마왕이라는 말이 잘 안 믿기는구나.

"이쪽입니다."

메라조피스의 안내를 따라 골목길을 걸어 나아갔다.

그런데 걸어가면 걸어갈수록 왕래가 점점 적어지면서 한적한 주택가 같은 풍경으로 바뀌어 갔다.

그곳에서 또 좁은 골목길로 들어가 간판도 아무것도 없는 문을 열었다.

문에 달려 있던 방울이 울리면서 손님의 방문을 고했다.

바깥에서는 어디를 뜯어봐도 그냥 주거지로 보였는데 내부는 제대로 된 요릿집으로 꾸며져 있었다.

"와. 이런 은신처 같은 가게를 용케 알고 있구나."

"주인님께서 이곳의 영주님과 깊은 친분을 갖고 계셨기에 그 영주님이 가르쳐주셨습니다."

별 내색 없이 꺼낸 그 말에 가슴이 덜컥거렸다.

지금 대화를 들어보면 이곳의 영주는 메라조피스와 면식이 있었다.

아버님을 사이에 둔 관계였겠지만 아버님과 친밀했다면 메라조피스를 모를 리가 없었다.

혹시 그 사람은 메라조피스의 신병을 받아들여줄지도 모른다.

문득 상념이 스쳤다.

내 짧은 갈등을 알지 못하는 메라조피스와 아리엘 씨는 가게의 자리에 앉았다.

메라조피스가 옆자리에 나를 앉혀주었다.

어른용 의자였지만 못 앉을 높이는 아니었다.

물론 평범한 아기였다면 아마도 얌전히 앉아 있지는 않았겠지.

우리가 자리에 앉는 거의 동시에 안쪽에서 늙은 남성이 나왔다.

"주문하시지요."

"주인장의 추천 요리를 둘, 그리고 뭔가 아기가 먹기 쉬운 음식을 만들어줄 수 있겠습니까?"

"잘 알겠습니다."

노인은 주문을 받아 또다시 안쪽으로 쑥 들어가버렸다.

어두컴컴한 가게 안에는 우리만 있었다.

점원의 모습도 보이지 않아서 방금 전 노인이 혼자 가게를 운영하는 게 아닌가 생각이 든다.

"장사할 마음이 있기는 한 거야?"

"아마도 돈벌이에는 별 관심이 없을 겁니다."

아리엘 씨의 의문에 메라조피스가 쓴웃음을 짓고 답했다.

"방금 전 그분이 가게의 주인입니다만 본래는 조금 전에 말씀드렸던 이곳 영주님의 저택에서 근무하셨다더군요. 실력은 여전히 뛰어나지만 나이를 이유로 들어 은퇴했다고 합니다. 단지 요리는 손에서 놓고 싶지 않았기에 이렇게 왕래가 없는 장소를 골라 적당히 가게를 운영하는 거지요."

"아, 가끔 만들면 안 심심하고 좋다는 거네."

"그렇습니다. 그러니까 주변의 지역 사정에 어지간히도 훤한 사람이 아닌 한 이 가게를 알고 오지는 못하겠죠."

분명히. 이 가게에는 간판도 안 달렸고 미리 알지 못하면 가게라고 인식조차 못 할 것 같다.

그럼에도 운영이 되는 까닭은 이미 현역은 은퇴해서 취미의 범위에서 꾸리고 있기 때문에…….

돈은 다음 문제라는 거네.

사람이 살아가는 방식은 여러 가지구나.

그러면 나도, 메라조피스에게도…….

"아가씨, 왜 그러십니까?"

『앗! 으응. 아무것도 아니야.』

메라조피스가 내 안색을 살피는 터라 반사적으로 나도 모르게 얼버무리고 말았다.

역시 물을 수 없어.

자유로워지고 싶지는 않느냐고. 어떻게…….

메라조피스는 의아해하면서도 다시 한 번 입을 열지는 않았다.

가게의 문이 종을 흔들어 소리 울리면서 열렸다. 손님이 들어왔기 때문이었다.

종소리에 이끌려서 우리의 시선이 그쪽으로 향했다.

들어온 사람은 노인 남성이었다.

이 가게의 주인보다는 살짝 젊은 정도일까?

다른 손님을 너무 물끄러미 쳐다보면 불편할 테니까 시선을 다시 앞으로 되돌렸다.

그리고 미소를 지운 채 노인을 빤히 주시하는 아리엘 씨의 얼굴과 맞닥뜨렸다.

섬뜩, 등줄기에 싸늘한 감각이 치달렸다.

위압 스킬을 쓰지도 않았고 딱히 살기를 드러내지도 않았다.

그런데도 지금의 아리엘 씨는 임전 태세에 들어가 있었다.

직감으로 느꼈다.

"어이쿠, 영차."

아리엘 씨에게 주시받으면서도 노인이 옆 탁자에 자리 잡고 앉았다.

달리 빈 탁자가 있는데도 굳이 우리의 옆자리에 앉는다.

그 의미를 아리엘 씨의 다음 말이 가르쳐줬다.

"오랜만이네."

아리엘 씨가 사라져 있던 미소를 다시 머금고 노인을 향해 친근하게 말을 건넨다.

즉 이 노인은 아리엘 씨의 지인이라는 거네.

그러니까 굳이 옆 탁자를 골라 앉았고…….

그런데 방금 전 아리엘 씨의 분위기를 보면 그다지 환영할 만한 지인은 아닌가 봐.

"그렇군요. 오랜만입니다. 아니면 처음 뵙는다고 말씀드려야 할까요?"

오랜만인데 처음 뵙는다? 이상한 소리를 하네.

"어느 쪽이든 상관없지 않아?"

나와 메라조피스가 노인의 이상한 말을 듣고 의아해하는 데 반해 아리엘 씨는 아무래도 좋다는 듯 받아넘겼다.

"그래서, 무슨 용건이야? 신언교 교황이 웬일이래?"

아리엘 씨가 한 말의 의미를 일순간은 이해할 수 없었다.

그래서 움직이는 것이 늦어졌다.

"주문하시지요."

움직이는 것이 늦어져서 다행인지 불행인지, 안쪽에서 빠른 걸음으로 나온 가게 주인이 주문을 받으러 온 탓에 짬이 벌어졌다.

"이쪽에 계신 분과 같은 식사를 1인분."

"잘 알겠습니다."

교황은 옆에 앉아 있는 아리엘 씨를 손가락으로 가리키면서 가게 주인에게 주문했다.

가게 주인은 점내에 감돌고 있는 긴장감을 알아차리지 못하고 안쪽으로 되돌아갔다.

나는 새삼 교황을 바라본다.

어디에도 있을 법한 마음씨 좋은 할아버지 같은 노인이었다.

입고 있는 복장도 특별히 고급 옷으로 보이지는 않는 서민의 옷.

부유층에게 자주 나타나는 비만도 없고 오히려 다소 여윈 체구였다.

알려주지 않았다면 이 사람이 세계 최대의 종교, 신언교의 수장이라는 생각은 안 했을 거다.

아리엘 씨가 교황이라고 부른 지금도 솔직히 믿기지 않을 정도인걸.

그럴 수밖에, 그런 거물이 이런 곳에 호위 한 명도 붙이지 않고 온다는 건 이상하잖아.

"호위도 없이 내 앞에 얼굴을 내밀다니 좀 많이 부주의하네? 안 그래도 여기는 적국인데 말이야."

내가 떠올렸던 의문을 아리엘 씨가 그대로 대변했다.

"무얼요, 제 얼굴 따위야 알려져 있지도 않습니다. 괜한 걱정이십니다."

"나는 알아봤는데?"

"그야말로 걱정한들 소용없는 일이겠지요. 당신이 상대여서야 호위를 얼마나 많이 붙이든 모자랍니다. 그렇다면 저 혼자 만나든 호위를 동반하여 만나든 다를 게 없지요. 오히려 당신에게 적의가 있을 경우에 희생자가 저 하나로 그칠 테니 이러는 편이 오히려 낫습니다."

별로 놀랄 일도 아니라는 듯 말하는 교황.

그 때문에 더욱 말의 의미가 처음에는 이해되지 않았다.

아리엘 씨가 교황의 말을 듣고 어이없어하면서 한숨을 쉬고, 그보다 한 박자 늦게 대화의 의미를 간신히 받아들일 수 있었다.

교황은 본인이 죽어도 상관없다고 말한 것이다.

게다가 아리엘 씨의 태도를 보면 허세도 무엇도 아닌 진심으로 한 말임을 알 수 있었다.

삶에 집착하지 않고 효율이 좋기 때문이라는 단지 그 이유에 따라 자신을 죽일 수도 있는 상대를 만나러 왔다.

어떤 정신머리를 갖고 있어야 그런 행동을 벌일 수 있는가 나는 이해가 안 된다.

이해가 안 된다는 사실을 깨달을 순간, 눈앞에 보이는 어디에나 있을 법한 노인이 무언가 정체 모를 끔찍한 생물처럼 여겨지고 말았다.

이때 처음으로 나는 이 노인이 신언교의 교황이라는, 보통 사람으로서는 감당하지 못할 지위에 있는 인간임을 실감했다.

"그래, 다시 한 번 묻겠어. 무슨 용건이야? 설마 세상 돌아가는 이야기나 하자고 오지는 않았겠지?"

아리엘 씨가 대화의 주제를 원래대로 되돌렸다.

"흐음."

교황은 아리엘 씨의 말을 받아 잠시 고민하는 시늉을 내보였다.

그 시선이 나와 메라조피스에게 잠시나마 향했다.

"그야 그렇지요. 당신을 상대로 머리싸움을 벌여서 무슨 소용이 있겠습니까. 제 용건은 세 가지입니다. 첫 번째는 여신교에서 손을 떼어 달라는 것. 두 번째는 엘프에 관한 정보를 제공해 달라는 것. 세 번째는 거기 두 사람과 관련돼 있습니다."

세 번째 용건은 우리와 관련됐다고?

상황의 흐름을 머리가 따라가지 못한다.

도움을 바라고자 메라조피스를 올려다봤더니 험악한 표정을 짓고 있었다.

그 얼굴은 저택에서 엘프 자객과 대치했을 때 띤 표정과 닮았다.

적을 앞에 두었을 때의 얼굴.

그래, 눈앞의 노인은 적이야.

전쟁을 벌인 오우츠 국에 가담해서 나의 고향을 빼앗는 데 적극 협력한 신언교. 그곳의 수장.

내 눈앞에 직접 나타난 이자는 포티머스에 다음가는 명확한 적.

"흐음. 그럼 첫 번째부터 순서대로 자세하게 들어볼까."

"첫 번째 말입니다만 오우츠 국은 재차 침공을 계획하고 있습니다."

"뭣?!"

메라조피스가 지금 알게 된 정보에 경악하여 소리 높였다.

메라조피스의 반응을 무시하고 교황은 대화를 이어 나갔다.

"물론 저희 신언교도 그에 조력하기로 되어 있습니다. 따라서 당신이 사리엘라 국을 거들어 참전하면 몹시 곤란합니다."

참으로 자기 좋을 대로 주장하는 교황.

저 심보에 분노가 느껴진다.

메라조피스도 마찬가지였는지 탁자 아래에서 꽉 쥐고 있는 손은 강한 힘이 들어간 모습이었다.

메라조피스가 느끼고 있는 분노는 나와 비교도 되지 않을 것이다.

그럼에도 격발하지 않고 조용히 추이를 치켜보고 있었다.

그렇다면 나도 참고 견뎌야 한다.

지금은 섣부른 짓 하지 말고 아리엘 씨에게 맡기는 것이 맞다.

"흐음. 아주 그쪽에만 유리한 제안이네."

"그러면 아예 염치 불구하고 한 가지 더 제안드리겠습니다. 이번 전쟁의 원인이 된 당신의 부하, 세간에서는 미궁의 악몽이라고 불리는 하얀 거미 마물을 아무쪼록 저희에게 인도해주시면 감사하겠습니다."

이어진 제안에 나도 모르게 소리를 낼 뻔했다.

스스로도 어떤 부분에 반응했는지 잘 모르겠지만 황급히 입을 다물었다.

다만 시로를 언급하는 화제가 올라와서 동요한 것은 분명하다.

"일단 묻겠는데, 이유는?"

"이번 전쟁의 계기가 된 존재입니다. 저희들 또한 방치할 수가 없기 때문입니다."

당황하는 나를 아랑곳 않고 아리엘 씨와 교황의 대화가 이어졌다.

"물론 이미 죽어버렸다면야 그보다 더 좋은 일은 없겠습니다만."

그 말을 꺼내 놓은 교황의 태도에는 변화가 없었다.

그럼에도 예리한 분위기가 일순간 강하진 듯싶었다.

"머리싸움은 안 하겠다고 말하지 않았던가?"

아리엘 씨가 지긋지긋하다는 듯 타박했다.

머리싸움?

"후후. 해도 소용없다는 말씀은 드렸습니다만 안 하겠다는 말은 하지 않았지요."

"하여튼 입만 번드르르하다니까."

아리엘 씨가 한숨을 쉬었다.

"그쪽에서 알고 싶은 건 나와 미궁의 악몽의 관계. 그리고 또 추후에 나랑 그 녀석이 사리엘라 국에 가담하는지의 여부. 이 정도인가? 그쯤이야 굳이 도발까지 하면서 끌어내리려고 얕은 수 쓰지 않아도 가르쳐줄 수 있어."

아리엘 씨가 몹시도 시시하다는 듯 투덜거렸다.

그 말로 교황이 이쪽에서 정보를 끌어내기 위해 의도적으로 도발적인 언동을 거듭했다는 사실을 알았다.

그래도 그런 수법에 아리엘 씨가 걸려들 리 없었다.

실제로 이렇게 교황의 의도를 간파해 냈고…….

이리될 줄도 모르고 수작을 부리다니 얼간이 녀석이다.

"아무래도 예상이 빗나갔나 봅니다."

교황이 별로 유감스러워하지 않는 모습으로 중얼거렸다.

그때 힐끗 이쪽을 돌아본다.

정확하게는 메라조피스가 있는 방향으로 시선을 보내고 있었다.

앗! 그렇구나, 교황이 반응을 관찰하던 사람은 아리엘 씨가 아니라 메라조피스였어!

메라조피스의 처지를 생각하면 충분히 도발에 넘어가서 격분하고도 남았다.

그렇지 않더라도 교황의 이런저런 말에 무심코 반응함으로써 어쩌면 그 행동으로부터 모종의 정보를 간파당할 수도 있었다.

얼간이 녀석이라니 당치도 않다.

터무니없는 너구리잖아.

메라조피스에게 시선을 보내 되도록 반응하지 말라고 당부했다.

메라조피스도 나와 같은 결론에 도달했는지 내 눈을 똑바로 마주 바라보면서 살짝 고개를 끄덕여줬다.

"더스틴, 우선 알아 둬. 걔는 내 부하가 아냐."

아리엘 씨가 목소리 크기를 살짝이나마 높여서 말을 시작했다.

더스틴, 아마 교황의 이름이겠지?

"뭐, 그 정도는 이미 눈치채고 왔을 테지만. 그리고 걔랑 결판은 냈어. 내가 해줄 말은 이게 전부야."

아리엘 씨가 한 말은 정보라고 부를 만한 범주는 아니었다.

사실상 아무것도 말을 안 한 셈이었지만 그럼에도 교황은 납득한 듯 고개를 끄덕거렸다.

"아리엘 님께서 결판을 냈다고 말씀하신다면야 제가 더 물을 여지는 없겠지요. 다만 한 가지 신경 쓰이는 점은 추후 사리엘라 국에 어떠한 영향을 끼치느냐입니다. 그 부분은 어떠할는지요?"

"나는 더 이상 사리엘라 국에 간섭할 의향은 없어. 수도에 잠깐 들렀다가 그다음은 돌아갈 거야. 그 전에 누가 쓸데없이 집적거리지만 않으면, 응."

"안심하시길. 아리엘 님의 심기를 어지럽히는 짓을 누가 감히 하겠습니까."

"그래? 왠지 신용은 안 가는데 말이지~. 어쨌든 한 번은 고삐를 잡는 데 실패했었고. 게다가 그걸 이용당했으니까."

"고삐는 단단히 쥐어 잡고 계십니다. 단지 바깥에서 예상 못 한 방해꾼이 튀어나온 것도 사실. 그 부분은 순순히 사죄드리도록 하겠습니다."

"흐음, 그럼 이번에는 진심이구나."

"저희에게 진심이 아니었던 적은 없었습니다. 그렇기에 계획을 보다 확실하게 진행하기 위해서라도 불안 요소는 배제하고 싶은 마음입니다."

"응, 알겠다. 그러니까 그 불안 요소가 나랑 걔랑 포티머스라는 거네?"

"그러합니다."

아리엘 씨와 교황의 사이에서 벌어지는 말의 응수.

거기에 귀를 기울여봐도 군데군데에서 주어 및 전제가 되는 정보가 빠져 있는 까닭에 나로서는 이해 불가능한 부분이 많았다.

그럼에도 알아들을 수 있는 부분이나마 잘 기억해서 열심히 머리를 회전시켰다.

이 대화가 나와 메라조피스의 앞날에 큰 영향을 끼칠지도 모르는 일이니까.

"첫 번째는 아리엘 님께 사리엘라 국에 가담할 의사가 없다고 해석하겠습니다. 두 번째, 엘프에 대해서입니다만. 이쪽은 세 번째와 아울러서 말씀드려야겠군요. 엘프가 노리는 저쪽의 아기씨는 대체 정체가 무엇입니까?"

교황의 시선이 똑바로 내게 향했다.

여전히 마음씨 좋은 할아버지처럼 온화한 표정을 짓고 있지만 시선만큼은 꿰뚫을 기세로 날카로웠다.

교황의 시선을 가로막으면서 메라조피스가 일어나 손을 들어 올렸다.

이쪽에서는 등을 돌리고 있기에 안 보이지만 분명 지금 메라조피스의 표정은 몹시 험악할 것으로 여겨졌다.

그럼에도 개의치 않고 교황은 똑바로 이쪽을 주시하고 있었다.

"물론 소피아 케렌이라는 뻔한 이름을 묻는 것은 아닙니다. 저는 안쪽의 인격에 대해 묻고 싶습니다. 당신에게는 혹여 전세의 기억이 있지는 않습니까?"

의표를 찔려서 숨이 멈췄다.

설마 내가 전세의 기억을 갖고 있다는 그런 황당한 사실을 알아맞힐 줄은 상상도 못 했으니까.

그렇게 놀라는 내 반응이야말로 교황의 물음이 정답이라고 알리는 행위임을 이해한 것은, 교황이 이곳에 와서 처음으로 표정을 일그러뜨렸기 때문이었다.

"설마 싶기는 했습니다만 어찌하여 이런 일이. 그렇다면, 혹시 시스템에 버그가?"

이제껏 여유 부리던 태도가 일변.

교황이 고뇌에 가득 찬 표정으로 한마디를 꺼낸 뒤 입을 꽉 다물어버린다.

교황의 갑작스러운 변화도 놀라웠지만 그 이상으로 낯선 단어를 듣게 돼서 물음표가 떠올랐다.

시스템? 버그?

어떤 의미일까?

"야, 야~? 속세로 좀 돌아오시지~?"

침묵을 꾹 지키던 교황에게 아리엘 씨가 어이없어하면서 말을 건넸다.

"이런, 실례했습니다. 나쁜 버릇인 줄 알면서도 몇 번을 다시 태어나든 고쳐지질 않는군요."

"고민이 너무 많아도 안 좋아. 차라리 머리를 텅 비워버리고 홀가분하게 살아보시지?"

"그게 가능하다면 그리하고 싶은 심정입니다."

교황이 자조하는 듯한 미소를 띠었다.

저 미소는 이 노인에게서 처음으로 보는 진실된 표정 같았다.

"시스템은 정상 작동 중이야. 그 부분은 안심해도 돼."

아리엘 씨가 그렇게 말한 직후, 가게 주인이 안쪽에서 접시를 손에 들고 다가왔다.

교황은 막 열려고 했던 입을 다물고 가게 주인이 상차림 하는 모습을 잠자코 지켜봤다.

장내의 기묘한 분위기를 알아차렸을까, 아니면 그저 단순히 눈치를 못 채서였을까. 가게 주인은 말없이 접시를 우리 탁자 위에 올려놓고는 그것이 끝나면 안쪽으로 되돌아가서 금방 또 다른 접시를 갖고 나왔다.

그러기를 몇 차례 반복하면서 탁자 위에 요리를 늘어놓는다.

과연 한때는 영주의 요리사로 지냈던 만큼 늘어놓는 요리는 언뜻 봐도 입맛이 돌았고, 겉모양새도 산뜻해서 보기 좋았다.

향긋한 내음이 피어올라 콧속을 간질거렸다.

그런데 내 눈앞에 놓인 음식은 다른 사람들과 같은 메뉴가 아니었다. 야채 및 다른 재료를 갈아 으깨서 만든 걸쭉한 이유식이었다.

이해는 하지만 살짝 슬펐다.

"거북하고 딱딱한 이야기나 하다가 요리가 식어버려도 좀 그렇지. 먼저 밥부터 먹자."

가게 주인이 안쪽으로 돌아간 다음 아리엘 씨가 솔선해서 요리에 손을 뻗었다.

같은 메뉴를 주문해서인지 나중에 온 교황의 탁자에도 동시에 요리가 서빙되었다.

교황이 식전 기도를 올리고 요리에 손을 가져다 댔다.

메라조피스도 뒤이어서 식전의 기도를 올린다.

교황과 메라조피스는 기도의 방법이 달랐다.

평소 자주 봐서 낯익은 메라조피스의 기도 방법은 여신교식이고, 교황이 취한 동작은 분명 신언교식이라고 생각된다.

여신교의 기도가 여신님에게 감사의 뜻을 바치는 의식이라면 신언교의 기도는 왠지 모르게 참회를 하는 분위기였다.

메라조피스는 내 이유식을 우선 손에 든 스푼으로 떠서 내밀어줬다.

평소였다면 스스로 먹었겠지만 이곳에는 교황이 있었다.

평범한 갓난아기의 흉내를 내겠다면 메라조피스가 주는 대로 받아먹는 게 좋았다.

부끄럽기도 하고 이미 교황에게는 내가 평범하지 않다는 것을 들켜버린 기색이어서 별 의미가 있다는 생각은 안 들지만…….

메라조피스가 계속 이유식을 먹여주었다.

아리엘 씨도 교황도 식사 중에는 무언.

서먹서먹한 분위기 속에서 식사를 진행한다.

숨 막히는 분위기 때문에 모처럼 먹는 맛있는 요리인데도 어디로 넘어가는 것인지 잘 모르겠다.

뭐, 내 몫은 어차피 이유식이라서 아주 맛있게 먹을 만한 메뉴가 아니긴 해도…….

말 한 마디 없이 식사가 끝났다.

그대로 잠시 침묵이 이어졌다.

"시스템은 정상 작동 중이야. 단지 이레귤러 사태가 일어난 건 분명하네."

아리엘 씨가 침묵을 깨뜨리고 입을 열었다.

"그 때문에 나도 직접 움직일 수밖에 없었던 거고. 앞으로 어떤 사태가 발생할지 솔직히 나도 예상이 안 돼. 다만 시대가 움직인다는 건 확실하겠지. 너희 신언교가 여신교를 무너뜨리려고 하는 움직임도 그 일환이잖아?"

아리엘 씨의 물음에 교황은 복잡한 표정을 지은 채 침묵을 고수했다.

그런데 잠깐만 기다려봐.

지금 아리엘 씨는 뭐라고 말했지?

신언교가 여신교를 무너뜨린다고, 그렇게 말한 거야?

오우츠 국이 사리엘라 국을 무너뜨리려고 하는 게 아니라?

"사리엘라 국에 침공을 개시한 주체는 오우츠 국이 아닌 신언교라고, 그런 말씀입니까?"

이제껏 대화에 끼어들지 않고 가만있었던 메라조피스가 아리엘 씨와 교황을 번갈아 바라보면서 묻는다.

이제껏 우리는 오우츠 국이 주체가 되어 사리엘라 국에 침공을 개시하고 전쟁이 벌어졌다고 생각했었다.

하지만 방금 전 이야기로는 신언교가 오우츠 국을 움직여서 침략을 사주했다는 식으로 들렸다.

결과는 비슷할지라도 그 차이는 컸다.

저 말이 진짜라면 오우츠 국이라는 작은 나라가 아닌 신언교라는 세계 최대의 종교를 상대해야 된다는 뜻이니까.

오우츠 국을 어떻게 타도하더라도 그 배후에 신언교가 있는 한 사리엘라 국에 승산은 없다.

"맞아~. 애당초 오우츠 국처럼 불면 날아가버릴 작은 나라가 단독으로 전쟁을 감행할 리 없잖아. 오우츠 국에 뭔 승산이 있다고 전쟁까지 척척 발전시켰을까. 의문을 느낀 적도 없었던 거야?"

메라조피스의 물음에 대답한 사람은 교황이 아닌 아리엘 씨였다.

아리엘 씨는 자명한 사실을 말하는 어조로 사리엘라 국을 노리는 진짜 흑막이 신언교라고 태연하게 인정해줬다.

그에 대해 교황은 긍정도 부정도 하지 않는다.

그렇지만 이 상황에서 침묵을 고수한다는 것은 저 말을 긍정하는 듯 보였다.

"신언교는 그렇게까지 여신교를 적대시한다는 겁니까!"

메라조피스가 이를 갈면서 몰아붙였다.

본래 사리엘라 국이 신앙하는 여신교는 신언교와 험악한 관계.

이번 전쟁으로 거기에 결정적인 균열이 일어나게 됐다.

"유감이지만 거기 그 녀석은 미우니 고우니 하는 단순한 동기로 움직이는 게 아니란 말이지~. 애당초 신심이 깊은 녀석도 아니고. 뭐랄까, 반대로 하느님한테 쌈박질을 걸어 대는 녀석이거든."

순간 아리엘 씨가 한 말의 의미를 이해할 수 없었다.

그럴 수밖에, 세계 최대의 종교에서 수장으로 있는 자를 가리켜 신에게 싸움을 거는 녀석이라고 부르는 것은 너무하다는 생각이 들지 않아?

아무리 그래도 못 웃을 농담이야.

그럼에도 불구하고 아리엘 씨의 얼굴에는 농담을 말하는 분위기가 티끌만큼도 없었다. 오히려 질책하는 빛을 띠고 교황에게 엄격한 시선을 보내는 모습이었다.

어? 농담이 아니라고? 진짜 그런 거야?

애초에 이 세계에는 하느님이라는 존재가 진짜 있는 거야?

뭐, 신언(神言)이 직접 귀에 들리는 세계잖아. 그 목소리의 주인이 진짜 하느님이라고 한다면 아주 납득이 안 되는 것은 아니지만…….

다만 그 기계 음성 같은 목소리의 주인님을 하느님이라고 여기기에는 살짝 실감이 안 든다.

"제 사상이 어떻든 지금 상황에서 아무 상관이 없잖습니까. 개인의 생각 따위야 결과 앞에서는 대단한 의미를 발휘하지 못합니다. 바로 그 때문에 저는 이 의자에 앉아 있는 겁니다. 그렇지요?"

이 의자라는 말은 지금 앉아 있는 가게의 의자를 가리키는 게 아니라 교황이라는 입장을 두고 하는 표현임을 알 수 있었다.

알긴 알겠는데, 방금 전부터 교황과 아리엘 씨의 대화 내용을 제대로 이해할 수가 없었다.

나쁜 아니라 메라조피스도 마찬가지인 듯 안간힘을 다해 두 사람이 나누는 대화의 의미를 되새기는 듯했다.

그「무언가」를 모르는 한 결국 전체를 파악하지는 못할 것 같아.

"시스템이 정상 작동한다는 말씀은 정녕 사실입니까?"

그리고 그「무언가」란 방금 전부터 대화에 이따금 튀어나오는「시스템」이란 것이 아닐까 싶었다.

뭐, 이 정도 짐작 갖고는「시스템」이 어떠한 장치인지, 체제인지 그 정체를 알지 못하는 한 결국 파악할 수 없다는 것은 마찬가지지만……

"그 부분은 보장할게. 시스템은 현재 제대로 작동 중이야. 오히려 과거에 비해 가장 안정적일지도?"

"MA 에너지가 급격하게 감소되었는데도 말입니까?"

"응. 그거야 분명 의도하지 않은 결과이긴 한데, 시스템의 작동에는 문제가 없어. 작동에는, 음."

"요컨대 작동에는 문제가 없을지라도 근본적인 문제가 남아 있다는 말씀입니까?"

"그렇게 봐야겠지? 이제껏 오랜 세월에 걸쳐서 쌓아 올렸던 성과가 다 날아간 거야. 이게 문제가 아니면 대체 뭐겠어?"

"확실히. 막중하고도 거대한 문제입니다."

아리엘 씨와 교황이 나란히 울적하게 한숨을 쏟았다.

두 사람의 모습을 보면 적대 관계에 있는 사람끼리 나누는 대화 같지가 않았다.

"뭐, 그 얘기는 일단 제쳐 놓자. 우리가 뭘 어쩌든 간에 당장 어떻게 되는 문제도 아니고. 지금 네가 걱정하는 건 사리엘라 국 때문이 잖아?"

아리엘 씨가 그렇게 말하고 잠시 동안 눈을 감았다.

그리고 눈을 뜨고 나서 말을 꺼냈다.

"우선 방금 네가 말했던 세 가지 사안에 대해서인데, 첫 번째로 추후 내 활동은 방금 말한 그대로야. 나는 이제부터 이 아이들을 데리고 사리엘라 국의 수도를 찾아갈 거야. 거기에서 또 이 아이들이 어디로 가느냐는 본인들에게 달려 있지만 나는 어떻게 되든 이 나라에 머무를 계획은 없어. 이 아이들이 이 나라에 계속 남는 선택을 해도 가세하지는 않을 거야. 누가 쓸데없이 집적거리지 않는 한은 말이야. 내가 이 나라에서 떠난 다음에 전쟁을 하든 뭘 하든 마음대로 벌여봐."

아리엘 씨의 매정한 발언에서 나는 적지 않은 충격을 받았다.

알고 있었다. 아리엘 씨가 매정한 사람이 아니라는 것 정도는…….

그렇지만 그럼에도 이 나라의 안위 따위야 아무래도 좋다는, 그렇게 들리는 발언에서 섭섭함을 느낀 것은 사실이다.

우리가 이 나라에 남든 어쩌든 자신은 알 바 아니라고 말하는 셈이나 마찬가지였으니까.

실제로는 이제까지 뒤치다꺼리를 해줬던 만큼 조금은 신경을 써줄 것 같기는 했다.

그렇지만 방금 선언한 대로 우리가 또다시 전화에 휘말려 들어도 다음에는 도와주지 않을 것이다.

새삼 인식한 사실에 눈앞이 깜깜해지는 기분이었다.

"두 번째, 엘프에 대해. 걔네들은 사실 나도 별로 아는 게 없어. 단지 세 번째로 이 아이와 동류의 인간을 노리고 있었다는 건 왠지 모르게 알겠더라. 포티머스 본인이 직접 나왔으니까 상당히 열을 올리고 있는 거지. 뭐, 말은 본인이라고 했어도 언제나 그랬듯 꼭두 각시 인형이었지만."

엘프, 포티머스에 대해 거론하는 아리엘 씨의 얼굴에는 숨길 도리 가 없는 혐오감이 떠올라 있었다.

나도 목숨을 위협받았으니까 혐오감은 갖고 있지만 그 이상으로 공포가 들끓는다.

담담히 나와 메라조피스의 목숨을 빼앗으려고 했던 그 남자.

우리를 단지 쓰레기 취급하며 바라봤었던 그 남자의 싸늘한 눈이 잊히지 않는다.

나에게 포티머스라는 남자는 죽음의 상징과 마찬가지였다.

떠올리기만 해도 공포 때문에 몸이 부들거렸다.

아리엘 씨와 헤어진다면 그 남자가 또 습격을 가할지도 모른다.

사리엘라 국이 신언교에 공격받는 것도 문제였지만 나와 메라조 피스에게는 그쪽이 더 큰 위협일 수도 있었다.

"그자가 뭔가 활동을 개시했음을 파악하고 경계는 하고 있었습니 다. 그럼에도 그리 활개를 치는 것을 막지 못했으니 실로 원통할 따름 입니다. 아리엘 님께서 처리해주지 않으셨더라면 어찌 되었을지, 원."

"더욱더 감사해도 된다고?"

"그러믄요, 감사드리고말고요. 기왕이면 놈들의 시체뿐 아니라 전투 흔적도 같이 없애주셨다면 더더욱 깊이 감사드렸겠습니다만."

"아, 그러고 보니 총도 쏴 대고 그랬지. 맞다, 맞다. 거기까지는 신경을 못 썼네."

"아닙니다. 그쪽은 저희 측에서 처리를 완료했으므로 아리엘 님께서 걱정하실 일은 없을 겁니다."

그렇게 말하면서도 은근히 생색을 내는 교황.

아리엘 씨는 가볍게 흘려 넘긴다.

아무래도 총이란 무기의 흔적을 이 세계에서는 꼭 없애야 하나 보다.

시체는 시로가 회수했지만 그때는 별로 신경 쓰지를 않았었네.

총탄이 맞은 흔적 따위를 신경 쓸 여유가 없었는걸.

그나저나 흔적을 지우면서까지 숨기려고 하는 포티머스의 기계 몸은 도대체 정체가 뭘까?

이 세계는 지구보다 문명이 늦고, 스킬이나 스테이터스 같은 개념이 존재하는 별난 판타지 세계라고 생각했었다.

하지만 포티머스의 기계 몸은 지구의 최첨단 기술을 가볍게 뛰어넘었다.

이 세계는 어딘가 이상하다.

그리고 그 정체를 아리엘 씨와 교황은 알고 있었다.

대화에 나오는 「시스템」이라는 단어야말로 이 세계가 이상해진 원흉인 걸까?

잘은 알 수 없지만 적어도 아리엘 씨와 교황이 기계 기술이 세상에 알려지는 사태를 달가워하지 않는다는 것은 알겠다.

"어딘가에서 저희의 정보가 새어 나가고 있는 듯싶습니다. 오우츠 국의 수도 기습 작전에도 변경을 가할 수밖에 없었습니다."

"즉 정보전에서 졌다는 거네."

아리엘 씨의 심술궂은 지적을 교황은 고분고분한 표정으로 수긍

했다.

"그 말씀이 실로 옳습니다. 저희도 첩보에는 힘을 들여서 정보전에도 강한 체제를 구축했다고 여겼습니다만, 그럼에도 결과는 보시는 대로입니다. 매번 엘프의 정보망에 뒤처지는 형편입니다."

야유를 받고 진지하게 대답하니까 아리엘 씨도 표정을 다잡았다.

"어떻게 방법이 없어?"

"저희로서도 방법을 찾고자 모색 중입니다만 성과는 썩 좋지 않습니다."

교황이 힘없이 고개를 가로저었다.

"엘프의 신봉자가 넓은 범위에서 늘어나고 있기 때문입니다. 그들이 무자각적으로 엘프에게 온갖 정보를 제공하는 탓에, 저희로서도 막을 방도가 없다는 것이 현재 상황이군요. 그들은 엘프가 내걸고 있는 진정한 세계 평화에 찬동하는 선량한 사람들인 터라 저희가 손을 쓰기도 어렵습니다."

뭐야, 그 수상쩍은 주장은?

사방에서 마물이 날뛰어 다니고, 인간끼리도 전쟁을 벌이는 세계에서 진정한 세계 평화?

바보 아니야?

"놈들은 정녕 교활합니다. 엘프 중에도 그 이념을 진지하게 믿는 자들이 있거늘 무얼 더 말하겠습니까. 그 때문에 엘프라고 하여 반드시 포티머스와 한통속인지도 판단이 안 될 뿐더러 섣불리 처단하려고 들면 반대로 치고 들어올 틈을 내어 주게 됩니다. 여론을 조작하여 신언교에 타격을 가한다, 그만한 영향력을 이미 구축한 형편입니다."

"여신교를 탄압하기보다 먼저 엘프를 탄압할 걸 그랬네?"

"실로 옳으신 말씀입니다. 하지만 제가 신언교의 기초를 쌓아 올렸던 때에 엘프는 이미 반석의 토대를 구축해 놓지 않았습니까. 이번 건에서도 그랬습니다만 언제나 선수에 또 선수를 빼앗기는 처지로군요."

아리엘 씨와 교황은 또 나란히 한숨을 쉬었다.

아무래도 이 두 사람은 적인지 아군인지 분명하지가 않다.

맨 처음 아리엘 씨의 분위기를 보면 아마도 적이라고 짐작했었는데, 이렇게 서로 의견을 나누는 모습을 보면 상대에 대한 적의가 느껴지지 않는다.

"뭐, 엘프의 움직임은 나도 다 파악할 수가 없어. 다만 못돼 먹은 짓을 하고 있다는 건 확실하겠네. 어쨌든 포티머스잖아."

"그렇겠지요. 어쨌든 그 작자니까요."

……역시 이 두 사람은 사이가 좋은 게 아닐까?

"마지막, 세 번째. 이 아이에 대해 물었지? 나는 안 가르쳐줄 거야."

그런 인상을 받았지만 단호하게 거절하는 태도에서 교황에 대한 경계심이 역력히 드러난다.

"엘프가 이미 관여해 있고, 그들을 저희가 억제할 수도 있는데 말입니까?"

"그래도 안 돼. 엘프에게 이용당하면 최악이겠지만 신언교가 이용 안 한다는 보장은 또 없잖아? 똑같이 신용할 수 없는 상대에게 내 패를 보여줄 생각은 없네."

역시 잘 모르겠다.

이 두 사람은 사이가 좋은 걸까, 나쁜 걸까.

왠지 몰라도 단순한 말 몇 마디로 구분 짓지는 못할 복잡한 관계라는 생각 정도는 들지만…….

"그 말씀은 당신께서도 역시 이용하겠다는 식으로 들립니다만?"

"가능하면 이용하겠지. 뭐, 본인의 의향을 최우선으로 하겠지만."

아리엘 씨는 본인을 눈앞에 두고 선언했다.

저 말이 오히려 아리엘 씨의 신실함을 나타내줬다.

"과연, 그렇군요. 단순하게 전세의 기억을 갖고 있을 뿐, 그것은 아니라는 말씀이군요."

교황이 제한된 정보 안에서 거기까지 도달한 것은 굉장하다고 생각하지만 그 이상은 전혀 알 방법이 없을 거야.

그럴 수밖에, 이세계의 인간이 전생해서 넘어왔다는 사실을 상상이나 할 수 있겠어?

그래도 전세의 기억을 갖고 태어났다는 대답에는 도달했잖아. 혹시 이 세계에서는 비교적 이런 일이 흔하다는 뜻일까?

"내가 해줄 얘기는 이게 전부야. 혹시 너는 무슨 할 말이 있을까?"

아리엘 씨가 메라조피스에게 발언권을 넘겼다.

아니, 메라조피스뿐 아니라 저 눈으로 나도 같이 바라보고 있구나.

즉 발언을 해도 된다는 허락이겠지?

교황도 나와 메라조피스, 양쪽으로 시선을 보내고 있었다.

나는 메라조피스를 올려다봤다.

『메라조피스, 하고 싶은 말이 있다면 해.』

그리고 메라조피스에게만 들리도록 염화를 날렸다.

내게는 하고 싶은 말이 없었다.

아니, 물론 있기는 한데 생각이 잘 정리되지 않은 까닭에 말로 표현하기는 아마 어려울 것이다.

눈앞의 교황은 분명 나에게도 적이 맞았다.

그렇다 해도 솔직히 말하자면 실감이 들지 않았다.

그럴 수밖에, 나는 신언교에 대해 잘 알지도 못하는걸.

내가 알고 있는 신언교는 세계 최대의 종교이고, 사리엘라 국에서 신앙하고 있는 여신교를 적대시한다는 정도뿐.

즉 사실상 거의 아무것도 알지 못하는 셈이었다.

여신교와 신언교 사이에는 분명히 깊은 은원이 있을 테지만 나는 역시 알지 못한다.

전쟁의 흑막이라는 사실도 알게 됐지만 그렇다고 갑자기 교황을 적으로 인식하기는 어려웠다.

내게는 케렌 령에서 일어났던 사건이 어딘가 현실감이 희미했다.

깊은 애착을 갖기도 전에 멸망해버렸으니까.

슬픔도 분노도 느껴지지만 내 감정은 흐린 유리창처럼 불투명하기만 했다.

하지만 메라조피스는 나와 다를 것이다.

메라조피스는 케렌 령에서 살아왔고, 그곳에서 둘도 없는 존재를 잃어버렸다.

그래서 더더욱 굳이 나보다는 메라조피스가 무슨 말이든 하는 것이 좋겠다고 생각했다.

"제가 따로 드릴 말씀은 없습니다."

그럼에도 불구하고 메라조피스는 고개를 가로저으면서 아무 말도 하지 않는 선택을 했다.

나뿐 아니라 아리엘 씨와 교황도 그 선택에 놀라워했다.

"괜찮겠어? 이 기회에 욕설이라도 몇 마디 퍼부어주든가, 아니면 여기에서 이놈을 콱 죽여버려. 어차피 아무도 방해 안 할 거야."

아리엘 씨가 뒤숭숭한 말을 했다.

그래도 아리엘 씨는 괜한 말을 꺼내는 사람이 아니었다. 진짜 실행해도 된다고 받아들여도 되지 않을까?

교황은 맨 처음부터 살해당해도 상관없도록 혼자 왔다고 말했었다.

그 말이 거짓말이나 속임수가 아니라는 사실을 아리엘 씨가 증명해줬다. 내게는 저 발언에 그러한 의도가 내포되어 있다고 해석됐다.

"아니요. 여기에서 저자를 죽인들 무의미한 듯싶습니다. 분명 그런 짓을 저질러 봐야 시대의 흐름은 바뀌지 않을 테지요. 게다가 저자는 죽는다 해도 자신이 한 짓을 반성하지 않을 겁니다. 그런 작자를 죽인다 해도 제 울분이 조금이나마 풀릴 뿐. 고작 분풀이를 한다고 주인님과 사모님을 비롯하여 케렌 령에서 살아가던 희생자들의 원통함을, 그것이 얼마나 무거운지를 깨닫게 할 수는 없을 겁니다. 당신의 죽음 하나는 너무나도 가볍단 말입니다."

메라조피스가 한 마디 한 마디를 나지막하게 말했다.

그 말에서는 숨길 도리가 없는 어두운 감정이 소용돌이치고 있었다.

사실은 내뱉고 싶은 말이 산더미처럼 있을 텐데…….

그럼에도 이 자리에서는 입을 다물겠다고 했다.

"저는 아가씨의 종자입니다. 아가씨께서 아무 말씀을 않으시거늘 제가 말을 해 봐야 무엇하겠습니까. 모든 것은 아가씨의 뜻에 따라 이루어질 겁니다."

자신의 감정을 가두어 넣은 이유가 메라조피스의 입에서 흘러나왔다.

내가 메라조피스에게 발언권을 넘겨야겠다고 생각했듯이, 메라조피스도 내가 아무 말 않겠다면 자신이 할 말은 없다고 잘라버렸다.

서로가 서로를 존중하려다 보니까 뜻밖에도 별난 방식으로 맞물려졌다.

그래도 이런 관계가 왠지 좋다는 기분이었다.

"품. 쿡쿡. 가볍다는데? 네 죽음은 가볍데."

어째서인지 아리엘 씨가 웃음을 눌러 참고 있었다.

"예. 살해당할 각오는 하고 왔습니다만 저런 소리를 들을 줄은 미처 몰랐습니다."

방금 전과 다를 바 없이 평온한 교황의 목소리.

그렇지만 착각일까, 태도가 단숨에 시들시들해진 듯 느껴진다.

마치 말라붙기 직전의 식물 같았다.

"가볍단 말입니까? 예, 맞습니다. 그렇고말고요. 제 목숨은 가볍지요. 너무도 가볍습니다. 이 목숨 하나로 당신들에게 사죄하려고 했던 행동을 깊이 반성해야겠습니다. 미안합니다, 뭐라고 드릴 말씀이 없습니다."

그렇게 말한 뒤 교황은 푹 머리 숙였다.

신언교라는 세계 최대 종교의 수장이 머리를 숙이고 있었다.

"그럼에도 저는 멈추지 않을 겁니다. 멈출 수가 없습니다."

그 순간 나는 물론 메라조피스도 동요하고 말았다.

느껴졌으니까.

눈앞의 고목나무 같은 노인이 짊어지고 있는 압도적인 각오의 무게를……

목숨이 가볍다고 말하면서도 그와 비교조차 되지 않는 신념의 무게를……

영문을 모르겠다.

목숨보다 무거운 신념이 대체 뭐야?

"서로 간에 참 귀찮은 역할을 떠맡았네."

불쑥, 아리엘 씨가 넋두리 같은 말을 중얼거렸다.

"자. 얘기할 거리도 이제 없잖아? 우리는 이만 가볼게. 아, 사과하고 싶으면 여기 계산 부탁할게. 그럼 이만."

아리엘 씨가 자리에서 일어났다.

메라조피스가 나를 안아 들고 일어선 뒤 문 쪽으로 걸어간다.

그동안에도 교황은 여전히 머리를 들지 않았다.

메라조피스는 일부러 그쪽을 보려고 하지 않았다.

나는 반대로 교황에게서 시선을 떼지 못했다.

"앗. 맞다, 맞다. 사리엘라 국을 건드리는 것도 좋은데 말이야, 마족도 경계를 게을리하지 않는 게 좋을걸?"

떠나가면서 아리엘 씨는 교황에게 말을 남겼다.

"이번 대의 마왕이 바로 나거든."

아무 일도 아니라는 듯이 고한 그 말은 교황에게서 극적인 반응을 불러일으켰다.

숙이고 있던 머리가 세차게 들려 올라갔다.

그렇지만 무언가 말하기 전에 문이 닫혀서 우리의 사이를 가로막았다.

"괜찮으시겠습니까? 마왕이라는 사실을 밝히시다니요."

숙소로 들어오고 나서 메라조피스가 제일 먼저 한 말이었다.

"걱정 마, 걱정 마. 알아 봤자 흐름은 바뀌지 않아. 신언교가 여신교를 공격하는 것과 마찬가지야. 뭘 어쩌든 간에 그 흐름이 바뀌는 일은 없어."

그 말은 즉, 신언교가 여신교에 공세를 가하려고 하는 움직임은 바꿀 방법이 없다는 뜻일까?

"너야말로 괜찮았던 거야? 퍼붓고 싶은 말이 잔뜩 있었을 텐데?"

"방금 전에도 말씀드렸습니다만 아가씨께서 말씀을 하지 않는다면 저 또한 할 말이 없을 따름입니다."

메라조피스가 내 몸을 침대에 누이면서 선언했다.

『나는 신경 쓰지 말고 몇 마디라도 해주면 좋았을 텐데.』

살짝 삐친 말투로 염화를 날렸다.

나는 메라조피스가 말해줄 거라 여겼기에 양보한 거다.

뭐, 결과적으로 그게 더 좋았다는 생각도 들긴 하지만…….

분명히 메라조피스가 어떤 악담을 하든 그 노인은 반응하지 않았을 것이다.

아니, 마음속으로 어떤 반응이 나타나든 간에 교황은 분명 길을 바꾸지 않는다.

그것은 아리엘 씨의 말을 들어도 알 수 있었고, 무엇보다도 교황 본인에게서 느껴지는 그 무거운 신념이 대변해주고 있었다.

그 때문에라도 메라조피스의 행동은 최선이었다고 생각한다.

이 개운치 못한 감정이 후련해지는 일은 없겠지만.

분명 앞으로 어떤 경험을 하든 나와 메라조피스의 슬픔이며 분노를 완전히 풀어낼 날은 오지 않는다.

교황을 죽이고 신언교를 멸망시켜도 변함없을 사실이었다.

그러니까 이러기를 잘했다.

그래도―.

『있잖아, 메라조피스. 이번 일만 갖고 하는 말이 아니야. 나를 우선시하지 말고 자기 감정에 솔직해지면 좋겠어.』

이러기를 잘했다는 생각은 나의 감상이다.

메라조피스는 나 때문에 자중했을 뿐 본인의 내면에는 나와 다른 생각이 있을지도 모른다.

그러한 감정을 바깥으로 표출하지 않고 나를 배려하느라 자기 내면에 쌓아 두기만 하는 모습은 보고 싶지 않았다.

나를 위해서가 아니라 내 탓에 비롯된 행동으로 여겨지니까.

『내가 메라조피스에게 원하는 건 감정을 눌러 죽이는 인형 같은 종자가 아니야. 그러니까 나를 가장 첫 번째로 우선하지 않아도 돼. 먼저 자기 감정에 솔직해지고, 그다음 행동해줘.』

메라조피스는 내 말이 당황스러운 듯 경직돼 있었다.

나는 망설인 끝에 다음 말을 입에 담았다.

『메라조피스. 혹시, 혹시라도 원한다면 나를 떠나도 좋아. 복수에 매진해도 괜찮고, 전부 잊고 새 인생을 걸어가도 괜찮고. 메라조피스를 나한테 묶어 놓으려는 생각은 없으니까.』

"아가씨……."

정말 떠나가기를 바라서 하는 말이 아니었다.

메라조피스가, 오로지 메라조피스 한 사람이 이번 세상에서 내가 나로서 살아왔다는 증인이니까.

아니, 어려운 말로 이것저것 늘어놓지는 말자.

이런 감정은 논리가 아니니까.

어쨌든 나는 메라조피스가 앞으로도 곁에 있어주기를 바란다.

그래도 그런 내 어리광 때문에 메라조피스의 미래를 빼앗아서는 안 된다는 자각이 있었다.

나는 이미 메라조피스가 인간으로서 누릴 미래를 빼앗아버렸는걸.

흡혈귀가 된 일로 메라조피스가 얼마나 고민하고 괴로워했는지 곁에서 비켜봤던 나는 잘 알고 있었다.

요즘 들어서는 후련하게 정리한 느낌이지만 그럼에도 더 이상 나 때문에 무언가를 잃어버리게 되는 일이 있어서는 안 된다.

그러니까 혹시 메라조피스가 바란다면 붙잡아 놓지 않겠다.

정말 떠나겠다고 말한다면 사실은 울고불고 붙잡을 것 같다.

그러면 메라조피스는 의무감 때문에 남아준다는 확신이 든다.

그러한 확신 때문에 더더욱 감정을 바깥으로 드러내서는 안 된다.

조금이라도 내게 미련이 있음을 알아차리면 메라조피스는 결코 떠나가는 선택을 하지 않을 테니까.

"아가씨. 저는 아가씨에게 필요 없는 존재입니까?"

내가 그렇게 각오를 다지고 말을 꺼냈는데도 메라조피스는 마치 버림받은 강아지 같은 표정으로 되물었다.

입장이 반대 아니야?

『무슨 소리야. 말도 안 돼.』

즉답.

필요 없다니 말도 안 된다.

메라조피스는 내게 꼭 필요한 존재인걸.

그래도 그 때문에 내게 묶어 놓아서 메라조피스의 가능성을 낭비하게 만들어서는 안 된다는 생각에 이런 이야기를 꺼냈던 건데.

풀 죽은 표정을 짓다니 이상하잖아.

나도 혼란스러워서 말도 안 된다고 즉답하기는 했는데, 그다음 말이 이어지지 않았다.

"아가씨, 제가 살아가는 의미는 아가씨를 모시는 데 있습니다. 따라서 아가씨의 곁을 벗어날 마음은 전혀 없습니다."

메라조피스가 침대 옆쪽에 무릎 꿇었다.

"그러니 아무쪼록 제가 아가씨의 곁에 머무르는 것을 허락해주십시오."

간절함을 담아서 뻗어 오는 메라조피스의 손을 반사적으로 맞잡았다.

갓난아기의 몸으로는 잡아 쥔다기보다도 팔에 매달려 안는 모양이 되어버렸지만…….

『허락할게!』

서늘한 흡혈귀의 체온이 전해져 왔다.

그와 동시에 메라조피스의 마음도 전해진다는 기분이 들었고, 스스로도 영문을 알 수 없는 충동에 휩싸여서 곧장 메라조피스의 몸을 부둥켜안았다.

부드럽게 받아서 안아주는 감촉을 체감하며 본능에 따라 메라조피스의 목덜미를 물었다.

"윽!"

움찔, 몸을 떨었지만 메라조피스는 거절하지 않았다.

입속에서 피 맛이 퍼져 나간다.

자신의 내면에서 무언가가 충족되는 편안한 감각과 행복.

그와 동시에 불현듯 까닭도 없이 눈시울이 뜨거워지더니 미처 견딜 사이도 없이 뚝뚝 눈물이 넘쳐흘렀다.

"흐흑, 으윽."

흐느끼면서 메라조피스의 피를 계속 빨아 마신다.

메라조피스는 내가 빨아 마시는 대로 언제까지고 가만히 받아주었다.

내내 다정하게 내 몸을 안아주면서…….

신언교의 교황과 맞닥뜨리고 영문 모를 대화를 듣기도 했지만 왠지 이렇든 저렇든 아무래도 다 좋아졌는걸.

메라조피스가 곁에 있어주기만 하면 돼.

그런 생각이 들었으니까.

이제는 내 사람이야.

나중에 누가 뭐라고 말하든 메라조피스 본인이 뒤늦게 싫다고 하든 놓아주지 않을 거야.

나는 그렇게 울며 매달려서 잠들 때까지 메라조피스에게 안긴 채 계속 피를 빨아 마셨다.

막간 마왕과 불사

부둥켜안은 두 사람에게 방해되지 않도록 살짝 숙소의 방에서 나왔다.

뭐, 정리될 만한 형태로 정리됐다는 느낌이랄까?

지금은 저런 관계가 아마 최선일 거야.

다음은 뭐, 서로 의존증 같은 상태가 되지 않게 적당한 거리감을 가지도록 봐주면 되겠지.

사소한 문제는 아직 많이 남았고, 앞으로 두 사람이 어떤 진로를 나아가느냐는 큰 문제도 남아 있었다. 그래도 우선 정신적으로는 이렇게 안정된 거지.

메라조피스의 고민을 해소해준 사람이 시로였다는 건 왠지 납득이 안 가지만 말이야.

설마 시로가 다른 사람의 미묘한 심정을 예민하게 알아차렸을 줄은 너무 뜻밖이었다.

아니, 그러고 보니 시로의 기억을 더듬어보면 묘하게 타인의 감정이라든가 사고 따위를 날카롭게 눈치채기도 했구나.

뭐랄까, 시로는 은근히 남을 잘 홀린다니까.

커뮤니케이션 행위를 거절하는 주제에 다른 사람에게 주의를 기울인다든가, 묘하게 눈치가 빠르다든가. 진짜 수수께끼투성이다.

퍼펫 타라텍트가 다 홀라당 넘어갔을 때는 어떻게 해야 하나 진심으로 머리를 감싸 쥐었다.

뭐랄까, 그 시점에서 이미 화해 노선으로 갈 수밖에 없다고 확신이 들어버렸지만 말이야.

있잖아, 정말. 여기까지 와버리면 시로를 배제하는 건 거의 불가능하거든…….

나는 아직껏 시로가 불사신처럼 살아나는 원리를 알아내지 못했다.

그걸 알지도 못한 채 괜히 손을 썼다가 또 눈길 닿는 데서 도망쳐 버린다면 이번에야말로 영영 붙잡을 길이 없어지겠지.

어쨌든 시로는 전이를 쓸 줄 안다.

가본 적 있는 장소라면 어디든 간에 순식간에 이동 가능한 그 마법을 쓰면 내게서 도망치는 것 따위 손쉽다.

완전히 도망치겠다고 작정한 시로를 따라잡을 방법이 내게는 없었다.

그렇게 철저히 도망치기만 하면 상관없지만 시로의 성격을 감안했을 때 절대로 반격의 수를 들고 나타난다.

그렇게 되면 전이를 구사하는 일격 이탈 전법으로 이쪽의 전력을 깎아 먹으려고 들겠지.

이쪽은 시로를 따라잡을 방법이 없는데도 저쪽은 원하는 타이밍에 공격을 펼칠 수 있었다.

나 자신이 패배하지는 않는다.

그렇지만 나 말고 시로를 상대할 수 있는 전력이 아예 없었다.

만약 그런 사태가 벌어진다면 나를 제외하고 전멸이었다.

그것은 패배와 어떤 차이도 없다.

안 그래도 퍼펫 타락텍트들이 시로에게 정을 붙이고 있는걸.

막상 싸움이 벌어졌을 때 반기를 들지야 않겠지만 머뭇머뭇할 모습이 눈에 훤히 보인다.

정말이지 골치 아픈 적이라니까.

그래서 이제 배제하는 쪽은 포기할 수밖에 없으니까 아군으로 포섭하자고 방침을 굳혔다.

적으로 두고 보자면 더할 나위가 없을 만큼 골치 아프지만 차라리 아군으로 만들어버리면 이보다 더 든든할 수가 없었다.

그러니까 회유하면서 천천히 거리를 좁혀 나가는 식으로 행동하고 있었다.

흡혈귀 주종에게 친절하게 대해주는 것도 그 일환이고…….

시로가 그 두 사람을 신경 쓰고 있으니까.

두 사람에게 잘 대해주면 시로도 조금이나마 이쪽을 좋게 생각해주겠지, 아마도.

타산적인 꿍꿍이가 흘러넘치는 친절이지만 그럼에도 그 두 사람에게는 도움이 됐을 것이다.

이제는 두 사람이 어떤 진로를 선택하느냐에 달렸다.

나와 함께 마족령으로 가겠다면 앞으로도 쭉 돌봐줄 테고, 아니라면 거기에서 안녕이었다.

조금 쌀쌀맞을 수도 있겠으나 나에게도 수행해야 하는 사명이 있으니까.

기약도 없이 이런 데서 눌러앉을 수는 없었다.

방을 나오고 계속 걸어서 곧장 숙소 바깥으로 나왔다.

방금 걸어왔던 길을 도로 따라가서 식사를 한 가게 근처까지 되돌아간다.

거기에서 또 조금 걷다가 어느 술집 건물에 발을 들여놓았다.

"오래 기다렸어?"

"아닙니다."

탁자 자리에 걸터앉아서 반대편에 앉아 있는 인물에게 말을 건넨다.

신언교 교황 더스틴에게…….

미리 약속하지는 않았지만, 이 녀석도 분명 내가 다시 한 번 오리라고 확신한 뒤 이렇게 술집에서 기다리고 있었을 거다.

탁자 위에는 이미 두 사람 몫의 술이 준비돼 있었다는 것이 그 증거.

당연하다는 듯 컵 하나를 손에 들고 건배도 하지 않은 채 쭉 들이켰다.

"하다못해 건배 정도는 해야 하지 않겠습니까?"

"안 해."

후유, 한숨 소리가 들렸지만 무시.

"별로 나랑 네가 사이좋게 술을 따라주고 건배할 사이는 아니잖아?"

"물론 그렇기는 합니다."

말로는 툭툭거리지만, 나도 더스틴도 방금 전보다는 꽤 가벼운 분위기로 대화를 나누고 있었다.

이렇게 다시 얼굴을 보러 온 이유는 방금 전처럼 머리 아픈 이야기를 하기 위해서라기보다는 그냥 서로 간에 푸념을 늘어놓기 위해서였다.

이 남자와 나 사이에는 적잖은 인연이 있었다.

그야말로 포티머스 쓰레기에 이어서 다음다음으로 오래도록 알고 지낸 남자다.

다만 이 남자와 내 사이를 명확한 말로 표현하기는 어려웠다.

포티머스가 적, 규리에를 동지라고 했을 때 이 남자는 그 중간쯤 될까.

어떤 분야에서는 공동 전선도 가능하겠지만, 다른 분야에서는 적대한다.

딱 잘라서 적이라고도 아군이라고도 말할 수 없는 복잡한 관계.

이번 경우에서는 흡혈귀 주종의 건도 있어서 어느 쪽이냐고 하면 적이다.

그렇지만 엘프라는 공통된 적이 있는 것도 사실이기에 그 부분에서는 공동 전선을 펼 수도 있었다.

다만 그렇다 해도 이번에는 섣불리 정보를 발설할 수 없었다.

포티머스가 노리고 있는 대상은 아무리 생각해도 전생자였다.

자세한 사정을 눈앞에 있는 남자에게 가르쳐주고자 한다면 우선 전생자에 관한 설명부터 해줘야 한다.

눈앞의 남자가 전생자의 존재를 알면 어떻게든 이용하려 들 것이 틀림없었다.

이 남자는 목적을 위해서라면 수단을 가리지 않는다.

인족을 지키겠다는 그 목적을 위해서라면…….

이 남자의 목적은 인족을 지키는 데 있고, 신언교라는 종교는 오직 목적을 달성하기 위해 존재하는 조직이었다.

신심이라고는 아예 찾아볼 수가 없는 녀석이다.

단지 종교가 가장 효율적으로 사람들을 통솔할 수 있는 매체였기에 그 형태를 취했을 뿐.

그러니까 다른 종교이면서, 게다가 불편한 진실을 품고 있는 여신교에 탄압을 가했다.

모든 것은 인족 전체를 지키기 위해.

목적을 위해서라면 같은 인족마저도 망설이지 않고 처단한다.

인족 전체의 안부를 돌아보고 대를 살리기 위해 소를 잘라 버리는 행위도 불사하는 이 남자라면 전생자 한두 명쯤은 죽어 나갈 때까지 이용하려 들 것이 틀림없었다.

그러니까 내가 전생자의 정보를 흘리지는 않는다.

어차피 이 남자는 여간내기가 아니었다.

분명 머지않아 관련 정보를 파악할 것이다.

그때 발견된 전생자에게는 애통하시겠다는 말밖에 못해주겠다.

나는 전생자의 정보를 퍼뜨리지는 않지만 적극적으로 구해 내고자 행동할 작정은 아니었다.

손 닿는 범위에서 보인다면야 짬짬이 구해줄 수는 있겠으나 내게도 해야 하는 일이 있으니까.

한 명 한 명을 손이 안 닿는 데까지 구하러 다닐 수는 없었다.

마족을 이끌고 인족을 침공한다는 반드시 해야 하는 사명을 소홀히 여기면서까지는…….

그 점으로 말하자면 이 남자는 명확하게 내 적이 맞겠지.

"방금 전 말씀은 선전 포고로 받아들여도 되는 겁니까?"

"좋을 대로 해석하시지? 내가 마왕이 된 건 사실이니까."

"마침내, 그렇군요."

더스틴이 거창하게 한숨을 쉰다.

"인족의 위기로군요."

"응. 그러니까 여신교에 한눈팔 틈은 아예 없어지지 않을까?"

솔직히 앞으로 여신교가 어떻게 되든 별 흥미는 없었다.

여신님을 신봉하든 말든 나를 신수로 숭상하든 말든, 전부 다 잊어버린 채 단지 멍청하게 기도만 할 줄 아는 놈들에게는 정 따위 전혀 없었다.

다만 그 흡혈귀 주종이 이 나라에 남을 가능성이 아주 없지는 않잖아?

그렇게 되면 전쟁은 벌어지지 않는 것이 그 아이들에게도 좋았다.

이제껏 뒤치다꺼리를 해준 인연으로 조금이나마 압력을 가해주는 것도 좋겠지.

"알겠습니다. 미리 준비에 착수하도록 하지요. 여신교를 무너뜨리고 그다음에."

애고고.

안 먹히려나 보네.

무슨 일이 있더라도 이번 기회에 여신교를 철저하게 없앨 작정인가.

"아, 그래? 뭐, 열심히 해봐."

"으음? 의외로 시원스럽게 받아들이시는군요."

"아무래도 좋으니까."

"조금은 애착을 갖고 계실 줄 여겼습니다만."

더스틴의 그 말을 듣고 코웃음 쳤다.

왜 내가 여신교 따위에게 애착을 가져야 되는 건데?

기도하면 여신님이 어떻게든 해줄 거라는 교리를 내세우는 그따위 망할 종교에…….

여신교의 교리를 요약하면 그런 해석이 된다.

여신님께 감사의 기도를 바쳐라, 그리한다면 여신님은 우리의 안위를 지켜주시리라. 그게 전부지.

이렇게 웃기는 소리가 또 있을까.

모조리 전부 다 여신님에게 떠넘겼던 놈들이 또 여신님께 기대려고 하는 그 발상이 열 받는다.

솔직히 그런 의미로는 신언교가 차라리 제대로 된 놈들이다.

어쨌든 눈앞에 있는 이 남자가 그들의 수장이잖아.

세계의 이면에 있는 시스템의 의미를 정확하게 이해한 다음 교리를 만들었으니까.

신의 목소리를 보다 많이 듣기 위해서 스킬과 레벨을 올리려야 한다는 교리, 용케 떠올렸다 싶었다.

아니, 발상보다도 정말 종교의 경구로 내세워서 널리 퍼뜨렸다는 것이 이 남자의 수완을 더욱 잘 나타내주는구나.

그야 인족 대부분이 신언교를 알고 있는걸.

신자가 아니더라도 이름 및 활동은 알 만큼 신언교는 거의 상식화됐다.

엉뚱한 교리를 상식 수준까지 침투시켰던 수완이야말로 이 남자의 가장 까다로운 힘.

여론 조작.

사람의 사상을 미처 알아차리지 못하는 사이에 유도하여 이 남자에게 유리한 방향으로 조작해 낸다.

스킬이 아니다. 오직 말재간에 따른 유도.

하지만 그것이야말로 스킬이라는 외부의 능력이 아닌 본래 사람에게 처음부터 갖춰져 있는 능력.

인간의 최대 발명은 언어이다.

그것을 이 남자는 최대한으로 이용하고 있을 뿐.

목소리를 높여서 사람들에게 호소하고 사상을 침투시킨다.

그 목소리에 이끌려서 사람들이 모이고, 모인 사람이 이 남자를 떠받든다.

그렇게 이 남자는 달리 유례를 찾을 수 없는 권력을 손에 넣었다.

어떻게 그런 업적을 달성했는가.

간단하다.

이 남자가 옳았으니까.

이 남자가 하는 말은 압도적으로 옳았다.

인족에게.

왜냐하면 이 남자의 목적은 인족을 구하는 것.

어떤 수단을 동원하더라도 인족을 지키겠다고 결의한 이 남자의 압도적인 올바름에 보호받고 있는 인족은 어느 사이인가 속박당해 버린다.

그러니까 오히려 거기에 쭉 반발하고 있는 여신교야말로 비정상.

인족에 섞여 있는 이분자.

그 뒤틀림을 바로잡을 때가 왔다는 단지 그뿐인 이야기.

뭐, 그래도 인족이 아닌 내가 보기에는 분명하게 말해서 인족끼리 제멋대로 하라는 느낌이거든.

이 남자가 같은 인족을 잘라 내버리는 데 얼마나 깊이 상심하든 말든.

"꽤 쓰라렸지?"

"그렇더군요. 오랜만에 가슴이 아팠습니다."

메라조피스의 말은 더스틴에게 분명히 먹혀들었다.

원망의 말을 들을 각오도, 살해당할 각오도 어쩌면 하고 왔을 것이다.

그렇지만 그러한 마음가짐을 통틀어서 가볍다는 말을 들은 것은 틀림없이 예상 밖이었겠지.

"가볍다고 할 줄은. 아무래도 저는 무의식중에 제 자신을 과대평가하고 있었나 봅니다. 그들의 원통함이 제 목숨 하나로 풀릴 줄 여겼다니 아주 대단한 자만이었습니다."

"확실히 네 목숨은 가벼워. 죽어도 상관없다는 속내를 들켰어도 어쩔 수 없지."

이 남자는 죽음을 두려워하지 않는다.

이 남자가 두려워하는 것은 결코 자신의 죽음이 아니다. 오직 인족의 안녕이 붕괴되는 것.

지켜야 할 인족 전체의 안녕을 감안하자면 여신교처럼 부득이하게 잘라서 내버려야 하는 인족도 있었다.

그리고 잘라서 내버려도 되는 인족 중에는 이 남자 본인마저도 포함된다.

가볍다.

자신의 목숨이…….

언제 죽어도 상관없다고 생각하는 인간의 무게가 무거워 봐야 얼마나 무거울까.

하물며 죽어도 시간을 들여 다시 부활하는 인간의 죽음 따위는 일어나지 않은 것과 다름없었다.

더스틴이 갖고 있는 스킬, 절제.

그 효과는 기억을 계승한 전생.

죽어도 다시 이 세계의 어딘가에서 다시 살아날뿐더러 이전의 기억 또한 계승한다.

그렇기에 이 남자에게 죽음은 끝이 아니었다.

유구한 시간을 살아오면서 죽음을 거듭했던 이 남자에게 죽음이란 하나의 단락에 지나지 않았다.

그렇게 고작 하나의 단락을 갖고 속죄하려고 했던 오만함은 메라조피스에게 일축당했다.

옆에서 봐도 제법 유쾌한 장면이었다.

동시에 몹시 가련했다.

"괴롭겠지. 지켜야 하는 사람에게 비난당했으니까."

하나하나의 목숨은 가벼울지라도 그것을 거듭 쌓으면서 살아온 더스틴이라는 남자의 무게는 이루 가늠할 수가 없다.

거기에 짊어지고 있는 각오와 후회도…….

인족을 지키겠다고 맹세했으면서도 제 손으로 인족을 해쳐야 하는 고통도…….

"그렇다 해도 저는 해야만 합니다."

고뇌로 가득 찬 목소리.

그럼에도 멈추지 않겠다는 각오.

자신의 다리로 연옥에 걸어 들어가겠다는 흔들림 없는 각오.

바로 그 때문에 나는 이 남자를 괴물로 인정해준다.

공동 전선을 펼치기에 족할뿐더러 적으로 인식할 수밖에 없는 괴물이라고…….

"다른 이야기를 좀 하자. 불사와 네 절제 말고 어떤 의미로 불사신이 되는 스킬에 짚이는 게 있어?"

나는 문득 평소의 의문을 입에 담았다.

절제, 어떤 의미로는 불사를 체현하는 스킬을 갖고 있는 이 남자라면 시로가 보여줬던 그 의미 불명의 불사신 부활에 대해 하나의 대답을 내어 주지는 않을까 기대하면서…….

"흠? 엄밀하게는 제 절제는 불사라고 할 수 없습니다만. 그렇군요. 그야말로 포티머스의 근면 따위가 그에 해당하지 않을는지요? 그자도 역시 본체가 죽지 않는다는 의미로는 불사에 가까울 듯싶군요."

듣고 보니 과연 납득이 가는 말이었다.

분명 이쪽에서 튀어나오는 포티머스를 아무리 죽인다 해도 본체는 엘프의 숲 결계 안쪽에서 푹 쉬고 있었다.

죽여도 죽지 않는다는 의미로는 포티머스 또한 불사신이라고 말하지 못할 것도 없겠다.

뭐, 어디까지나 본체가 죽지 않았을 뿐 분신은 죽어 나가니까 불사신이랑 좀 다르긴 해도.

그렇게 말하자면 더스틴 또한 죽었다가 다시 살아난다는 과정을 겪으니까 불사신이랑 또 조금 다르고…….

으음.

역시 시로의 불사신은 수수께끼가 안 풀린다.

불사 스킬을 갖고 있는 건 확정이라고 치고, 그렇지만 심연 마법으로도 싹 지워 없애지 못한 것은 의문투성이였다.

도대체 어떤 수법으로 그 상황에서 부활한 거야?

모르겠다.

실은 내가 그때 쓰러뜨린 시로는 포티머스처럼 분신체였나?

……아니야, 그렇지 않아.

분신체를 만들었다면 후보로 꼽을 만한 스킬은 산란.

하지만 산란으로 태어나는 것은 최악 클래스의 분신체.

아무리 상식을 벗어난 시로라고 해도 나와 그럭저럭 맞붙을 만한 분신체를 쓱쓱 준비하기는 아마 불가능하다.

딱 잘라서 말을 못 하겠다는 게 무섭지만…….

"어찌하여 또 그런 질문을 하십니까?"

"아니, 그냥 변덕이야."

되묻는 질문을 얼버무린다.

시로는 현재 최대의 문제지만 자세한 사정을 이 녀석에게 털어놓을 마음은 없었다.

귀찮아진다는 예감밖에 안 드는걸.

게다가 어떤 방면에서 귀찮은 일이 벌어질지 예상이 안 된다는 게 또 무섭다.

예측 불가능에 회피 불가능이라니 대체 어쩌라는 거야.

거기에 줄곧 휘둘리기나 하는 내 처지를 좀 알아 달라고 불평도 해본다.

……그런 신세를 살짝 재미있었다고 느끼게 되는 이유는 분명 나와 동화한 전직 몸 담당 병렬 의사의 잔재가 아닐까 싶다.

전직 몸 담당 병렬 의사도 곧잘 비늘 벗기기라든가 궂은일을 떠안고 손해 보는 역할만 맡았더랬지~.

응?

병렬 의사?

나랑 동화?

"앗!"

우당탕! 의자를 냅다 쓰러뜨리면서 일어섰다.

그렇구나, 그런 수법인가.

알겠다. 시로가 불사신처럼 살아나는 이유를…….

그래, 왜 지금까지 몰랐던 거지!

힌트랄까, 해답에 이르기 위한 단서는 이미 갖춰져 있었는데!

병렬 의사를 혼의 연결을 경유해서 다른 사람에게 들여보내고 그 상대의 혼을 침식해서 강탈한다.

내가 당한 것이 그런 행위였다.

나는 간신히 완전 침식당하지 않고 침입해 들어왔던 병렬 의사와 동화하는 사태가 벌어졌지만, 방심했다면 분명히 가로채였을 것이다.

강탈의 성공, 그것은 즉 상대의 육체를 빼앗는 행위.

아니, 육체뿐 아니라 존재 자체를 탈취당하는 결과와 다름없었다.

그리고 병렬 의사로 가능하다면 시로의 본체로 불가능할 리가 없었다.

병렬 의사, 산란, 분신체, 더스틴, 포티머스.

이러한 요소를 조합해서 생각하면 시로가 불사신처럼 되살아나는 이유가 판명된다.

시로는 산란으로 만들어 내는 자신의 권속, 즉 분신체를 강탈하여 유사 전생을 구현함으로써 재탄생했던 거다!

육체가 아무리 소실될지라도 그 육체를 교환할 수 있다면 죽일 방법이 없다.

게다가 심연 마법에 의한 혼의 파괴마저도 회피해 냈던 점을 봐서 아마도 스페어가 되는 육체만 존재한다면 그 자리에서 육체를 내버리는 행위도 가능할 터.

심연 마법이 직격되기 전에 육체를 버리고 도망쳤다고 가정하면 앞뒤가 맞는다.

포티머스처럼 본체가 따로 분신체를 움직이는 경우와는 다르다.

더스틴처럼 완전히 죽고 다시 태어나는 경우와도 다르다.

분신체를 본체로 바꿈으로써 본체가 죽는다 해도 분신체가 본체로 탈바꿈하는 완전한 존재의 계승.

포티머스와 더스틴, 양쪽이 구사하는 유사 불사의 좋은 점만 따온 듯한 방법이었다.

……도대체, 이런 걸 어떻게 알아내라는 거야.

단서를 뻔히 알고도 도달하지 못할 답이잖아.

지금까지 못 알아차렸다고 한숨이 나오기는커녕 오히려 어떻게 알아차렸냐고 의문이 드는 수준이잖아.

"무슨 일 있으십니까?"

"아무것도 아니야."

더스틴이 갑자기 일어선 나에게 놀라서 말을 건넨다.

그렇지만 지금의 나는 더스틴과 노닥거릴 여유가 없었다.

"뭐, 너는 너대로 알아서 해봐. 나는 나대로 알아서 할 테니까. 다음에 만날 때는 전장이려나?"

"그런 상황은 아무쪼록 사양하고 싶은 마음입니다."

"하하. 그럼 나중에 보자."

짧게 인사를 마치고 도망치듯 술집을 뒤로했다.

어차피 술값은 더스틴이 치러준다.

지금은 일단 혼자 조용히 생각을 정리하자.

정처 없이 도시 안을 휘적휘적 걸어 다니면서 머리를 굴린다.

하지만 고민하고 또 고민해도 나오는 답은 불가능이라는 한마디.

즉 시로를 살해할 수 있느냐에 대한 대답.

무리다. 못 죽인다.

이런 방법으로 불사를 실현시켰다면 죽일 방법이 없다.

애당초 불사 스킬을 갖고 있는 상대를 죽이는 방법은 몹시 제한된다.

심연 마법을 쓰든가, 혹은 외도 속성의 공격으로 혼을 파괴하든가.

아마도 이렇게 두 가지밖에 없었다.

하지만 시로는 외도 무효 스킬을 갖고 있기 때문에 실질적으로 선택 가능한 길은 심연 마법뿐.

만약 시로를 죽이겠다면 본체가 도망치기 전에 허를 찔러서 심연 마법을 쓰는 방법뿐이다.

시로에게, 준비 시간이 긴 심연 마법을…….

저번에 내가 심연 마법을 적중시킬 수 있었던 데는 이런저런 상황이 내게 유리하게 돌아갔기 때문이지 다른 이유가 없었다.

하지만 그럼에도 결과적으로는 놓치고 말았다.

그러니까 허를 찔러도 도망치기 전에 적중시켜야 하는데 그것도 무리.

그런 대마법을 시로에게 감지당하지 않고 발동 준비를 마친다? 도저히 말이 안 된다.

허를 찌르기란 거의 불가능했다.

이 시점에서 거의 외통수였다.

그래도 만에 하나 심연 마법을 맞히는 데 성공한다고 가정하자.

그럼에도 시로가 죽는다고 단정할 수는 없었다.

애당초 무엇을 두고 본체라고 해야 하는가?

왜냐하면 시로는 병렬 의사라는 스킬을 보유하고 있었다.

병렬 의사는 자신의 의사를 분열시키는 스킬.

그렇게 만들어지는 복수의 의사는 전부 다 술자 본인의 의식이다.

그 하나하나가 본체이고 진짜라고 말할 수 있었다.

그러면 그것들이 만약 이미 육체를 확보했다면?

만약 내가 전직 몸 담당의 병렬 의사에게 잡아먹혔다면 나는 제2의 시로가 되었음을 의미한다.

육체를 지닌 병렬 의사.

그것은 이미 본체라고 말할 수 있지 않을까?

서로 다른 육체를 보유한 동일 인물.

개별이면서도 복수로 존재한다는 모순.

그렇지만 불가능하지는 않다.

만약 시로가 그런 식으로 병렬 의사에게도 육체를 부여했다면 시로는 이미 복수로 존재하는 셈이다.

내가 감시하는 시로는 그중 하나에 지나지 않을지도 몰랐다.

그렇게 복수로 존재할지도 모르는 개체 중 고작 하나를 해치우는데도 나는 기적을 믿을 수밖에 없는 불리한 내기에 판돈을 걸어야하는 입장이었다.

무리다.

아무리 생각해도 시로를 죽이기는 불가능했다.

거창하게 한숨을 쉰다.

도대체 어쩌다가 이런 괴물이 생겨난 거야.

이런 녀석을 무슨 수로 죽이라는 거냐고.

적대하면 리스크만 잔뜩 생길 뿐 전혀 메리트를 발견할 수 없다.

불사신의 비밀만 알아내면 조금은 활로가 발견될 줄 기대했건만 설마 그 반대로 포기하게 될 줄은 몰랐네.

응. 포기하자.

시로는 못 죽여.

못 죽이는 데다가 적대해도 안 돼.

그렇다면 취해야 하는 길은 하나밖에 없겠네.

시로를 작정하고 포섭하겠어.

이토록 무시무시한 괴물을 회유하는 데 성공한다면 더할 나위 없이 든든한 동료잖아.

그것도 절대 간단하지는 않겠지만 말이야.

명명(命名)에 따른 지배도 먹히는 낌새가 없고…….

내가 딱히 괴짜라서 시로라고 이름을 붙여 부르는 게 아니다.

이 세계에는 명명이라는 스킬이 있고, 그 스킬을 보유하면 이름 붙인 상대에 대해 영향력을 발휘할 수 있었다.

그렇지만 내가 붙인 시로라는 이름은 효력을 발휘하지 못하는 듯싶었다.

아마도 시로의 힘에 튕겨 나갔기 때문일 거야.

뭐, 그거야 나 역시 성공한다면 럭키~라는 심정으로 해본 거니까 실패했다고 별로 실망은 안 하지만 말이야.

문제는 퍼펫 타라텍트들에게 시로가 이름을 붙이려고 했던 일이지.

안 그래도 무척 따르고 있는 퍼펫 타라텍트들에게 시로가 이름까지 붙여주면 휙 넘어갈 수도 있었다.

시로를 포섭해야 하는데 오히려 이쪽의 전력을 스카우트당할 뻔한 상황이었다.

게다가 시로의 반응으로 짐작해보면 그런 쪽은 의식하지 않고 일을 저지르려고 했던 것 같아서 무서웠다니까.

그렇게 천성적으로 남을 홀리고 다니는 시로를 회유해야 된다는 건데.

제법 어려운 주문이다.

그래도 어떻게든 해내야겠지, 뭐~.

어쨌든 간에 방침은 결정됐다.

"후유. ……미안. 원수를 갚아줄 날은 안 오겠네."

작은 목소리로 사죄했다.

머릿속에 떠오르는 것은 시로가 마더라고 불렀던 퀸 타라텍트.

그리고 시로에게 목숨을 잃은 퍼펫 타라텍트와 퀸의 부하들.

잃어버린 나의 권속.

시로는 못 죽인다.

그러니까 포섭할 수밖에 없다.

그것은 즉 퀸과 모든 부하들의 복수를 포기한다는 뜻이기도 했다.

"미안. 미안해."

더스틴과 마찬가지로 효율을 추구해서 너희를 외면해버리는 나를
용서해주렴.

자식의 원수도 갚지 못하는 한심한 어머니라서 미안해.

어딘가에서 여신교의 찬미가가 들려온다.

거기에 맞추려는 것은 아니었으나 나는 여신님께 기도를 올렸다.

여신님, 아무쪼록 제 권속들에게 사후의 안녕을 내려주시옵소서.

그 기원이 얼마나 허망한지를 누구보다도 잘 알았지만 나는 그럼
에도 기도를 올릴 수밖에 없었다.

Dustin XXXXXXI
더스틴 61세

더스틴 61세. 신언교 제57대 교황. 본명이 존재하지만, 그 이름은 교황이 됐을 때 떨쳐 버리게 된다. 세계 최대의 종교, 신언교의 정점에 군림하는 노인. 신도로부터 신과 가장 가까운 인간으로 숭상받고 있었다. 그러나 진짜 모습은 종교를 이용하여 인족을 뒤에서 조종하고 있는 현실주의자. 인족을 지키겠다는 사명을 위해서라면 수단을 가리지 않을뿐더러 대를 살리기 위해 소를 잘라서 내버리는 짓도 감행하는 냉혹함을 갖추고 있다. 죽음에 다다라도 기억을 계승하여 다시 태어나는 절제의 지배자. 그 힘을 써서 오래도록 신언교의 정점에서 쭉 군림해 왔다. 아리엘이나 포티머스 같은 실력자들도 대등하다고 인정하는 정신의 괴물.

R4 할아범, 관리자와 만나다

지룡 셋의 습격을 간신히 물리쳤던 거미들.

그 거미들은 현재 엘로 대미궁 하층에서 한창 대이동을 벌이는 중이었다.

꿈실꿈실 이동하는 거미들과 함께 나도 걸어 나아간다.

어디를 향해 가려는가 의아해했다만 목적지에는 금방 도착했다.

그리고 그곳을 본 순간 거미들의 목적도 역시 알 수 있었다.

"알인가."

그곳에 있는 것은 커다란 알.

알이 몇 개 바닥에 놓여 있었고 알을 지키려는 듯 지룡(地竜)이 몇 마리 앞길을 가로막고 나섰다.

잘 보니 지룡의 발밑에는 거미 시체가 몇몇 나동그라져 있었다.

그렇군, 알겠다.

세 마리의 지룡(地龍)은 알을 지키고 있었던가.

그러던 중에 사냥을 나간 거미들과 조우하여 물리치고는, 그길로 거미들의 본대 무리에 보복을 하러 왔음이로다.

알을 지키기 위해 위협이 되는 뿌리부터 끊어 놓으려 왔던 것이로군.

결과는 지룡 세 마리가 한꺼번에 반격을 받아 사망하는 참상이었다만……

어쩌면 세 마리 중에 두 마리가 여기 알들의 어미였을지도 모르겠구면.

　그나저나 어미는 이미 사라져서 없는 데다가 알을 지키는 자는 용(龍)과 비교도 되지 않을 만큼 빈약한 용(竜)이 전부.

　용(竜)도 빈약하다는 소리를 들을 마물은 아니다만 이 거미들이 상대여서는 속수무책일 테지.

　그 사실을 용(竜)들도 잘 알고 있음이다. 위협의 울음소리도 어쩐지 가냘픈 울림으로 들리는군.

　그럼에도 도망치지 않고 장하게도 알을 지키고자 나서는 용(竜)들에게 거미들은 인정사정없이 덮쳐들려고 한다.

　이대로는 용(竜)들은 전부 몰살당할 테고 알과 함께 거미들의 배를 채워주게 되리라.

　"이만하고 물러나도록."

　하지만 그런 미래를 저지하는 존재가 나타났다.

　검은 남자였다.

　전신에 검은 갑각을 연상케 하는 갑옷을 두르고 있는 남자.

　단정한 얼굴의 피부도 거무스름해서 그 때문에 검다는 인상이 몹시 강하다.

　다만 한 군데 색채가 다른 붉은 눈으로 냉랭하게 거미들을 주시하고 있었다.

　그 시선이 일순간이나마 내게 향했다가 금방 되돌아갔다.

　……착각이려나. 남자가 봐서는 안 되는 것을 보았다는 표정을 일순간이나마 지은 듯 보였다만.

　실례되는 녀석이로군.

그나저나 저 실례되는 녀석은 도대체 정체가 무엇인가?

이곳 엘로 대미궁 하층에 나타났다 함은 여간내기일 리가 없을 터인데.

애당초 인간이기는 한가?

감정을 발동해봐도 돌아오는 결과는 감정 불가능.

감정 불가능이라니.

그분에게 감정을 발동했을 때와 비슷하기는 했다. 다만 그분께 돌아왔던 결과는 감정이 방해되었다는 알림이었던 반면에 이 녀석은 감정 불가능이로군.

그분과 동등하든가, 혹은 그 이상으로 정체를 알 수 없는 어떠한 존재.

그리 판단할 수밖에 없음이니.

이 점은 움직임을 멈춘 채 남자에 대해 공포와도 비슷한 경계심을 품고 있는 아홉 마리의 태도를 보면 명백하구나.

지룡마저도 간단히 갖고 놀았던 아홉 마리가 저 검은 남자를 보더니 최대급의 경계 태세에 들어갔다.

강하다.

아마도 나로서는 손쓸 엄두도 못 낼 만큼 이 남자는 강하다.

어쨌든 나는 이 남자가 나타났던 순간을 감지조차 못했으니까.

아마도 전이를 통해 왔을 터인데 인식했을 때는 이미 거기에 있었다.

말이 되는가.

전이의 징후를 전혀 느끼지 못했다.

심상치 않은 마법 실력.

자칫하다가는 그분보다도 상위에 있다는 생각이 들 지경이다.

"물러나라. 더 이상의 행패는 나에 대한 선전 포고로 받아들이겠다."

남자의 선고에 거미들의 움직임이 뚝 멈췄다.

정지한 것은 일순간.

거미들은 아홉 마리를 중심으로 하여 깔끔하게 반전.

그 자리를 재빨리 벗어났다.

나는 너무나도 재빠른 움직임에 미처 따라붙지 못하고 어리둥절해서 지켜볼 뿐.

시선을 느끼고 뒤돌아보니 그곳에는 뭐라 말할 수 없는 표정으로 이쪽을 바라보고 있는 검은 남자가 있었다.

"자네는 어찌하여 저것들과 행동을 함께하고 있지?"

곤혹스러워하는 감정이 묻어나는 남자의 질문.

정체를 알지 못할 남자이지만 곤혹스러워하는 저 모습은 평범한 인간 같았기에 딱딱하게 굳어 있었던 어깨에서 힘이 빠지는군그래.

"당연한 걸 묻는군. 마도의 진수에 다다르기 위함이오."

나는 가슴을 펴고 대답했다.

"마도의 진수. 그 말은 즉 마법 실력을 높이겠다는 뜻인가?"

"그렇소."

검은 남자의 표현으로는 부족한 부분이 있었지만, 지금 상황에서는 괜한 문답으로 시간을 버리지 않기 위해서라도 일단 긍정했다.

내가 목표하는 바는 마법의 정점. 고작 마법 실력을 약간 올리는 데 있지는 않다.

"어째서 마법 실력을 연마하는 데 그리 구애되는가? 저것들은 자네의 부대를 괴멸시킨 녀석의 일부임에도 불구하고."

어째서 마법 실력을 연마하느냐고?

그 이유란 물론 하나뿐이로다.

"내가 마도의 진수를 목표로 삼지 않으면 도대체 누가 대신해주겠는가?"

당연한 이야기가 아닌가.

내가 아니라면 아무도 마도의 진수 따위 목표로 하지 않는다.

바로 그 때문에 바로 내가 극도의 경지에 올라야 한다.

반드시 그리해야 한다.

나는 인족 최강의 마법사이니까 마법으로는 누구에게도 지면 안된단 말이다.

그렇지 않으면…….

글쎄? 그렇지 않으면 뭐였더라?

남자는 이해할 수 없다는 표정을 지었다가 결국 포기한 듯 고개를 가로저었다.

"되도록 저것들에게서 떨어지는 게 좋다."

"아직도 거미들에게서 배워야 할 것이 많소. 게다가 그분을 아직 만나지도 못했지. 그 조언은 차마 받아들일 수 없다네."

남자의 충고를 거절했다.

당연할지니.

거미들과 함께 행동하는 까닭은 그들에게 배울 것이 많기 때문에, 그리고 그분과 접촉하기 위해서.

무엇 하나도 아직 달성하지 못한 형편이거늘 어찌 떨어지란 말인가.

"그런가."

남자는 유감스러워하는 기색도 없이 내 거절을 받아들였다.

아니, 처음부터 유감스러운 것을 보는 눈빛이었던가?

도대체가 이리도 실례되는 남자가 있는가.

"그게, 뭐라고 해야 하나. 나 또한 자네가 좋아서 그 꼴로 다니겠다면 말리지 않겠다만. 적어도 옷은 입는 게 어떻겠나?"

······아.

그랬군.

내가 지금 알몸뚱이였잖은가.

그야 상식적인 사람이라면 저런 반응을 보일 테지.

그래도, 하나! 마냥 상식에 사로잡혀서는 언제까지고 영영 마도의 진수에 다다르지는 못할지니!

"훗. 이 정도로 동요하다니, 젊구먼."

이런 것으로 수치심을 느낄 만큼 내 정신력은 녹록하지 않다!

보라!

이것이 로난트라는 남자의 삶이니라!

"아, 음. 알겠다. 구제할 도리가 없다는 것을 알겠다. 그러니까 이제 슬슬 물러나주지 않겠나?"

"으음! 괜히 방해를 했군!"

거미들도 나를 두고 떠나가버렸으니 어서 쫓아가야겠다.

나는 검은 남자에게 등을 돌리고 거미들을 쫓아서 달려 나아갔다.

만담 병렬 의사 대화집 네 번째,
규리규리 떴다~!

"알 판매 특별 행사가 있다길래 냅다 뛰어갔더니 라스트 보스가 강림한 건에 대하여."

"어쩔 수 없지. 규리규리는 용(龍)의 총감독이잖아. 그야 지룡 세 마리가 죽어 나가고, 알까지 노리는데 가만있을 리가 없다고."

"그러고 보니 처음에 규리규리랑 만난 것도 화룡(火龍)을 해치운 직후였던가? 그리워라."

"제길! 옛날에 못 먹었던 알을 먹어보자고 되게 기대했는데!"

"그러고 보니 상층에서 주웠던 그 알은 결국 먹기 전에 인간이 불을 질러서 마이 홈 바깥으로 쫓겨났더랬지."

"그 알은 나중에 어떻게 됐을까? 마이 홈이 그 참상을 겪었으니 삶은 달걀이 됐다든가?"

"구운 달걀 아니야?"

"아니, 그게 껍질이 좀 딱딱했나? 어쩌면 불에 굴하지 않고 부화했을지도 몰라."

"엥~. 설마 그럴 리가~."

"아무리 딱딱해도 불에 닿으면 타오르겠지."

"제길! 알 이야기를 하니까 괜히 더 먹고 싶어지잖아!"

"아니, 그래도 이제 저건 무리야. 규리규리가 지키고 나섰는데 손 댈 수는 없다고."

"그나저나 규리규리가 직접 나타났잖아. 이제 슬슬 여기에서 활동도 자중하는 게 좋으려나?"

"으음~. 무턱대고 하층을 뒤집고 다니면서 용(竜)이든 용(龍)이든 죽여버리면 규리규리가 언제 폭발할지 모르고."

"그렇다면 하층에서 철수해야 되나."

"그래도 여기에서 철수하면 늘어날 대로 늘어난 우리 대식구를 어떻게 먹여 살려야 해?"

"어디 좋은 사냥터 있나? 없지 않아?"

"있잖아."

"응? 어디?"

"왜, 있잖아. 쓸데없이 숫자만 잔뜩이고 경험치도 많은 녀석들이."

"아, 맞다."

"오호라, 이제 슬슬 본격적으로 행동하자는 건가?"

"부하 거미들도 제법 성장했잖아."

"그렇지. 이제 때가 왔구나."

"그럼 시작할까."

"인족 섬멸 계획의 첫걸음을."

단장 소년 용사의 분투

눈앞에서 휙 날려 가는 사람들.

인간이 우스갯소리처럼 휙휙 날려 가면서 하늘을 난다.

물론 저렇게 날려 가는 신세가 된 인간은 결코 무사할 리 없었다.

우스개 같으면서도 현실이니까.

날려 간 인간이 지면에 머리부터 추락하여 목을 과격한 각도로 꺾은 채 쓰러진다.

저런 정도면 차라리 나은 편이다. 날려 간 직후에 이미 인간의 신체라고 할 수 없는 상태에 처하는 경우가 더 많았다.

인간의 몸이 튀어 날아가는 광경을 처음으로 직접 보고 있었다.

그런 악몽 같은 광경이 연이어진다.

아비규환.

혼란에 빠져 우왕좌왕 도망치는 사람들의 앞에 나타난 것은 악몽을 만들어 내고 있는 마물.

떨리는 다리를 움직여서 나는…….

벌떡 몸을 일으킨다.

시야에 들어오는 광경이 내가 지금 숙박하고 있는 방의 모습이라는 것을 이해하고 안도의 숨을 내쉬었다.

꿈이었구나.

아직껏 두근두근 커다랗게 고동을 새겨 넣고 있는 가슴에 손을 가져다 댔다.

심장이 움직이고 있다는 것은 즉 살아 있다는 의미.

그 사실에 안도한다.

손을 갖다 댄 상의는 내가 흘린 땀으로 흠뻑 젖어 있었다.

그 꿈을 본 날은 대체로 언제나 이런 꼴이 된다.

그 꿈, 미궁의 악몽이라고 불리는 마물과 조우했던 때의 기억을 떠올리게 되는 꿈을 본 다음은…….

두려웠다.

나는 아직 어린아이지만 용사가 됐다.

그 때문일까 일찌감치 전장의 분위기를 경험할 수 있도록 이번 전쟁에 형식적으로나마 참가하게 됐다.

다 이긴 전쟁이기에 위험은 없다시피 하다고…….

하지만 실제 처음으로 경험한 전장은 악몽이었다.

사람이 그리 맥없이 죽어 나갈 수 있음을 나는 처음으로 알았다.

내 어머니는 동생 슈레인을 낳고 건강이 나빠져서 속절없이 돌아가셨다.

나는 몹시 슬펐고 죽음이라는 사건의 무게를 알게 되었다.

그랬는데도 그 전장에서는 인간의 죽음이 아주 흘러넘쳤다.

인간의 죽음이 너무나도 간단히 쌓여 올라갔다.

두렵고 두려워서 다리가 부들거렸다.

그럼에도 맞서 싸우겠노라고.

응, 나는 용사니까.

그다음 일은 잘 기억나지 않는다.

무아지경으로 악몽의 앞에 뛰쳐나갔지만 아무것도 못하고 단지 우두커니 서 있기만 했던 것 같다.

다만 내가 뛰쳐나감으로써 악몽의 주의가 흐트러져서 대마법을 날릴 시간이 확보됐다고 들었다.

그 대마법이 악몽을 완전히 태워버린 덕분에 나는 기적적으로 살아남았다.

누군가가 지켜준 것 같았는데 잘 기억이 안 난다.

그다음은 여러 사람들에게 칭찬받았다.

역시 용사는 대단하다.

당신 덕분에 악몽을 멸할 수 있었다.

저마다 내게 칭송의 말을 건넸지만 나는 아무것도 하지 않았다.

아무것도 하지 못했다.

게다가 내가 정말로 좋은 행동을 했나 잘 모르겠다.

눈을 돌리면 창밖 너머에는 파괴된 도시의 성벽이며 붕괴됐음에도 아직껏 철거가 완료되지 않은 가옥을 헤아릴 수가 없었다.

내가 이 광경을 만들어 내는 데 한 손을 거들었다.

이 도시에서 살고 있었던 사람들은 내가 가담한 군의 습격을 받아 이리되었다.

그리고 내가 맞서려고 했던 악몽은 이 도시를 지키기 위해 싸웠다.

도대체 어느 쪽이 올바른 거지?

"안녕하십까, 용사님. 수고 많으심다."

거의 일과처럼 수행하고 있는 마물 퇴치를 마치고 돌아왔다가 낮

익은 얼굴과 마주쳤다.

이름은 오렐, 나와 또래이고 독특한 말버릇을 갖고 있는 여자애.

듣기로는 제국인이고, 아무래도 뭔가 복잡한 사정이 있어 이 도시에서 머무르는 중이라고 한다.

"안녕."

"고생 많으신 용사님께 제가 특별히 인심을 베풀어드리겠습다."

오렐이 내게 과일을 건네주었다.

오렐의 주위에는 같은 과일을 먹고 있는 남성들의 모습이 보였다.

성벽 수복을 담당하는 제국인들에게 간식거리를 갖고 왔나 보다.

"고마워."

일부러 신경 써주는 선의가 기꺼워서 건네주는 과일을 받아 들고 입속에 넣었다.

"이 도시에는 과일이 많구나."

식사에 과일이 자주 섞여 나왔던 것을 떠올리고 무심코 중얼거렸다.

"아. 뭐라더라, 신수? 그게 과일을 좋아한다고 새로운 사업으로 재배를 시작한 데가 있었다고 함다. 그래서 지금이 마침 첫 번째 수확기고 말임다."

나도 모르게 입에 넣은 과일을 내뿜을 뻔했다.

신수, 분명히 악몽을 두고 하는 말이었다.

그 무시무시한 마물이 과일을 좋아했다고?

도무지 상상이 안 된다.

그래도 이 도시의 주민들은 악몽을 진심으로 아끼고 따랐다.

나도 도시 주민들에게 자주 신수님을 죽인 놈이라는 소리를 듣고 돌팔매질을 당한 적이 있었다.

그런 도시 주민들의 모습을 보면 어느 쪽이 악당인지 모를 지경이었다.

내가 본 악몽은 그야말로 진짜 꿈에 나오도록 무시무시했다.

그래도 이 도시 주민들에게는 우러러 받들 신수였다.

"용사님! 이런 데 계셨습니까?!"

악몽에 대해 돌아보고 있던 내 귀에 남성의 고함 소리가 들려왔다.

고함치면서 달려오는 자는 신언교의 병사 옷을 입고 있는 남성.

"이러시면 곤란합니다. 오늘은 출병식이 있다고 미리 설명드리지 않았습니까."

병사가 난처한 얼굴로 내게 말했다.

오늘 이 도시에 모여 있는 오우츠 국의 병사 및 신언교의 병사는 다음 도시로 진군하기 위해서 출병식을 치른다.

내게도 소식을 알리면서 출석해 달라는 요청을 함께 전했었다.

그렇지만—.

"나도 말했을 텐데요. 그 자리에는 출석하지 않을 것이고, 추후의 진군에도 따라가지 않겠다고요."

"그런 말씀은 말아주십시오. 곤란합니다."

내 말을 들은 병사가 진심으로 곤란하다는 표정을 지었다.

저 표정에서는 말귀를 알아듣지 못하는 어린아이에 대한 곤혹스러움이 역력히 드러난다.

그렇다 해도 이미 결정했다.

나는 더 이상 전쟁에 따라갈 마음이 없다.

전쟁을 당장 멈출 수는 없을지라도 더는 가담하지도 않겠다.

이 도시에 남아 부흥을 계속 도울 작정이었다.

더는 어른의 꼭두각시가 되어 행동하는 짓은 그만두련다.

내가 믿었던 올바름을 고민하고 나 스스로 결정해서 행동하련다.

"무슨 말을 하시든 나는 이 도시에 남겠습니다. 그렇게 전해주십시오."

"정말 곤란합니다."

나를 부르러 온 만큼 이 병사도 그런대로 높은 지위에 있지 않을까 싶다.

그런 사람이 처량하게 눈꼬리를 축 늘어뜨리고 있었다.

조금은 미안하다는 마음이 들었지만 뜻을 바꿀 생각은 없었다.

다시 한 번 나의 결의를 말로 표현하고자 입을 열었을 때 멀리서 노호가 들려왔다.

심상치 않은 음색, 복수의 사람이 내지르는 비명 같은 소리를 듣고 나는 즉시 달려 나갔다.

그렇게 도착한 곳은 방금 전까지 완강히 거부했던 출병식의 현장.

수많은 병사들이 북적거리는 그 자리는 혼란의 도가니였다.

"무슨 일입니까?!"

"용사님?!"

높은 신분의 차림을 한 병사를 붙잡고 물었다.

"악몽입니다! 악몽의 대군이 침공했습니다!"

무슨 일이냐고 묻는 나에게 병사는 착란 상태의 사람처럼 침을 튀기면서 부르짖었다.

악몽이라는 말을 듣고 내 몸이 무의식중에 떨렸다.

그런데 대군은 무슨 소리지?

그 대답을 곧장 내 눈으로 목격할 수 있었다.

"말도 안 돼……."

멍하니 중얼거리는 내 눈에는 문 바깥으로 들이닥치고 있는 하얀 거미의 대군이 비쳐 들었다.

"문을 닫아라!"

노호가 울려 퍼진다.

성벽 바깥쪽으로 들이닥치는 무수히 많은 거미를 앞에 두고 병사들은 혼란에 빠지면서도 자신이 해야 하는 임무를 인식하고 행동으로 옮겼다.

출병식을 위해 열어 놓았던 문이 닫힌다.

그와 병행하여 병사들이 성벽 위로 올라가 닥쳐들고 있는 거미들을 요격하기 위한 준비를 갖췄다.

나도 그들을 따라가려고 했는데 어깨를 붙잡혔다.

"용사님은 도망치십시오!"

뒤돌아보니 그곳에는 오렐과 자주 함께 다니던 제국의 기사, 티바가 있었다.

"이곳은 위험합니다. 용사님은 즉시 도시 안으로 피난하십시오."

"나도 싸우겠습니다!"

불문곡직하고 어깨를 굳게 붙잡은 채 말하는 티바의 권고를 거부했다.

내 대답에 티바는 고개를 가로저었다.

"안 됩니다. 당신은 아직 어려요. 이런 곳에서 죽어서는 안 됩니다."

어깨를 붙잡은 힘이 더욱 강해졌다.

티바의 눈에는 각오의 빛이 깃들었다.

그래서 깨닫고 말았다.

이 사람도 저번 전장을 경험했구나.

악몽의 무시무시함을 체감한 사람이구나.

그리고 악몽의 진상을 알고 있기에 이 전투에 승산이 전무하다는 사실을 이미 인정했구나.

"그래도 나는 싸우겠습니다!"

여기에서 도망치면 안 된다.

잘은 모르겠지만 지금 닥쳐들고 있는 거미 대군을 반드시 저지해야 한다고 직감했다.

저것들은 이 도시를 수호했었던 악몽과 다르다.

저것들은 이 도시에 재앙을 가져올 존재라고 이유는 모르겠지만 직감했다.

티바의 손을 뿌리치고 성벽 위로 올랐다.

아래를 내려다보니 이미 성벽 바로 근처까지 거미 대군이 몰려와 있었다.

성벽 위로 올라온 병사들이 마법이며 활로 공격을 가하고 있음에도 효과는 미미했다.

거미가 너무 많아서 한 마리를 처치한들 후속 거미가 곧바로 쓰러진 녀석을 앞질러버린다.

도대체 몇 마리의 거미가 있는 것인가.

적어도 만은 넘으리라고 짐작되는 수가 있었다.

그야 저 멀리 내다보이는 땅이 전부 거미로 뒤덮여서 바닥도 안 보이는 상태였으니까.

절망적인 광경이 공포를 불러일으킨다.

그래도 뒤쪽에는 이 도시의 주민들이, 그리고 독특한 입버릇을 가진 여자애가 있었다.

도망칠 수는 없단 말이다!

용사가 되고 습득한 성광 마법을 날렸다.

그 직격을 받은 거미가 쓰러졌지만 무리의 시체를 짓밟고 다른 거미가 쇄도했다.

마법을 연타해봐도 따라갈 수가 없다.

적의 숫자가 너무나도 많고 많았다.

거미의 선두가 금세 성벽까지 도달하고 말았다.

"앗?!"

그리고 그 거미들이 속도를 줄이지 않고 벽을 타고 올라왔다.

"으, 으아앗!"

황급히 요격하려고 했던 병사들에게 거미가 덮쳐들었다.

이 주변의 마물이 벽을 타고 올라오는 재주를 부린 적은 없었다.

그런데 거미는 벽을 아주 손쉽게 타고 올라온다.

이래서는 방벽의 의미가 없어!

"후퇴하라! 후퇴하도록!"

장군으로 짐작되는 사람의 목소리가 울려 퍼졌다.

그때에는 이미 벽을 다 타고 올라온 거미가 마치 쓰나미처럼 밀어 닥치고 있었다.

내 앞에도 거미가 닥쳐들어서 제 이빨을 들이댔다!

즉시 검을 뽑아 그 이빨을 막아 내려 했지만 내 가벼운 체중으로는 거미의 돌진을 저지할 수 없어서 획 날려 가버리고 말았다.

"웃, 크윽!"

벽 아래로 나가떨어져서 땅바닥으로 내동댕이쳐졌다.

통증에 신음하면서도 간신히 몸을 일으키고 보니 이미 벽을 넘어 온 거미와 병사들이 싸우고 있었다.

병사들이 방패를 전면에 내세워서 거미를 막아 내려고 하지만 끊임없이 치고 들어오는 거미 대군에 밀려나는 형국.

방패로 실이 날아들어 달라붙더니 방패를 든 병사까지 한꺼번에 거미 대군으로 끌고 가버린다.

"으아앗! 살려줘!"

부르짖는 병사의 모습이 거미 틈바구니로 사라져 갔다.

이곳저곳에서 같은 광경이 펼쳐지고 있었다.

마치 악몽 같은 광경이다.

멍하니 지켜볼 짬도 없었다. 내 근처에도 거미들이 쇄도해 온다.

"아아아아앗!"

나는 그것들을 검을 휘둘러 대며 요격할 수밖에 없었다.

Julius Zagan Analeit
율리우스 재건 애너레이트

본명 율리우스 재건 애너레이트. 애너레이트 왕국의 제2왕자. 어린 나이에 용사의 칭호를 받았다. 전생자 슌의 동복 형. 모친은 동생 슌을 낳고 사망했다. 모친이 마지막으로 남긴 슌을 가족으로서 지켜주겠노라고 다짐하고 있는 마음 따뜻한 소년. 아직 어린 나이임에도 용사로서, 왕자로서, 형으로서 자신이 할 수 있는 일이 무엇일지 고민하고 행동하고자 한다. 그 강한 책임감과 다정함으로 인해 사리엘라 국과 오우츠 국의 전쟁에서는 자신이 저지른 짓은 정말로 올바른 행동이었던가 의문을 가지게 됐다. 이후 주위에 휩쓸리지 않고 오로지 본인 스스로 올바르다고 판단한 길을 나아가고자 결의했다.

R5 할아범, 거미에게 도전하다

뒤늦게 거미들을 뒤쫓아갔다만 그때는 녀석들이 홀연히 자취를 감춘 다음이었다.

아무래도 내 도착을 기다리기 전에 집단 전이로 어딘가에 가버린 듯싶다만……

그만한 규모의 무리를 이 짧은 시간에 전이시키는 마법 실력에는 홀딱 반할 것 같구먼.

이제 어찌할까 망연자실했으나 문득 방금 전 검은 남자에게 들었던 말을 떠올렸다.

옷을 입으라던가.

확실히 요즘 들어서 알몸뚱이로 지낸 시간이 너무 긴 듯싶으이.

일단 옷을 가지러 도시로 돌아가는 길도 있겠군.

거미들의 행방은 그다음에 찾아 나서도 늦지 않을 테니까.

그리 마음먹고 전이를 써서 도시로 돌아왔다.

전이 장소로 지정한 곳은 체류를 허가받았던 가옥의 방 안.

나도 알몸뚱이로 다른 사람 앞에 나서면 안 좋다는 자각은 있었다.

그나저나 무슨 일인가. 바깥이 소란스럽군.

어디에서 축제라도 벌이는 겐가?

일단 지금은 옷부터…….

바스락바스락 옷을 찾았다.

"앗~!"

내가 옷을 찾고 있으려니까 외침이 들렸다.

뒤돌아보니 오렐이 딱 보이는군.

아, 이런.

이 녀석을 완전히 잊어버렸었다.

"할아범! 지금까지 어딜 갔다 왔습까!"

"아, 그게, 말이다. 자아를 찾으러 잠시."

꽤 오랜 기간을 방치해버린 만큼 오렐도 분노가 제법 쌓여 있겠지.

으음. 어쩔 수 없잖은가.

그토록 농도 짙은 생활을 보내다 보면 계집아이 한둘쯤 싹 잊어버리 만도 하지 않은가.

"자아를 찾으러 가서 뭘 어쨌길래 알몸뚱임까?! 아니, 지금은 이런 소리를 할 때가 아닙다! 마침 급할 때 잘 돌아왔습다! 이 도시에 거미 마물이 떼거지로 쳐들어왔습다! 할아범의 유일한 특기를 보일 때임다. 빨리 가서 퇴치해주지 말임다!"

"뭣이라?!"

거미 떼거지라고?

설마 그들인가?

방금 전까지 내가 함께 지냈던 그 거미들인가?

"확인차 묻겠다만 그 거미 떼거지는 혹시 색깔이 하얗더냐?"

"거기까지는 모르겠습다! 자, 얼른 옷 입고 가지 말임다!"

오렐이 옷을 꺼내서 내게 떠안겼다.

그나저나 얼른 가라는 말이 참 난감하군그래.

만약 그 거미 떼거지 어쩌고가 내가 알고 있는 그들이라면 내게 승산이 있기는 하겠는가?

뭐랄까, 타이밍을 보자면 이 녀석이 말하는 거미 떼거지란 내가 알고 있는 그들이 틀림없을 테지.

으음. 무리로다!

"좋다, 오렐. 도망친다!"

"에엥?!"

내가 미련 없이 도망치겠다고 선언하자 오렐이 얼빠진 소리를 질렀다.

"그게 뭔 바보 같은 말임까! 지금도 병사분들이 필사적으로 싸우고 있슴다?! 할아범이 이런 때 안 움직이면 어쩌자는 말임까! 아니, 마법 실력을 발휘하지 않는 할아범한테는 아무런 존재 가치가 없잖슴까?!"

그런 말까지 들어야 하나?!

으음, 그래도 내 실력으론 그 거미들에게 대항할 도리가 아예 없단 말이다.

"부탁함다! 용사님이, 율리우스가 싸우고 있슴다! 도와주러 가야 함다!"

곤란해하는 내게 오렐이 눈물 흘리면서 애원했다.

"할아범은 세계 최강의 마법사잖슴까! 다른 때처럼 자신만만하게 마물 따위 해치워 달란 말임다! 제발 부탁드림다!"

필사적으로 애원하는 오렐의 말이 나를 당황케 했다.

나는 결코 세계 최강이 아니다.

실제로 그분에게 속수무책으로 패배하지 않았던가.

그분께 필적하는 아홉 마리 거미를 상대로 하여 내가 이길 가능성도 없건만.

그러니까 도망치는 수밖에 길이 없거늘.

『도망친 게냐?』

문득 귓가에 그런 목소리가 들린 기분이 들었다.

일찍이 나 자신이 입에 담았던 말.

『우리의 맹세는 거짓말이었더냐? 함께 인족을 지키겠노라고 약속하지 않았던가! 그랬건만 어찌 도망쳤느냐?!』

지금보다 젊은 시절의 내가 소리치고 있었다.

선대 검제가 행방을 감춘 때였더랬지.

당시 제국에는 검신이라고 칭송받았던 남자가 군림하고 있었다.

그자가 바로 선대 검제.

나의 전우.

『나의 검술, 너의 마법, 우리가 인족을 지키는 거다.』

일찍이 선대 검제는 저런 소리를 늘어놓았었다.

녀석과 나는 어깨를 나란히 하여 마족의 침공으로부터 함께 제국을 지켰다.

그렇게 쭉 둘이서 싸워 나가리라고 여겼었다.

의문조차 갖지 않았다.

그럼에도 불구하고 녀석은 행방을 감췄다.

한심스럽게도 녀석은 본인의 책무로부터 도망쳤음이다.

세계 최강의 검사라는 칭호로부터…….

인족의 미래를 짊어지고 있었다는 책임감으로부터…….

배신당했다고, 몹시 한탄했었지.

동시에 맹세했느니라. 나는 도망치지 않겠노라고.

세계 최강의 마법사라는 내 칭호로부터, 사람들의 기대로부터, 내 두 어깨에 걸려 있는 인족의 미래로부터.

그럼에도 불구하고 지금 나는 도망치려고 하지 않았나?

……나는 무엇을 위해 마도의 진수를 목표하였던가?

……그토록 정열을 다 바쳐 추구했던 이유는 무엇인가?

아아, 어째서 잊고 있었던가.

내가 마도의 진수를 추구했던 진짜 이유를!

도망쳐버린 선대 검제의 몫까지 내가 사람들을 지키기 위함이리라!

그럼에도 불구하고 궁지에 처한 사람들을 놓아두고 못 이긴다는 이유로 도망치겠다고?

말이 안 된다.

그따위 짓을 저질러서는 안 된다.

내 마법 실력은 사람들을 지키기 위함이다.

지금 도망치면 나는 진정으로 아무 존재 가치도 없이 단지 알몸뚱이 변태 할아범이 되는 셈이로구나.

"울지 말거라."

오렐의 손에서 옷을 잡아챘다.

그러고는 서둘러 걸쳐 입는다.

"나에게 다 맡기거라."

나는 도망치지 않는다.

세계 최강의 마법사라는 칭호로부터…….

그것이 설령 허울뿐인지라 미더울 것이 없는 이름이라 하여도 도망쳐서는 안 된다.

승리하기는 어려울 테지.

다만 오렐이 걱정하고 있는 용사 하나쯤은 구출해 보이겠다.

어리둥절해 있는 오렐을 그 자리에 남겨 놓고 나는 바깥으로 뛰쳐나갔다.

서둘러서 현장에 도착해 보니 그야말로 처참했다.

병사들이 진형을 갖출 엄두도 못 내고 마구 밀려드는 거미들과 맞서 싸우고 있었다.

종횡무진 입체적으로 뛰어다니는 거미가 상대여서는 진형을 갖춰봐야 별 의미가 없음이리라.

방패를 쥔 병사의 위를 거미가 뛰어넘어 등 뒤로부터 덮치는 꼴이다.

이래서는 진형 따위야 당장에 무너져버렸다 해도 어쩔 수 없었겠군.

"섭섭하게 여기지 말게나, 형제여."

나는 거미가 몰려 있는 장소를 향해 광범위 불 마법을 발사했다.

아직 마력을 초과하여 담아내는 기술은 습득 못 했다.

하나 본래부터 불에 약한 거미들에게는 평범한 불 마법으로도 충분한 효과를 발휘한다.

그 아홉 마리만 등장하지 않는다면 내 수준으로도 어느 정도는 상대가 가능하다.

"간다!"

병사가 휩쓸리지 않는 범위에서 불 마법을 최대한 넓은 범위로 흩

뿌렸다.

불타오르는 거미들.

수가 줄어서 기세가 수그러든 거미들을, 나의 가세로 인해 반대로 기세를 되찾은 병사들이 차차 되밀어 낸다.

그중 유난히 키가 작은 소년이 한 명 있었다.

저 녀석이 바로 오렐이 말했던 용사로구먼.

도대체가, 저리도 작은 어린애가 웬 무모한 짓인가.

소년 용사에게 거미가 덮쳐들었다.

소년 용사는 제때 반응하지 못하고 어리둥절하여 들이닥치는 이빨을 바라보고 있었다.

그 거미를 불덩이로 날려버렸다.

"여태 애썼다. 이제 나에게 맡겨 다오."

내가 소년 용사에게 말을 건네자 잔뜩 차올랐던 긴장이 풀어졌는지 의식을 휙 놓아버린다.

녀석의 조그마한 몸을 받아주었다.

"로난트 님!"

마침 티바가 이리로 급히 달려왔다.

"이 아이를 부탁하마."

티바에게 소년 용사를 맡기고 나는 앞으로 돌아섰다.

그곳에는 바로 얼마 전까지 고락을 함께했었던 거미들이 내게 적의를 드러내며 늘어서 있었다.

4 거미의 새끼를 쫓아 보내라

마왕과 흡혈 양과 메라가 도시로 간 날.

오늘도 변함없이 인형 거미 마개조를 즐기고 있던 때에 공간의 비틀림을 감지했다.

틀림없다. 전이의 조짐.

누군가가 전이로 나타나려고 한다.

누구냐고? 괜한 의문은 갖지 않았다.

감탄이 나오도록 훌륭한 공간의 변동을 보면 짚이는 데가 있었다.

나타난 자는 예상했던 대로 규리규리였다.

뭐, 이토록 완벽하게 전이를 할 줄 아는 녀석이 이 세계에 또 있을까 보냐는 말로 들으면 되겠다.

관리자로 있는 규리규리의 전이는 솔직하게 말해서 나보다 더 정밀도가 높았다.

마도의 극의를 갖고 있는 나보다 더…….

그런 녀석이 어디에 또 있겠냐고.

"오랜만이로군."

규리규리의 등장에 긴장한 표정을 짓는 인형 거미들.

나는 애써 침착하게 고개를 끄덕거렸다.

"시간이 많지 않은 관계로 용건부터 말하지. 네 분신이 날뛰고 있다. 수습해 다오."

네?

응? 지금 뭐라고 말하셨나요?

내 분신이 날뛰고 있다?

어? 병렬 의사들이 날뛰고 있다는 뜻?

"보여주는 게 빠르겠군."

규리규리가 팔을 가볍게 휘두르자 공중에 스크린 같은 화면이 출현했다.

저 마법, 도대체 뭐야?!

그렇게 경악하는 내 눈에 더욱더 경악할 만한 광경이 확 펼쳐졌다.

스크린에 비친 광경은 흡혈 양이 살고 있었던 그 도시.

그 도시로 하얀 거미 대군이 밀어닥친다.

뭐냐, 이거어어어어어어어어어?!

"보는 바대로다. 이것이 네 의사에 따른 행동이 아니라면 가서 막아 다오."

어? 응? 으엥?

"만약 이것이 네 의사에 따른 행동이라면 나도 그에 걸맞은 대응을 고려하겠다."

혼란에 빠진 나를 아랑곳 않고 규리규리는 일촉즉발의 기세를 발출했다.

"전에 말했을 텐데. 네가 하려는 일의 앞길이 나와 서로를 용납하지 않는 결말에 이르려고 한다면 나는 네 앞을 가로막겠노라고."

아, 이거 위험한 패턴?

응, 뭔 수를 쓰든 관리자를 상대로 해서 승산은 전혀 없겠지?

그런고로 대답은 하나.

"가서 막을게요."

분명하게 소리 내서 말했다.

지금 제대로 의사를 표현하지 않으면 진짜로 살해당할 것 같았단 말이야.

당장 전이 준비에 들어갔다.

"그런가. 부탁하마."

내 대답을 듣고 규리규리가 안도의 표정을 지었다.

규리규리 본인도 내게 손을 대려면 D를 적으로 돌릴 수도 있는 위험한 외줄 타기를 해야 하니까.

지금은 순순히 규리규리의 말대로 하는 게 서로를 위해 좋은 일이거든.

그보다 병렬 의사 걔네들은 대체 뭔 짓을 하고 다니는 거야?!

바보야? 죽고 싶나? 아니, 죽인다!

내가 다른 사람한테 발목 잡히는 꼴을 진짜 싫어하는데, 설마 나 자신한테도 발목을 붙잡히게 될 줄은 상상도 못 했다고!

그렇게 노발대발하는 내 눈에 어쩔 줄을 몰라 하는 인형 거미들이 들어왔다.

그러고 보니 이 녀석들은 어쩐담?

일단은 마왕한테 나를 감시하도록 명령받은 처지고, 여기에 남겨 두고 가면 직무를 방치시키는 셈이 되잖아?

나중에 마왕한테 괜히 꾸지람을 듣는다거나?

이 녀석들은 아무 잘못을 안 했는데도…….

그러면 살짝 불쌍하잖아.

일단 감시는 제대로 하고 있었다는 핑곗거리는 만들어주는 게 좋겠다.

"같이 갈래?"

슬쩍 질문하자 인형 거미들은 서로 얼굴을 마주 보다가 동시에 끄덕 고갯짓했다.

오케이.

그러면 다 같이 전이!

전이한 곳은 거미 군단의 배후.

아무래도 도시의 주민들에게 내 모습을 보여줄 수는 없는 노릇이니까.

사실은 최전선에서 싸우고 있는 사람들을 구해주는 게 먼저겠지만 그쪽은 본인들이 스스로 버텨주기를 기원하자.

내가 붙잡아다가 수습해야 하는 대상은 바보 멍텅구리 병렬 의사놈들이다.

거미 군단이 지면을 온통 메우고도 남도록 잔뜩 무리 짓고 있지만, 굳이 찾지 않아도 병렬 의사 놈들의 위치는 알 수 있었다.

어쨌든 나 자신이니까.

게다가 눈에 띄게 다른 녀석들과 동떨어진 오라를 발하는 녀석이 아홉 마리 돌아다니면 싫어도 저절로 저 녀석들이 병렬 의사라는 사실을 알 수 있거든.

일단 얘기를 들어보고자 그 녀석들의 곁으로 돌진했다.

인형 거미들은 좀 위험하니까 저쪽에서 기다려주렴.

"야, 이 짜식들아. 대체 뭐하자는 짓이냐?"

상대가 자기 자신이니까 말도 술술 나온다.

『엑?! 본체! 벌써 냄새를 맡고 왔냐?!』

병렬 의사 중 하나가 염화로 저런 소리를 늘어놓았다.

"뭐하자는 심보로 이딴 짓을 저지르는 건데, 엉? 규리규리가 나한테 항의하러 왔단 말이야."

『으엑~?』

『규리규리도 행동이 빠르시네~.』

"당장 이 짓을 막지 않으면 살해당할 분위기였던 말입니다요! 얼른 관둬. 대체 뭐하자는 짓이냐고, 진짜!"

짜증 나는 심기를 감추려고도 하지 않고 쏘아붙이자 병렬 의사 놈들은 서로의 얼굴을 마주 바라보다가 오히려 나야말로 무슨 소리를 하느냐는 시선을 보냈다.

『엥? 왜 그만둬? 인족 따위는 싹 다 죽여버리는 게 낫잖아.』

앙?

응응~?

뭐랄까, 의미 불명이다.

"의미 불명이잖아."

『이해를 못 하겠다는 네가 의미 불명이잖아.』

……아아~.

왠지 지금 대화만 나누고도 이해해버렸다.

뭐, 그야 알고 있었으니까 몸을 새로 준비해서 내 내면 바깥으로 쫓아냈었지만…….

이 녀석들은 이미 내가 아니다.

나와 닮았을 뿐 같지 않은 존재다.

즉, 타인.

그리고 타인 주제에 내게 특대 민폐를 끼치고 있었다.

이 녀석들을 막지 않으면 규리규리가 나를 죽인다.

그렇다면 뭉개버리는 데 망설임은 없다.

그렇다 해도 1대 9의 상황은 달갑지 않은걸.

그 밖의 무수히 많은 거미 군단은 솔직히 스테이터스를 보면 어떻게 발버둥 치든 나를 방해하지는 못할 테니까 무시해도 된다.

다만 놈들을 빼도 중과부적이었다.

게다가 상대는 나의 분신.

능력치도 스킬도 나와 같을 것으로 짐작된다.

다른 부분이 있다면 내가 반인반거미의 아라크네인 반면에 병렬 의사 놈들의 몸은 한참 전 옛날의 나와 마찬가지로 소형 거미 타입.

그런 녀석들이 아홉 마리.

제대로 싸우려고 들면 승산이 없겠네.

아무런 예고도 없이 내가 병렬 의사 중 하나에게 접근.

그대로 손에 든 대낫을 내리찍어서 머리를 꿰뚫었다.

『뭣?!』

『미쳤냐?! 본체!』

미치기는 너희들이 미쳤다, 짜식들아!

대낫으로 머리를 꿰뚫은 한 녀석을 거미형의 앞다리에 달린 낫으로 베어 갈랐다.

그동안 발동 준비를 마친 어둠 속성의 범위 마법을 동요하고 있는 다른 병렬 의사 놈들에게 쏟아붓는다.

제아무리 속도가 빨라도 도망치지 못할 범위를 공격해버리면 회피는 불가능.

병렬 의사들 전원이 어둠 마법을 정면으로 얻어맞았다.

물론 내 마법을 맞았다고 이 녀석들이 픽 죽어 나가지는 않는다.

스테이터스가 같으니까 즉시 발동 가능한 수준의 마법으로 해치우기는 어림도 없거든.

그래도 기선을 제압하는 일격으로는 충분.

설마하니 병렬 의사 놈들도 내가 느닷없이 공격을 날릴 줄은 예상을 못 했을 테고 말이야.

자, 저 녀석들이 태세를 다시 갖추기 전에 대낫으로 꿰뚫었던 한 놈의 숨통을 끊어 놓았다.

아무리 나라도 머리가 찌부러지면 아무것도 못 한다.

그야 머리는 사고를 담당하는 기관이니까.

머리가 찌부러져버리면 사고 행위가 불가능하다, 즉 행동 불능에 빠지는 거지.

뭐, 본체인 나는 인간형과 거미형 양쪽에 각각 머리가 달려 있으니까 어느 한쪽이 망가져도 문제없이 행동 가능하지만…….

실제로 포티머스와 싸웠을 때는 인간형의 머리가 휙 날아가버렸는데도 어떻게 버틸 수 있었고.

하지만 병렬 의사 이놈들은 그렇지 않다.

후후, 인간형의 몸도 달지 못한 반 사람 몫의 거미 주제에 내게 이기려 들다니 100년은 더 수련하고 와라!

머리를 대낮으로 관통시킨 채 거미형의 낫으로 산산조각 찢어발겼다.

이제 한 마리.

나머지는 여덟 놈.

한 녀석이 당한 까닭에 저쪽도 나를 완전히 적으로 인식했나 보다.

각자가 마법 발동 준비에 착수했다.

여섯이 빠르게 발사할 수 있는 마법을, 나머지 둘은 준비 시간이 필요한 강력한 마법을 각각 날릴 작정이었다.

여섯이 마법 연사로 내 발을 묶어 놓고 나머지 둘이 큰 마법을 날려 해치우겠다는 거네.

어림없다! 신룡 결계 발동!

마법의 힘을 감쇠시키는 용 결계의 강화판 격인 신룡 결계를 발동했다.

전에 마왕에게 내가 같은 수법으로 손쓸 엄두를 못 내고 당했었고, 이러면 녀석들은 마법을 쓰지 못한다.

그렇게 생각하던 시절이 제게도 있었습니다.

신룡 결계를 펼쳤는데도 아무런 지장 없이 날아드는 마법을 간발의 차이로 피한다.

아~ 못 써먹겠네, 이거.

신룡 결계의 효과가 미치지 못했다.

병렬 의사 중 하나가 내 신룡 결계를 상쇄하고자 역시 신룡 결계로 맞불을 놓았기 때문이었다.

잇따라 날아오는 어둠 창을 피하거나 혹은 상쇄시켰다.

아라크네인 내게는 머리가 둘 있고 두뇌도 둘 있었다.

그렇다는 것은 동시에 두 가지 행동을 병행하여 수행할 수 있다는 뜻이다.

요컨대 무슨 소리를 하고 싶느냐면 마법을 동시에 두 발까지 발동이 가능.

다만 그럼에도 상대는 여덟 놈.

쳇, 머리가 둘 있으면 뭐하나. 상대가 여덟 놈이면 2대 8로 불리하단 말이닷~!

미처 피하지 못하고 상쇄도 하지 못한 마법이 내 몸에 자꾸 들어맞는다.

물론 한 발 한 발은 큰 대미지가 아니었다.

그래도 가랑비에 옷 젖는 줄 모른다고 하잖아.

이대로는 점점 상황이 악화된다는 판단에 큰 마법을 준비하고 있는 두 녀석을 향해 달려 나갔다.

이때 다른 여섯 마리의 마법은 얻어맞아도 치명상은 안 될 테니까 무시다, 무시.

내가 방어를 무시한 채 돌진을 감행하리라고 잽싸게 알아차린 병렬 의사 중 한 녀석이 앞을 가로막았다.

마법으로 발 묶기는 효과가 미미하다고 판단해서 물리전으로 내 전진을 막아 내자는 의도인가 보다.

발사되는 실을 나도 마찬가지로 실을 날려서 요격, 상쇄시켰다.

손에 든 대낫으로 앞길을 막아선 병렬 의사에게 내리찍었고, 병렬 의사도 내 공격을 받아치고자 낫을 치켜들었다.

그 결과 내 대낫이 병렬 의사의 몸을 낫과 함께 절단했다.

단칼에 몸이 두 동강 난 병렬 의사의 몸이 먼지가 되어 사라졌다.

나와 병렬 의사의 스테이터스는 분명 같음에도 이런 결과가 나온 것은 당연하다.

그 이유는 부식 공격.

부식 공격은 부식 속성이라는 죽음을 관장하는 속성을 공격에 부가할 수 있었다.

그 위력으로 말하자면 스테이터스가 쓰레기 같았던 시절의 나도 아득하게 격이 높은 마물을 일격으로 녹다운시키는 수준.

다만 그러한 초절 위력에는 대가가 있었다. 공격한 내게도 부식 속성이 엄니를 드러내니까.

구체적인 피해는 부식 공격을 펼친 부위가 너덜너덜해지는 것.

이 스킬을 입수했을 때 나는 몸에 달린 낫으로 마물을 공격했다.

그 결과 마물은 먼지가 됐고, 나는 낫이 너덜너덜해졌다.

즉 부식 공격은 상대에게 큰 대미지를 가할 수 있는 강력한 공격이지만 그 대신 자신에게도 대미지가 들어오는 자폭기라는 뜻이다.

나는 당시부터 부식 내성을 획득해서 갖고 있었으니까 그만한 대미지를 받고 그쳤지만 만약 내성이 없었더라면 충분히 일격에 죽어나갈 수도 있었다고 짐작된다.

이렇게 위험한 스킬이 또 있을까.

그러나~!

그 위험한 스킬도 무기를 거쳐서 쓰면 괜찮다는 거다!

무기에 부식 속성을 부여하면 내 몸에는 노 대미지!

게다가 무기는 생물이 아니어서인지 부식 속성을 부여해도 파손이 안 된다.

즉 흉악한 부식 공격을 리스크 없이 빌동할 수 있다는 것이다.

병렬 의사들도 부식 공격을 쓸 줄은 안다.

다만 그 녀석들은 완전한 거미형이잖아?

무기를 쥘 손이 아예 없단 말이지.

부식 공격 자체는 쓸 줄 알아도 방금 전 말했던 대로 부식 공격은 자폭기니까.

노 리스크로 휙휙 휘둘러 대는 나와 달리 저 녀석들은 자폭을 각오해야 간신히 쓸 수 있는 기술이 부식 공격이다.

이 차이는 크다.

스테이터스가 호각이니까 일격으로 큰 대미지를 주려면 어쩔 수 없이 큰 기술에 의지하게 된다.

그리고 나의 큰 기술을 꼽아보면 거의 다 마법 관련.

거창한 마법 공격에는 적잖은 준비 시간이 필요했다.

마도의 극의를 갖고 있는 나도 예외는 아니다.

즉 병렬 의사들이 내게 큰 대미지를 주려면 필연적으로 준비에 많은 시간을 들여야 한다는 뜻이다.

반면에 나는 부식 공격을 부여한 대낫을 휘두르기만 해도 되니까, 답답하게 준비니 뭐니 시간을 들일 필요 따위 없도다!

저 녀석들이 점한 수적 우위를 충분히 무너뜨릴 수 있는 어드밴티지!

나머지 일곱!

『저 낫은 위험해!』

『부식 공격이다! 접근시키지 마!』

으읏! 역시 눈치채는군.

부식 공격이 가미된 대낮의 공격력을 인식하고 나머지 병렬 의사들이 일제히 내게서 거리를 벌리고자 펄쩍 뛰었다.

그동안에도 마법은 빗발치듯 날아든다.

어떻게든 따라잡으려 해봐도 나와 놈들의 스테이터스는 같다.

즉 속도도 같기 때문에 도무지 따라잡을 수가 없었다.

후퇴 사격을 위한 최적의 형태로 내가 마구 피탄당할 뿐.

제길. 이대로는 큰일 나겠다.

뭐니 뭐니 해도 아까 전부터 마법 준비를 하고 있는 둘, 그 녀석들이 구축을 진행하고 있는 것은 심연 마법이었다.

야, 인마들아.

내가 그래도 본체인데 혼을 때려 부수는 마법을 들이박아서 어쩌자는 거냐?!

죽는다?

그거 맞으면 나 죽는다?

괜찮은 거야?! 진짜?

뭐, 무슨 말을 하든 아마 들어 먹질 않겠지~.

어쨌든 내가 먼저 놈들을 죽이자고 달려들었는걸.

놈들에게는 내가 명확한 적으로 인식됐을 테고 말이야.

이제 와서 대화로 제지하기는 어림없었다.

제지하려면 실력 행사로 나서는 수밖에…….

그런데 어떡하지?

솔직히 말해서 되게 위험하거든.

마법 발동을 저지하고자 신룡 결계랑 난마의 사안은 아까부터 쭉 쓰고 있는데, 같은 스킬로 상쇄되는 꼴이야.

봉인의 사안도 위와 같음.

사안끼리 상쇄 가능하다는 건 처음 알았네.

능력치도 스킬도 똑같은 만큼 수가 많은 저쪽이 단연코 유리했다.

내 어드밴티지는 몸체가 인간형이고, 그에 따라서 부식 대낫을 쓸 수 있다는 것. 다만 접근을 못 하면 의미가 없다.

뭔가, 뭔가 저 녀석들의 심연 마법을 막을 스킬은 없나?

난마의 사안을 모든 눈으로 써볼까?

으으, 그래 봤자다. 인간형의 눈과 더하면 합계 열 개의 눈이 있지만 저쪽은 눈이 7×8만큼 있단 말이야!

인간형의 눈을 둘 더해 봐야 저쪽은 머릿수 자체가 많으니까 의미가 없어!

봉인의 사안도 마찬가지.

뭐랄까, 봉인의 사안은 군이 상쇄를 안 해도 효과가 있을까 없을까 모르겠거든.

봉인의 사안은 스킬을 일시적으로 못 쓰게 만드는 봉인 효과를 발휘하는 사안인데, 봉인은 상태 이상 취급이라고.

상태 이상 무효 스킬을 갖고 있는 녀석에게는 안 통할 거야.

스킬을 봉인할 수 있으면 심연 마법을 봉인할 텐데!

……응?

스킬을 못 쓰게 만든다?

어라? 그거, 혹시 가능하지 않을까?

떠올린 발상을 당장 실행했다.

『앗?!』

병렬 의사들이 거의 동시에 당혹감에 휩싸여 소리 질렀다.

그 소리를 들은 순간 내 시도가 잘 이루어졌음을 확신했다.

또한 나의 승리도…….

방금 전까지는 좀 위험해졌다고 조바심을 냈던 자신이 우스워지도록 내 승리는 흔들릴 여지 없이 굳어졌다.

지금이라면 코를 후비면서도 이길 수 있겠네.

물론 그런 짓은 안 하겠지만.

그만큼 여유롭게 이기고도 남는다.

승리 확정이랄까?

병렬 의사들이 당혹스러워하며 소리를 지를 만도 했다.

그야 마법을 못 쓰게 됐을 테니까.

준비 중이었던 심연 마법도 캔슬돼서 아무런 반응이 돌아오지 않을 것이다.

그리고 혼란에 빠진 놈들을 가만히 두고 볼 만큼 나는 만만하지도 착하지도 않았다.

재빨리 접근해서 한 놈을 딱 겨냥하고 대낫으로 정수리를 콱 꿰찔러줬다.

꼬치구이 신세가 된 병렬 의사가 몸을 경련시켰다.

가장 먼저 제정신을 차린 한 놈이 이쪽으로 실을 날리려고 자세를 갖춘다. 그럼에도 녀석의 엉덩이에서는 실이 나오지 않았다.

『어째서?!』

대낮을 뽑아내고 혼란에 빠진 다른 병렬 의사를 향해 내리찍었다.

다만 역시 이번에는 허공을 갈랐다. 병렬 의사들이 전력으로 물러나면서 나를 피해 거리를 벌린다.

뭐, 어쨌든 이제 여섯 놈 남았네.

머리를 꿰뚫린 병렬 의사가 부식의 효과로 먼지가 됐다.

병렬 의사들은 거리를 벌리기는 했지만 막상 어떻게 공격을 펼쳐야 할지 아리송한 듯 움직임을 멈추고 말았다.

『무슨 짓을 한 거야?』

도저히 못 견디겠다는 듯 병렬 의사 중 하나가 물었다.

나는 대답하지 않는다.

말없이 대낮을 다시 쥐어 잡았다.

내가 한 행동은 간단하다.

단지 스킬을 오프로 돌렸을 뿐······.

스킬이라는 기능은 온, 오프의 전환이 가능하다.

예전에 패배를 깨달은 지룡 아라바가 깔끔하게 목숨을 거둬 가라고 스킬을 오프로 돌린 적이 있었다.

나도 스킬의 온, 오프가 가능하다는 것은 그때 처음으로 알게 된 사실이었다.

그러니까 오프로 돌릴 수 있다는 걸 예전부터 알기는 했지. 그런데 굳이 그럴 의미가 없으니까 기능 자체를 거의 까먹고 있었다는 거야.

왜 아니겠어? 오프로 설정해 봤자 아무 의미도 없잖아.

스킬을 오프로 돌리면 당연하게도 해당 스킬은 못 쓰게 된다.

그리고 오프로 설정한다고 딱히 이점이 생기지도 않는다.

다른 스킬의 숙련도가 잘 올라간다든가 오프로 설정하면 에너지가 절약된다든가 아무런 이점이 없다.

그러니까 분명하게 말하겠는데 오프로 설정하는 의미가 보통은 없다.

그런데 그 스킬 오프 기능이 이번에는 더할 나위가 없도록 치명적이었다.

어쨌든 상대는 내 분신인걸.

병렬 의사 놈들은 내 분신이니까 힘의 원천은 곧 나의 힘이다.

저 녀석들이 휘두르는 힘은 결국 본체에서, 나한테 빌린 힘.

스킬도 능력치도…….

그럼 스킬을 오프로 돌려버리면 어떻게 될까?

그 대답이 바로 마법도 쓰지 못하고 실도 뽑아내지 못한 채 허둥거리는 저 녀석들인 셈이다.

마도의 극의 스킬을 오프로 돌리면 단지 그뿐인데도 마법을 못 쓰게 된다.

신직사 스킬을 오프로 돌리면 실은 쓰지 못한다.

그 밖에 각종 사안이라든가 내성계 스킬이라든가 대부분의 스킬을 오프로 설정했다.

불사 스킬마저도…….

그러니까 지금 살해당하면 그대로 죽는다.

물론 병렬 의사들도 그렇고.

뭐, 저 녀석들은 육체를 손에 넣었다 해도 본래는 나의 일부.

죽으면 나한테 다시 돌아올 뿐.

실제로 방금 콱 죽여버린 병렬 의사 셋은 이미 나에게 다시 돌아와서 시끄럽게 떠들어 대고 있었다.

병렬 의사 스킬을 오프로 설정할 수 있다면 그것이 가장 간편하고 빠른 방법이겠지만 역시 그렇게 잘 풀리지는 않았다.

육체를 손에 넣어버렸기 때문인지 병렬 의사 스킬은 오프 설정이 되지 않는다.

다만 그게 안 되도 문제는 아니었다.

이미 저 녀석들에게는 승산이 없는걸.

저 녀석들은 스킬을 온으로 돌릴 권한이 없다.

왜냐하면 본체인 내가 오프로 설정했으니까.

저 녀석들은 어차피 본체인 나의 분신.

본체인 나에게는 거스르지 못한다.

본래 병렬 의사는 자신의 의식을 분열하는 스킬이기에 그렇게 만들어 낸 의사끼리 우열의 차이는 없어야 했다.

나와 병렬 의사들은 완전히 동일한 존재였다.

그래, 동일했었다.

놈들은 마더를 잡아먹음으로써 변질되고 말았다.

그 단계에서 더 이상 『나』는 아니게 되어버렸다.

놈들은 나와 다르다. 나와 닮았을 뿐 같지 않은 존재.

그렇다면 내 힘의 주도권은 나에게 있었다.

스킬도 능력치도 그 전부가 내게 빌린 힘이니까.

나의 위조품이 내 힘을 멋대로 휘두르지 말라고.

불쾌하다.

대낫을 손에 들고 달려 나간다.

병렬 의사들은 산개해서 도망쳤다.

그중 하나를 목표로 잡고 대낫을 휘둘렀다.

표적으로 잡힌 병렬 의사는 몇 번인가 휘둘러지는 낫을 회피해 보였지만 같은 능력치를 지닌 내 공격을 끝까지 다 피할 수는 없었기에 대낫이 다리를 살짝 스쳤다.

그리고 스친 다리가 아무런 저항도 없이 잘려 나갔다.

기동력의 요체가 되는 다리에 타격을 입혀 놓으면 이미 다 잡은 셈이다.

이전에 해치웠던 병렬 의사와 마찬가지로 머리를 꼬치구이로 만들면서 종료.

내가 이 한 놈에게 마지막 일격을 꽂아 넣는 틈에 등 뒤에서 다른 병렬 의사가 덮쳐들었다.

병렬 의사의 낫이 내 인간형의 등으로 내리떨어진다.

하나 소용없도다!

신직사로 짠 원피스가 병렬 의사의 낫을 막아줬다.

물론 전부를 방어하지는 못했기에 날 끝이 원피스를 관통하여 내 피부까지 도달했지만 얇은 껍질을 한 장 베어 갈랐을 뿐.

고작 찰과상을 대미지라고 하지는 않는다.

거의 대미지를 주지 못했다는 게 당황스러웠을까, 병렬 의사는 곧

바로 이탈을 시도했다.

어림없도다!

대낫을 뽑아 회수하는 반동으로 곧장 등 뒤의 병렬 의사를 베어 낸다.

뛰어서 물러나려고 했던 병렬 의사의 몸이 두 동강 났다.

이제 나머지 넷.

스킬 없는 상태의 병렬 의사 놈들은 단지 능력치만 높은 소형 거미 몬스터.

부릴 줄 아는 재주라고는 앞다리의 낫을 휘두르는 베기 공격과 이빨로 깨물기뿐이다.

그쪽도 역시 참격 강화라든가 보조 스킬이 없으면 위력은 그저 그런 수준이었다.

같은 능력치를 지닌 나에게 치명상을 입힐 수는 없었다.

그에 더하여 나는 언제든지 스킬을 오프로 돌릴 수 있었다.

만약 병렬 의사 놈들이 자폭을 각오하고 부식 공격을 감행해 봤자 그때는 스킬을 오프로 돌려버리면 끝이다.

그렇게 하면 놈들의 공격은 단순한 물리 공격으로 전락한다.

저런 놈들을 두려워할 까닭이 없도다.

나머지 넷 중 셋이 동시에 덮쳐들었다.

하나가 인간형의 목.

또 하나가 거미형의 머리.

그리고 마지막 하나가 조금 느지막하게 달려온다.

분명 마지막 하나는 앞쪽의 둘에게 공격당하면서 생기는 빈틈을 노릴 의도일 테지.

네 속셈 따위는 훤히 다 보인다네.

그야 나도 그렇게 빈틈을 노렸을 테니까.

그러니까 예상을 배반하는 행동으로 나서자.

인간형의 목을 노리고 들어오는 한 녀석의 낫을 입으로 막아 냈다.

거미형의 머리를 노리고 들어왔던 두 번째 놈의 낫을 거미형의 낫으로 막아 냈다.

예상 밖의 광경을 보고 급히 브레이크를 거는 세 번째 놈에게 손에 든 대낫을 무자비하게 내리찍는다.

대낫은 제때 브레이크를 걸지 못한 채 파고들어 온 세 번째 놈의 머리를 푹 꿰뚫었다.

그때 입으로 물어서 막지 않은 다른 쪽 낫으로 첫 번째 놈이 내 미간을 휙 찔렀다.

푹, 낫이 미간에 꽂혀 들었다.

애고고, 이번 공격은 아마 못 막겠구나~.

그대로 두개골을 관통하여 두뇌에 도달하려고 했지만 거기까지 가만 놔두지는 않는다.

푹 꽂힌 낫을 꽉 붙잡아 뽑아냈다.

한쪽 낫을 입으로 물어 붙들고, 다른 한쪽 낫은 내 손에 꽉 붙들린 가엾은 병렬 의사에게는 도망칠 길이 없었다.

한쪽 손으로 솜씨 좋게 대낫을 휘둘러서 처형.

나머지 둘.

그런데 그 틈에 거미형 몸체와 코등이싸움을 벌이고 있던 한 놈이 이탈해서 거리를 벌리고 말았다.

게다가 도망치려고 한다.

아, 뭐, 이렇게 승산이 없어 보이는 데야 도망칠 만도 하네.

누구라도 도망치겠다. 나라도 도망친다. 응, 나였음 물론 도망치고말고…….

내게 덮쳐들지 않았던 다른 하나는 벌써 도망치려고 했나 본데, 놀랍게도 인형 거미 넷이 그 앞을 가로막아서 발을 묶어주고 있었다.

흠흠, 그럼 저쪽은 맡겨야겠네.

이제 나는 나머지 한 녀석을 쫓아가자.

능력치는 똑같으니까 술래잡기를 해도 따라잡기는 거의 어려웠다.

반대로 말하면 도망칠 수도 없다는 뜻이지만 영원히 술래잡기나 하면서 다닐 수도 없는 노릇이지.

스킬을 하나 온으로 돌렸다.

인척의 사안 발동!

도망치는 병렬 의사에게 중력 공격을 가한다.

들어가는 대미지는 있는지 없는지 모를 정도이지만 목적은 대미지를 주는 게 아니라 중압을 가해 도망치는 속도를 늦추는 것.

중압 때문에 다리가 느려진 상대라면 못 따라잡을 이유가 없었다.

원래는 같은 속도니까 말이야.

『큭, 죽여라! 앗, 역시 죽이지는 마셔요. 부탁드립니다!』

아니, 죽일 건데?

『잠깐?! 진짜 이러지 마! 왜 우리를 방해하는 건데?! 본체, 머리 이상하지 않아?! 뭐냐고, 몰살하면 속도 후련해지잖아! 뭐랄까, 그게 제일 빠르고 쉽게 이 세계를 구하는 방법이니까 그렇게 하는 게 당연하잖아? 근데 왜 방해하냐고! 영문을 모르겠네!』

인마, 너희들 행동이 더 영문을 모르겠다고…….

왜 그렇게 극단적인 결론이 나오는 거냐고, 진짜.

마더를 잡아먹은 영향 때문에 이상한 방향으로 사고가 어긋나버 렸나~.

확실히 이 녀석들의 주장도 이해되는 부분이 있기는 하다.

시스템의 구조를 감안했을 때 인간을 마구 죽이고 다니는 게 이 세계를 빠르고 쉽게 구하는 방법이라는 부분도…….

하지만 그러기 위해 인간을 박멸시키면 이보다 더한 주객전도가 없잖아.

분명히 이 녀석들의 행동은 마더가 줄곧 단행하고 싶었는데도 하 지 못했던 소망을 이어받았기 때문이 아닐까 싶다.

아아~ 귀찮아라.

일단 아우성치는 병렬 의사를 싹둑 베어버렸다.

동강 난 병렬 의사의 몸이 부식의 효과로 먼지가 됐다.

그와 동시에 아우성치면서 병렬 의사가 내 안으로 돌아왔다.

아아~ 시끄러워라.

도합 여덟의 병렬 의사가 시끌시끌 아우성치고 있었다.

나머지 하나는 살짝 떨어진 곳에서 인형 거미와 격렬하게 맞붙고 있었다.

1대 4의 상황으로, 게다가 스킬 없음.

그럼에도 호각 이상으로 버티고 있는 병렬 의사.

역시 인형 거미들은 스테이터스의 차이가 상당하니까 별수 없나~.

오히려 스테이터스에서 그만한 차이가 나는데도 버티고 있는 인형 거미가 강한 걸까?

인형 거미들은 나한테 마개조를 받아 강화됐고 말이야~.

인형 거미의 겉껍데기에 해당하는 인형은 이미 대부분 내 손을 거쳐 다시 만들어졌다.

솔직히 본래 구조는 흔적도 없다.

겉모습은 인간과 거의 구별이 안 되는 수준이고 신직사로 만들어졌기 때문에 강도도 예전보다 발전됐다.

여섯 개 달린 팔 가운데 넷은 허를 찌르기 위한 숨김 팔로 만들어서 평소에는 몸 안쪽에 내장되도록 구성했다.

덕분에 인간다움이 더욱 향상됐지.

보통은 숨기고 다니는 팔도 지금은 전투가 벌어졌으니 전부 꺼내서 쓰고 있지만 말이야.

원래 능력치 1만을 넘는 강력한 마물이었던 데다가 마개조를 받아 인형을 강화함으로써 더욱 강력해졌다.

……이상하네.

저 녀석들은 사실 마왕의 부하이고, 나한테는 분명히 잠재적인 적이었을 텐데?

대체 왜 그런 녀석들을 마개조해서 강하게 만들어준 거야?

이상하네~.

그렇다 해도 얼마나 강해졌든 간에 병렬 의사에게는 못 이긴다.

어쨌든 스테이터스가 나랑 똑같으니까.

인형 거미들의 무기가 내게 통하지 않는 것은 이미 실험 완료.

즉 같은 스테이터스를 지닌 병렬 의사에게도 쟤들 무기는 안 통한다.

설령 스킬이 봉인됐을지라도 능력치만 갖고 인형 거미들에게 이겨버리는 거다.

그래그래, 이제 와서 인형 거미들이 살짝 강해져 봤자 내게는 못 이기니까 괜찮아.

그렇다고 치고 넘어가야겠다.

그런고로 인형 거미들이 당하기 전에 개입.

인형 거미들을 상대하느라 벅차고 정신없는 병렬 의사를 등 뒤에서 덮쳤다.

번쩍! 일격 필살!

마지막 병렬 의사의 몸이 먼지가 되어 내 안으로 돌아온다.

인형 거미들은 병렬 의사 상대로 꽤 아슬아슬하게 싸우고 있었던 건지, 먼지가 된 병렬 의사를 보고는 맥없이 풀썩 주저앉고 말았다.

흠흠, 수고 많았네.

병렬 의사를 다 처리했으니까 오프로 돌려놓았던 스킬들을 다시 온으로 설정했다.

자, 이제는 쓸데없이 우글우글 잔뜩 있는 거미 군단을 처분해야 하는데.

눈을 돌린 곳에는 무수히 많은 거미가 지면을 가득 메우고 있는 광경.

잠시 이 세계에서 태어난 순간 봤던 형제들의 난투 장면이 떠오르는걸.

그건 살짝 트라우마였어.

그나저나 이 녀석들, 어떻게 할까?

범위 마법으로 싹 쓸어버리면 간단하기는 한데, 역시 그렇게 하면 좀 가엾다는 마음이 아예 없지는 않거든.

이 녀석들은 병렬 의사에게 명령받았을 뿐 의지도 판단력도 없는 그냥 베이비인걸.

그런 생각을 하고 있었더니 도시 쪽에서 마력 반응이?

내가 보기에는 약하디약한 반응이었지만 그런대로 큰 규모의 마법을 발동하려 한다는 걸 알 수 있었다.

광범위 섬멸 마법인가?

그때 머릿속에서 번쩍 떠오르는 발상이 있었다.

도시의 술자가 마법 준비를 하는 데 맞춰서 나도 마법을 준비한다.

그리고 도시의 술자가 마법을 발동시켰다.

광범위 불 마법이었다.

아, 혹시 지룡 아라바가 나한테 썼던 초토 마법인가?

대단하네. 인간 중에도 지룡과 같은 마법을 쓸 줄 아는 녀석이 있구나.

물론 규모나 위력은 아라바에게 못 미치지만 그래도 대단하기는 하다.

응? 뭐지? 도시 쪽 술자한테 감정 아이콘이 붙어 있네?

앗! 기억났다!

저 녀석, 꽤 예전에 엘로 대미궁에서 괘씸하게도 나의 마이 홈을 싹 태워버렸던 마법사 할아범이다!

잘 만났다, 끝장을 내주마!

불타오른 마이 홈의 원통함을 이 자리에서 갚아주겠다!

그런 생각을 하는 사이에 마법사 할아범의 마법이 완성돼버렸다.

연옥의 화염이 온 지면을 불태운다.

뭐, 그곳에 거미 군단은 이미 없지만 말이야.

나는 도시의 술자가 발사한 마법에다가 맞춰서 전이 마법을 발동시켰다.

거미 군단의 대부분을 엘로 대미궁으로 던져 넣는 전이 마법을…….

분명 도시의 술자가 보기에는 본인이 날린 마법으로 거미가 전멸한 것처럼 보일 것이 틀림없었다.

엘로 대미궁으로 보낸 다음은, 뭐, 알아서 살아가시게나.

나는 모른다.

육아 포기?

낳은 건 내가 아니라 병렬 의사니까 상관없어.

이걸로 한 건 해결.

저 마법사 할아범은, 쳇, 이번에는 못 본 척해주지.

거미 군단을 파멸시킨 주연 배우가 죽어버리면 괜히 쓸데없는 억측이 나돌 것 같고…….

뭐, 애당초 이 소동 자체가 좀 뭣하지만.

대량의 거미 군단을 상대로 한 걸음도 물러나지 않고 죽을 줄 뻔히 알면서 대마법을 냅다 날려버리는 근성이 갸륵하니까 놓아주겠어.

나의 거대한 자비에 감사하도록!

자, 돌아가자.

그렇게 나는 인형 거미들과 함께 전이를 써서 원래 장소로 돌아갔다.

R6 할아범, 제자를 받다

붕괴된 외벽과 문.

몹시 서둘러 구조물을 복구하고 있는 병사들.

나는 그 광경, 아니, 그 너머의 평야로 시선을 보냈다.

하얀 거미 군단의 침공을 받은 이 도시는 그럼에도 기적적으로 격퇴하는 데 성공했다.

주역은 바로 나.

세간에는 그런 식으로 알려져 있었다.

내가 날린 옥염 마법의 대마법, 초토는 도시 안에 있던 거미뿐 아니라 도시 바깥에 있던 거미까지 전부를 불살랐다.

마법의 범위 안쪽에 있던 외벽이며 문도 완전히 타버렸다만 도시 방위에 성공한 점을 검안하면 값싼 피해일 테지.

진실로 내 마법이 거미를 격퇴했다면 그렇다는 이야기다만…….

평야를 가만히 주시했다.

온통 타오른 들판에는 아무것도 없었다.

다만 나는 내 눈으로 분명 보았다.

화염의 저편, 그곳에 계시던 그분의 모습을…….

하얀 거미의 하반신에 소녀의 상반신이 자라난 모습.

용모와 자태는 바뀌었을지언정 내가 그분을 잘못 보았을 리는 결단코 없다.

그리고 마치 내가 날린 초토에 맞춰서 그분이 발동시켰던 마법의 기척도…….

내가 날렸던 초토는 거미들을 해치지 않았다.

그분께서 그 전에 선수를 놓았기 때문이다.

나도 MP가 바닥나기 직전의 몽롱한 극한 상태였던 까닭에 그분이 어떠한 마법을 발동하였는가 거기까지는 알아보지 못했다.

그러나 거미 군단을 그분께서 물려주셨다는 것은 틀림없었다.

안 그랬다면 그 아홉 마리가 있던 거미 군단을 내가 당할 도리가 없었으니까.

저번에 만나 뵈었을 때는 서로가 적이었기에 목숨을 위협받았다.

그러나 이번에는 아무래도 목숨을 구원받았나 보다.

미숙하도다.

나는 무엇을 위해 마도의 진수를 목표하는가?

구원받기 위해서인가?

그럴 리가, 구해 내기 위함이 아니었던가.

젊었던 옛 시절, 나는 마법으로 제국에 내려앉는 불티를 걷어치우겠노라고 열을 올렸다.

당시에는 마족을 상대하여 격렬한 전투가 이어졌더랬지.

다만 마왕의 대가 바뀌고 선대 검제와 거의 동시에 용사가 실종된 이후, 어쩐지 섬뜩해질 만큼 마족과의 싸움은 가라앉았다.

그 기간이 길었던 탓일까, 최초의 정열을 나는 잊어버렸다.

마도의 진수를 목표로 한다.

분명 수단일 뿐 목적이 아니었을 터인데, 언제부터인가 목적으로 둔갑해버렸다.

나는 약하다.

그분을 만나 겪은 일로 나는 자신의 약함을 통감했다.

그리고 나는 늙었다.

당초의 목적을 싹 잊어버릴 만큼 나는 늙고 말았다.

이토록 약하고 늙은 내가 앞으로도 마도의 진수를 목표한들 과연 얼마나 대단한 힘을 내 것으로 만들 수 있겠는가?

힘을 기르고 익힌다 치고, 나는 얼마나 많은 사람들을 구해 낼 수 있겠는가?

"앗, 찾았슴다. 여기임다~ 할아범!"

상념에 잠긴 내 귀에 요란스러운 고함 소리가 날아들었다.

고개를 돌려 보니 아니나 다를까, 시건방진 계집아이가 이리로 달려오고 있었다.

그 계집애에게 팔을 잡아끌리는 모습으로 어딘가에서 본 적이 있는 소년이 함께 달려온다.

"오렐. 나는 일단 네 녀석의 고용주이지 않느냐. 할아범이라 불러서야 쓰겠느냐?"

"가엾고 어린 여자애를 방치해 놓고 휙 사라지는 노인네는 할아범으로 충분함다."

끄흑!

저 소리에는 반론이 안 나오는군!

"앗, 맞다. 용사님이 할아범한테 용건이 있다고 함다."

오렐이 옆에 서 있는 소년의 등을 밀었다.

아, 어딘가에서 본 적이 있다 싶더라니 용사 소년이었던가.

거미 군단을 상대로 어린 나이임에도 용감하게 맞서 싸웠던 소년 용사로군.

"저기, 그때는 구해주셔서 정말 감사드립니다."

소년 용사가 머리 숙였다.

"인사를 하려거든 옆의 오렐에게 말해주거라. 그 녀석이 울며불며 용사를 구해 달라고 애원하길래 나도 구해주러 갔던 것이니라."

"뭐라굽쇼?!"

내가 대뜸 폭로하자 오렐의 얼굴이 순식간에 빨개졌다.

울음을 터뜨린 데 대한 부끄러움인가, 아니면 다른 무언가에 대한 부끄러움인가.

어느 쪽이려나.

소년 용사도 오렐의 그런 반응을 보고 꾸물꾸물하고 있었다.

젊구먼.

아니지, 어리구먼.

"저기! 당신께서는 고명한 마법사 로난트 님이 맞으시지요?"

소년 용사가 화제를 바꾸려는 듯 힘찬 목소리로 물었다.

"그러하다."

"저기, 그게, 저를, 저를 제자로 받아 주십시오!"

엉?

제자라?

나는 놀라서 눈이 휘둥그레졌다. 오렐도 역시 어리둥절하는 얼굴이었다.

"무슨 소리임까? 이 할아범은 변태임다? 이런 늙은이의 제자로 들어갔다가는 변태가 옳슴다?"

말이 좀 심하구먼!

요 녀석아, 확 해고해주랴?

"그래도, 변태라도 실력은 진짜라고 들었습니다. 그 많고도 많은
거미를 섬멸했다고요. 저는 기필코 강해져야 합니다. 그러니까 제
발 저를 강하게 단련해주십시오. 부탁드립니다!"

벼, 변태는 이제 확정인 게냐?

그나저나, 제자라.

"안 되겠습니까?"

나는 잠시 고민에 잠겼다.

마도의 진수를 이루겠다는 목적.

그것은 애초에는 수단이었다.

사람들을 구하겠다는 목적을 위한…….

다만 나는 늙고 약하고 살날도 짧았다.

더는 자신을 속일 수 없을지니.

지룡 세 마리와 맞붙었을 때부터 어렴풋이 느끼지 않았던가.

나의 힘 따위는 진정으로 강한 자들에게는 통하지 않고, 또한 내
가 앞으로 얼마나 더 지옥 같은 노력을 쌓는다 해도 그러한 존재까
지 감당하기란 버겁다는 것을 말이다.

앞으로 내 힘이 얼마나 많은 사람들에게 도움이 될 수 있겠는가.

제자라.

"좋다, 알겠다. 네 녀석을 나의 제자 1호로 받아주마."

"정말입니까!"

"정말이고말고."

나는 아마 마도의 진수에 다다르지는 못하리라.

그러하다면 내가 가진 전부를 넘겨줄 만한 제자를 들이는 것도 나쁘지 않겠군.

내 제자가 사람들에게 도움이 되어주면 좋지 않겠는가.

이 소년은 용사이다.

용사로 선택받는 자는 정의감을 지닌 인간이라고 한다.

오렐에게 들은 이야기에 따르면 심지가 곧은 소년이지.

내가 힘을 내려준다면 그 힘을 올바르게 다룰 수 있을 것이다.

"단 나의 수행은 꽤 혹독할 게다?"

"넷!"

이렇게 나는 제자를 들이게 됐다.

기막히는군, 그분의 자제로 들어가야 하건만 오히려 제자를 받아들이게 될 줄이야.

인생이란 어떻게 흘러갈지 모르는 법이로군.

막간 교황의 결단

"그렇습니까."

부하의 보고를 듣고 나는 차마 견디지 못해서 한숨을 토해 냈다.

원화(遠話)를 경유하여 보고 된 최신 정보, 그것은 사리엘라 국 케렌 령의 중심 도시에 거미 마물의 대군이 침공했다는 소식.

다음 도시를 공격하기 위해 출병식을 치르던 병사들이 요격에 나서 간신히 격퇴하는 데 성공했다.

그러나 피해 또한 심각했기에 예정했던 출병은 불가능.

예정을 대폭 늦춰야 하는 처지로 몰리고 말았다.

그뿐이던가, 어쩌면 파병 자체가 무산될 수도 있었다.

갑자기 쳐들어온 거미 군단이란 아마도 아리엘 님과 관계가 없을 것이다.

직접 만나 뵈어서 느낀 바, 아리엘 님이 여신교에 고집하는 낌새는 발견하지 못했다.

그렇다면 이 습격은 대체 누가 저질렀는가, 짚이는 데는 하나밖에 없었다.

미궁의 악몽.

아리엘 님이 부하는 아니라고 단언했던 이단의 거미.

아리엘 님 말고 이런 공격을 저지를 수 있는 후보는 악몽밖에 떠오르지 않는다.

그러나 적잖은 위화감도 따른다.

아리엘 님은 미궁의 악몽과 결판을 냈다고 말씀하지지 않았던가.

자세한 진상까지 가르쳐주지는 않으셨다만 아리엘 님이 결판을 냈다고 말씀하셨던 이상 모종의 합의점을 찾아 안정되었을 것이다.

그럼에도 불구하고 이러한 사태가 일어난단 말인가?

도무지 납득이 가지 않는다.

그러나 이미 발생한 사실.

금번의 난동을 미궁의 악몽의 소행으로 생각하자면, 아리엘 님과 별개로 미궁의 악몽은 사리엘라 국에 가담하고 있다고 봐야 하는가?

그러하다면 더 이상 사리엘라 국을 공격하는 것은 오히려 어리석은 계책이 되는가?

인신매매 조직을 써서 암약하는 엘프.

아리엘 님께서 마왕으로 올라선 마족.

사리엘라 국 말고도 시급하게 대처해야 하는 안건은 많다.

지금 불확정 요소가 강한 미궁의 악몽을 적으로 돌리는 위험은 피해야 하지 않을까.

"사리엘라 국 정벌을 위한 진군 계획은 재검토합니다. 케렌 령은 이대로 오우츠 국에 편입시키겠지만 그 이상의 침공은 백지로 돌립시다."

나는 부하에게 그렇게 고했다.

머릿속에 어린 젖먹이를 감싸고자 일어섰던 한 명의 남자를 떠올리면서…….

5 한데서 나온 거미

병렬 의사 놈들을 해치우고 원래 장소로 전이했는데 규리규리는 아직 거기에 남아 있었다.

"끝났는가?"

규리규리의 말에 일단 고개를 끄덕거려 보였다.

그렇지만 그 이후 규리규리는 입을 꾹 다물어버렸다. 내가 나서서 말을 붙이지도 못한 채 침묵이 길게 이어진다.

인형 거미들은 긴장해서인지 바짝 굳어서 덜덜거리고 뭐라 말할 수 없는 분위기가 감돌았다.

이러다가는 스트레스 때문에 죽겠다 싶을 만큼 시간이 경과했을 때 마왕과 다른 녀석들이 도시에서 돌아왔다.

빨랑빨랑 좀 다녀라!

평소는 하룻밤 자고 왔으면서 왜 이틀이나 묵은 거야!

이틀치 시간 동안 침묵해야 됐던 내 심정을 너희가 아냐!

"어휴~ 조금 늦었지? 미안, 미안."

미안하면 끝이냐!

돌아온 마왕은 규리규리를 화려하게 무시해버렸다.

흡혈 양과 메라가 규리규리를 엄청나게 빤히 쳐다보고 있지만 마왕이 홱 무시해버려서인지 뭐라 말을 못하는 눈치였다.

마왕은 그대로 규리규리를 무시한 채 등에 짊어진 나무통을 바닥에 내려놓았다.

웅, 나무통이네.

그렇다면 즉 그거다.

술!

그런고로 곧장 음주 타임에 돌입.

여전히 마왕은 벌컥벌컥 술을 들이켜고, 규리규리도 거기에 지지 않는 기세로 마셔 댔다.

웅? 인마! 너도 마시는 거냐!

메라는 적당히 마시고 있는데도 왠지 히죽히죽했다.

그 시선은 질리지도 않고 또 술을 훔쳐 마신 뒤 한 방에 뻗은 흡혈 양을 바라보고 있었다.

어, 음, 로리콤?

젖먹이를 보면서 그런 표정은 진짜 좀 아닌데 말이지~.

아니야. 아이를 지켜보는 부모와 같은 심경일 거야, 분명히.

"그래, 규리에는 뭐하러 온 거야?"

어이쿠, 마왕이 드디어 입을 열고 핀잔질!

"저것에게 용무가 있어 왔다. 겸사겸사 네 녀석의 얼굴을 보고 갈까 싶었지."

마왕의 물음에 규리규리가 쌀쌀맞게 답했다.

저거? 내가 저거야?

"내가 왜 저거야? 되게 어이없넹~."

규리규리가 내 말에 놀란 표정을 짓는다.

뭘 그리 놀라고 그러쇼?

"아~ 시로는 취하면 말을 잘 하더라고."

"그런가."

규리규리가 동요를 감추려는 듯 술을 들이켰다.

그 꼴이 어쩐지 재미있어서 웃음이 치밀어 올라왔다.

"거기에 웃음도 헤퍼지고."

"보면 안다."

이유도 없이 우습고 우스워서 옆에 앉아 있던 메라의 등을 가볍게
때려줬다.

그랬더니 메라가 멀리 휙 날아가버렸다.

으음~.

진짜 살짝 때린 건데 저렇게 휙 날아가버리나~.

공처럼 뺑~ 하고 날아가는 메라의 꼴이 우스워서 또 포복절도를
했다.

"죽었어?"

"아니, 기절했을 뿐 목숨에 큰 지장은 없군."

마왕과 규리규리가 진지하게 메라를 진단하고 있었다.

괜찮다고! 이런 때는 개그 보정이 작동해서 사람이 절대 안 죽어!

"일단은 치료 완료. 그래, 시로한테 무슨 용무였는데?"

"이것의 분신체가 폭주를 저지른 터라 본인더러 막으라 했다."

분신체라는 단어를 들었을 때 마왕이 움찔 반응했다.

"역시 분신체가 있었구나~."

"예상했던가?"

"응, 뭐."

오오.

"진짜로~? 어떻게 알았데? 초능력자야? 진짜 초능력자야?"

"초능력자는 아니고 명탐정이랄까? 진상에 도달한 나의 멋진 추리력에 감탄하시게나!"

"오오~! 짝짝."

"핫핫하! 더 더 칭찬해보게!"

뭔가 잘 모르겠지만 흥이 오른다.

"……어째서 네 녀석이 이런 성격으로 변화했는가, 이해가 잘 안 됐었다. 한데 지금 그 답을 알게 된 듯싶군."

"그치, 그치? 시로는 자기 집에서만 큰소리 뻥뻥에 말수도 완전 없는데, 알맹이는 사실 요 모양 요 꼴이거든!"

"요 모양 요 꼴은 또 뭐냣!?"

이러쿵저러쿵 시끌벅적 아무래도 좋은 주제로 마구 떠들어 댔다.

그렇게 쭉 떠들다가 어느 순간에 문득 침묵이 찾아들었다.

"아리엘. 이것의 분신체는 제 목적을 인류 몰살이라고 했다."

"오호."

"그리고 분신체가 폭주한 원인은 아마도 퀸 타라텍트의 혼을 흡수했기 때문일 테지."

"오호라."

"아리엘. 네 녀석은 인류를 멸망시키고 싶을 정도로 미워하는가?"

그 물음에 마왕은 당장 대답하지 않고 술을 마셨다.

"밉고말고."

이윽고 컵 안의 술을 다 들이켠 다음 불쑥 중얼거렸다.

"그래, 밉고말고. 밉고 미워서 못 견디겠어! 사리엘 님을 제물로 바쳐 자기들끼리 태평하게 살아가는 놈들이, 사리엘 님을 괴롭혀서 살아남고 있는 이 세계가 밉고 미워서 못 견디겠다고!"

마왕의 손안에서 컵이 가루가 되어 부서졌다.

아하~.

병렬 의사 놈들이 폭주한 원인은 마왕 때문이었나~.

그야 어미가 이런 걱정을 숨기고 있었잖아. 마더는 새끼니까 물론 영향을 받았겠지, 뭐~.

마더를 잡아먹었다고 그렇게 돼버리는 건가.

그렇다 해도 다른 누구도 아닌 나의 분신이면서 타인에게 홀라당 감화되다니 한심하다는 말밖에 못해주겠네~.

"그래도 사리엘 님은 그런 걸 바라지 않아. 그러니까 지금껏 쭉 참아 왔었지. 규리에도 마찬가지 아니야?"

"그렇군. 네 말이 옳다."

"바보냐~."

내가 반사적으로 꺼낸 핀잔에 마왕과 규리가 동시에 고개 돌렸다.

"뭐라고 했어?"

"또 말해줘? 바보냐~. 뭐, 왜. 바보 맞잖아. 남 때문에 자기가 진짜 하고 싶은 걸 꾹 참으면 손해인걸. 자기는 하고 싶은데도 안 하겠다니 그게 말이 돼? 그래 가지고 인생을 뭔 재미로 살아? 남이 뭐라고 하든 말든 제일 중요한 건 자기가 어쩌고 싶느냐잖아."

다른 사람 때문에 머뭇거린다니 정말 웃긴다.

그거 때문에 자신이 하고 싶은 일도 못한다면 나는 아무렇지도 않게 남을 짓밟을 거야.

"하하. 우리도 시로처럼 자기중심적이면 속이 편했을지도."

마왕이 지친 기색으로 웃었다.

"그런가. 과연 비슷하군."

반면에 규리에는 마치 납득된다는 표정을 짓고 있었다.

"뭐가?"

"줄곧 의문으로 여겼다. D가 이것을 마음에 들어 하는 이유가. 하지만 지금 발언을 듣고 이해했다. 이것은 D와 제법 닮았군. 오만하고 제멋대로 구는 부분이 말이다."

"이의 있음!"

재판장! 나랑 그 녀석이 닮았다뇨! 저 녀석 눈은 그야말로 옹이구멍입니다!

"그래서 더욱 위험하군."

규리규리가 컵을 내려놨다.

『거기까지.』

그리고 무언가를 하기 전에 스마트폰이 눈앞에 휙 나타났다.

『내가 무슨 말을 하려는지 알고 있지요?』

"……알아들었다."

『좋아요.』

그렇게 서너 마디를 툭툭 주고받고는 스마트폰이 또 휙 사라졌다.

"뭐였지?"

"글쎄?"

나와 마왕은 고개를 갸웃거릴 뿐.

뭔가 굉장한 위기를 면한 기분이 안 드는 것도 아니지만 분명히 기분 탓일 테니까 그냥 넘어가자.

"후유. 어떤 시대에도, 어느 세계에서도 커다란 사건을 일으키는 자는 독선적인 사상의 소유자였다."

규리규리가 이쪽을 빤히 주시한다.

"네 녀석은 훗날에 대체 무엇을 이루려고 하는가?"

"글쎄?"

그거야 당연히 훗날을 겪어보지 않으면 모르는 거잖아.

"단지 나는 내가 원하는 대로 이룰 거야. 남에게 영향받아서 한때의 목적을 갖고 휩쓸려 다니지는 않겠어. 나는 내 긍지를 따라 행동하겠어. 그것만큼은 틀림없을 거야."

마더에게 영향받아서 인류 섬멸이 어쩌고 바보 같은 짓을 저지르려고 했던 병렬 의사 놈들과 나는 다르다.

나는 내 의사로 내가 이루고 싶은 바를 이룬다.

그렇기는 한데 여기에서 큰 문제가 하나.

내 긍지란 대체 뭘까?

단지 살아 있기만 해서는 의미가 없다.

긍지를 갖고 살아가야지.

옐로 대미궁에서 마이 홈이 불타올랐을 때 자기 자신에게 다짐했던 맹세.

그래도 나는 살아남는 데 필사적이었을 뿐 자신의 긍지가 무엇인지 아직껏 결론 내리지 못했다.

지금의 나는 더 이상 살아남고자 죽을힘을 다하지 않아도 된다.

별 탈 없이 살아갈 수 있는 힘을 얻었다.

이제 슬슬 긍지를 위해 살아가도 되는 시기인 듯싶었다.

긍지란 뭘까.

나는 눈앞의 두 사람을 바라봤다.

마왕과 규리규리.

이 둘은 머리가 아득해지도록 오랜 세월을 남에게 바치면서 살아왔다.

남, 여신 사리엘의 긍지를 지키기 위해.

시선을 움직인다.

그러자 서로에게 꼭 붙어서 잠들어 있는 흡혈 양과 메라가 눈에 들어온다.

메라도 역시 남을 위해 헌신하는 사람이었다.

누군가를 위해 뭔가를 이루고자 한다.

나로서는 도저히 이해하지 못할 행동 원리다.

그런데도 한없이 긍지 높은 행위라는 느낌을 받는다.

긍지를 갖지 못한 채 단지 살아 있기만 해서는 의미가 없다.

하지만 긍지만 갖고 고독하게 살아간다면 무슨 의미가 있는 걸까?

내 머릿속에 스쳐 가는 장면은 지룡 아라바의 최후.

그토록 강하고 긍지 높았는데도 아라바의 최후는 너무나도 쓸쓸했다.

나도 언젠가 그런 식으로 죽는 걸까?

아무에게도 인정받지 못하고, 아무도 모르게 죽어야 하나?

……그러기는 싫구나.

남을 위한 긍지란 뭘까.

좋아! 그 길의 대선배가 눈앞에 있잖아. 열심히 참고해서 배워보자고!

"잘 부탁드립다, 선배!"

"……이것이 무슨 소리를 하는 거지?"

"몰라. 시로의 머릿속은 알 수가 없어."

두 사람의 반응이 우스워서 깔깔 웃었다.

아직 나의 긍지는 명확하지 않지만 이 녀석들 관찰하다 보면 뭔가 알게 될 것 같았다.

참고로 다음 날 나는 그런 기억을 싹 날려버리고 깨어났다.

사람이 술을 마셔야지 술이 사람을 마시면 안 된다.

음음, 멋진 격언이야.

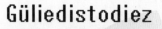

Güliedistodiez
규리에

본명 규리에디스트디에스. 세계 및 시스템을
관리하는 관리자 중 한 사람. 그 권능
으로 용(龍)과 용(竜)을 복종시킨다.
용(龍)을 살해한 존재가 나타남에 따라
전생자에 대해 알게 됐다. 상위 관리자
D의 지시 때문에 전생자에게는 손을 대지
못하고 가만히 바라보고 있으나, 아리엘에게
손을 빌려주거나 도를 넘은 행위에 개입하는 등
본인의 의사로 행동하는 경우도 많다. 세계의
시스템을 관리하는 인물인 만큼 그 힘은
절대적. 그럼에도 더욱 상위의 힘을
지닌 D와 매번 문제 행동을 일으키는
어느 전생자 사이에 끼어서 갖은 마음
고생을 겪는다. 여신 사리엘을 위해
세계를 지켜보고 있었다.

血4 불행은 두고 간다

신언교 교황과 맞닥뜨렸던 그다음 날, 메라조피스가 쓰러졌다.

원인은 빈혈.

내게 피를 너무 많이 빨려서 빈혈로 쓰러진 거야.

어, 어쩔 수 없잖아!

뭐랄까, 그때는 무작정 메라조피스의 피를 마시고 싶어서 견딜 수가 없었단 말이야!

과음?

그래, 미안하게 됐네!

그런 사정으로 메라조피스의 요양도 겸해 하룻밤 더 묵게 된 거야.

하룻밤 더 묵고 메라조피스도 평소처럼 다시 기운을 차렸으니까 다행이지.

괜히 하루를 더 기다리게 된 시로를 달래겠다고 아리엘 씨가 또 통으로 술을 구입했지만 아마도 아리엘 씨 본인이 마시고 싶어서겠지?

잘 몰랐었는데 아리엘 씨는 아주 애주가더라니까.

그렇게 도시를 나와 시로와 합류하고 그날 밤은 작은 연회처럼 분위기를 냈는데, 천연덕스럽게 그 자리에 섞여 있었던 검은 사람은 대체 누구였을까?

아리엘 씨가 아무 타박을 안 놓았으니까 아는 사람이기는 했을 텐데…….

아리엘 씨는 쫓아내지 않았고, 시로도 잠자코 있었으니까 왠지 끼어들기가 어려워서 무시해버렸지만 말이야.

저번에 뻗은 설욕을 하고자 쪼르르 술을 따라 마셨다가 역시 의식을 놓아버렸다. 정신을 차렸을 때는 이미 다음 날이더라고.

그때 검은 사람은 이미 사라졌었고…….

아리송해라.

그로부터 여행은 아무 일도 없었던 것처럼 재개되었다.

여전히 깊은 숲이라든가 높은 산 등등 대체로 사람들이 다니지 않을 만한 지역을 걸어가는 나날.

그렇게 이동을 계속해서 우리는 마침내 사리엘라 국의 수도에 도착했다.

사리엘라 국의 수도는 여신교의 총본산에 걸맞게 가는 곳마다 교화가 있는 엄숙한 분위기의 도시였다.

그런가 하면 시장 등등은 활기가 있었고, 갭이 느껴지는 듯하면서도 꼭 그렇지는 않았다. 양쪽이 알맞게 잘 조화돼 있달까?

이 나라에는 여신교라는 종교가 이미 생활의 일부로서 밀착되어 있기 때문이라고 생각됐다.

중학생 때 수학여행으로 갔던 교토가 다시 떠오르더라.

당시에는 따돌림을 겪던 시절이어서 별로 즐거운 기억은 아니었지만…….

적당한 가게에 들어가 식사를 했다.

그다음은 숙소를 잡고 방에서 편히 쉬었다.

평소 도시에 들를 때마다 매번 거치던 코스.

그래도 이번에는 평소와 좀 다르다.

목적지였던 이곳에 도착한 지금, 나는 앞날이 달린 결정을 내리고 대답해야 하니까.

앞으로 쭉 어떻게 살아가느냐에 대한 대답을…….

이대로 아리엘 씨, 시로와 헤어져서 사리엘라 국에 남겠는가.

그러지 않고 아리엘 씨, 시로와 함께 마족령으로 따라가겠는가.

또는 그와 전혀 다른 선택지도 없지는 않았다.

"그러면 이제부터 며칠쯤 여기에서 머무르도록 하자. 그동안 앞으로 어떻게 할까 결정하면 돼."

아리엘 씨가 그렇게 제안해줬지만 나는 굳이 부정했다.

『아니에요. 며칠이나 들일 필요는 없어요.』

이미 내 대답은 결정됐다.

『아리엘 씨. 저와 메라조피스를 마족령으로 데려가주세요.』

그것이 내가 결정한 대답.

"그래도 괜찮겠어?"

『네. 열심히 고민해서 내린 결정이에요.』

아리엘 씨가 다짐을 받고자 다시 묻기에 즉답했다.

아리엘 씨의 시선이 이번에는 메라조피스에게 향한다.

『메라조피스, 나를 따라오도록 해.』

아리엘 씨가 뭔가 말하기 전에 나는 먼저 메라조피스에게 명령했다.

메라조피스는 나의 종자.

그러니까 내 지시는 절대적이다.

아리엘 씨는 메라조피스에게도 본인의 의사를 물으려고 했을 테지만 그것은 무의미한 절차였다.

거부를 용납하지 않고 나를 따르게 한다.

"분부대로 하겠습니다, 아가씨."

그리고 메라조피스는 내가 기대한 대로 대답해줬다.

신언교 교황과 조우했던 그날, 나는 메라조피스에게 내 곁을 떠나도 된다고 말했었다.

그럼에도 거부하고 나와 함께하기를 선택한 사람은 메라조피스 본인이었다.

그러니까 더 이상 앞날이 어떻게 되든 간에 나는 메라조피스를 절대 놓아주지 않는다.

설령 메라조피스가 이 나라에 미련이 있었다 하여도 내가 떠나겠다고 말하면 함께 떠나야 한다.

아니, 미련이 남아 있기에 더더욱 떠나야겠구나.

메라조피스는 이 나라에서 태어나 자랐다. 이 나라에서 많은 경험을 했고, 그리고 잃어버렸다.

그것들과 메라조피스를 떼어 놓겠다.

물리적으로도, 정신적으로도…….

메라조피스가 진정으로 받드는 사람은 물론 나의 부모님이다.

아버님과 어머님이 그리하기를 바랐기 때문에 메라조피스는 그 뜻을 충실하게 받들어 내 곁에 있어준다.

하지만 그래서는 안 되는 거야.

부모님을 위해서 내 곁에 있는 것으로는 안 돼.

그래서는 내가 견딜 수 없어.

나를 위해 내 곁에 있어줘야지.

아버님과 어머님을 잊으라는 말은 하지 않겠어.

두 분은 메라조피스의 소중한 추억이니까.

그렇지만 나를 더 높은 데 두어야 한다.

응, 메라조피스는 내 것이니까.

아무에게도 넘겨주지 않아.

아버님에게도, 어머님에게도…….

그러니까 추억이 한껏 담긴 이 나라에 머물러서는 안 되는 거야.

이 나라를 떠나 나도 메라조피스도 처음부터 다시 시작하자.

모든 것을 내버리고 가자.

그런 다음에 메라조피스가 나를 진정한 주인으로 인정하게 만드는 거야.

그때를 위해 나는 꼭 메라조피스의 주인에 걸맞도록 성장해야 해.

아리엘 씨처럼 다정하고 사람의 예민한 마음까지 잘 알아야 한다.

시로처럼 곤경에 빠진 사람을 대가 없이 도울 수 있어야 한다.

인정하려니까 부아가 치밀지만 역시 시로는 대단하다.

능력치라든가 스킬이라든가 그런 부분은 무시하고, 아마도 내면부터가 여느 사람과는 다르다.

대가도 없이 남을 위해 이토록 헌신하는 인간을 나는 알지 못한다.

거기에서는 흔들림 없는 신념, 긍지와 같은 마음이 느껴졌다.

질투심이 완전히 사라진 것은 아니었지만 시로가 보여주는 삶의 자세에는 존경이 솟아난다.

전세 때 그토록 신성시되었던 까닭은 꼭 외모가 전부는 아니었다.

나도 내면을 갈고닦았다면 혹시 조금이나마 더 나은 인생을 살았을지도 모르잖아.

떠오르는 사람은 선량하다는 것만이 장점 같았던 전세의 부모님.

그분들은 선량하다는 것 말고는 정말 아무 장점도 없었다.

하지만 스스로를 낮추지 않고 행복하게 지냈다.

오직 외모가 전부는 아니었다.

외모가 빼어나더라도 내면이 뒤따라줘야 한다.

그러니까 나는 내면을 갈고닦고 싶다.

이번 삶의 부모님에게 이어받은 용모에 시로와 아리엘 씨, 전세의 부모님에게서 배운 내면을 갖추고 메라조피스의 주인으로 어울리도록 완벽한 아가씨가 되어 보이겠다.

『메라조피스, 내 곁에서 쭉 나를 받쳐줘.』

"물론입니다, 아가씨."

내뻗은 나의 손에다가 메라조피스가 무릎 꿇고 공손하게 입맞춤했다.

"어라? 이렇게 다 잘된 게 맞지~? 응, 잘된 거야. 맞아. 어라? 그런데 뭔가 잘 안된 것 같은 기분이 드네. 얀데레의 파동이 느껴진다? 어라라~? 어쩌다가 이렇게 됐지?"

아리엘 씨가 복잡한 표정으로 머리를 감싸 쥐고 있지만 신경 쓰면 안 되겠지.

이렇게 우리는 마족령으로 들어가겠다고 결정 내렸다.

미궁의 악몽에 관한 보고서, 후편

자트너의 비극 이후, 악몽은 한동안 사람들의 앞에서 자취를 감췄다.

자트너의 비극 때, 마지막까지 악몽과 대치했었던 용사 율리우스의 증언에 따르면 악몽은 군대에서 발사한 대마법에 감싸여 사라졌다고 한다.

이 대마법은 성 아레이우스 교국의 군대가 발사했다고 알려져 있었다.

당시에는 악몽이 대마법에 의해 사망했다고 간주되었지만 추후의 케렌 방어전을 감안하면 살아남은 것이 아니었겠느냐는 견해가 우세하다.

케렌 방어전은 자트너의 비극과 같은 해 왕국력, 842년에 발생했다.

구 케렌 령의 중심 도시에 하얀 거미 마물의 군단이 습격을 가한 사건이었다.

이때 사리엘라 국으로 재차 침공하기 위한 준비차 구 케렌 령의 중심 도시에 상주하고 있었던 오우츠 국 연합군이 요격에 나섰다.

당시는 어렸던 용사 율리우스도 방어전에 참가하였고, 또한 때마침 체류 중이었던 제국의 로난트 필두 궁정 마도사가 힘을 보탠 덕택에 거미 군단을 물리치는 데 성공.

그러나 피해 또한 심각했기에 오우츠 국은 사리엘라 국 침공을 단념할 수밖에 없었다.

거미 군단이 어디에서 나타났는지는 여러 가설이 있지만 유력한 것은 악몽의 관여했다는 가설이다.

악몽이 거미 군단을 지휘하지 않았겠느냐는 견해가 일반적이라고 보면 되겠다.

그러나 악몽이 실제 거미 군단을 지휘했다면 방어는 성공하지 못했을 거라는 악몽의 관여에 부정적인 의견도 있었다.

이 이후 엘로 대미궁에서 케렌 방어전 때 출현한 것과 같은 종으로 짐작되는 하얀 거미 마물, 통칭 악몽의 잔재가 목격되고는 했다. 다만 악몽이라고 단정할 만한 개체는 발견되지 않았다.

어느 쪽이든 악몽의 확실한 모습이 목격됐던 사례는 자트너의 비극이 마지막으로, 그 이후는 억측에 불과하겠다.

악몽은 자트너의 비극 때 사망했다, 케렌 방어전 때 사망했다, 혹은 지금도 어딘가에서 살아 있다 등등 갖가지 설이 있었다. 다만 모두가 억측일 뿐 진위는 불명확하다.

이렇듯 악몽이 활동했던 기간은 짧을지언정 인족 사회에 끼친 영향은 거대하다.

특히 군사 면에서, 특출한 개체를 상대로 했을 때 평범한 인족은 대항이 불가능하다는 사실을 악몽은 우리에게 인식시켜줬다.

신화급이라고 불리는 마물은 비록 개체 수는 적을지언정 분명 이 세계에 존재하고 있었다.

그것들이 인족이 살고 있는 지역에 나타나지 않기 때문에 우리는 존재를 허락받는 셈이다.

그 사실을 인식시키기 위해 악몽은 사람들의 앞에 모습을 드러내지 않았겠느냐는 것이 내 생각이다.

애너레이트 왕국 마물 연구원 아그릿사 프류 저

■작가 후기

안녕하세요, 벗어 봤자 하나도 강해지지 않는 바바 오키나입니다.

옷을 벗어서 강해지는 건 닌자 한정이죠.

할아범은 벗어도 강해지지 않습니다.

그냥 변태입니다!

전라가 돼도 용납되는 곳은 목욕탕과 자기 방뿐입니다.

여러분은 착한 아이니까 따라 하지는 말도록 하십시다.

요런 느낌으로 보내드리는 6권입니다.

제 자신도 어쩌다가 이렇게 됐냐는 기분이 장난 아닙니다.

무슨 할아범이 이리도 자유분방하단 말인가…….

뭐, 자유를 만끽하고 있는 할아범은 제쳐 놓고요.

이번 6권은 지난 권들과 비교해서 살짝 성격이 다른 느낌으로 쓰였습니다.

본편보다 미래의 이야기였던 S편은 잠시 쉬고, 전 내용이 같은 시계열상의 이야기로 구성돼 있습니다.

그뿐 아니라 이제껏 배틀, 배틀이었던 내용도 등장인물 각각의 내면 갈등이라든지 인간관계 따위에 초점을 맞췄기에 그런 의미로도 지난 권들과 다른 느낌이 듭니다.

주인공이야 늘 평소처럼 뭐든 자기 마음대로 해치우지만 말이죠!

그 할아범도…….

참고로 이번에 조명을 받고 있는 인물 중 한 명, 메라조피스 말입니다만 제가 가장 좋아하는 일러스트가 실은 이 남자입니다.

일러스트를 담당한 키류 선생님에게서 캐릭터 디자인을 받은 순간에 「으앗! 진짜 메라조피스다!」라고 냅다 갈채를 보냈습니다.

메라조피스의 꽉 막힌 고지식한 분위기가 엄청나게 잘 드러난지라 감동했습니다.

하하~ 역시 키류 선생님은 대단하셔라!

그런고로 마음에 쏙 든 메라조피스의 출연이 WEB판에 비해 자꾸자꾸 늘어나더군요. 어쩔 수 없죠!

여기부터는 감사 인사를.

언제나 아름다운 일러스트를 그려주고 계시는 키류 츠카사 선생님.

키류 선생님의 일러스트가 제 원동력의 하나입니다.

멋진 솜씨로 만화판을 작업해 주시는 카카시 아사히로 선생님.

으아, 뭐랄까 진짜, 정말이지 카카시 선생님은 대단합니다.

만화로 그리기에는 이만큼 난감한 이야기가 흔치 않을 텐데, 그토록 재미있게 그려주시니까 정말 대단하다는 말밖에 안 나옵니다.

카카시 선생님께서 작업을 맡아주고 계시는 만화판 3권은 이 서적판 6권과 동시 발매되므로 꼭 읽어 주시면 감사하겠습니다.

담당 편집자 K씨를 비롯하여 이 책을 세상에 내기 위해서 협력해 주신 모든 분들께.

이 책을 구입하고 읽어주시는 모든 분들께.

진심으로 감사드립니다.

거미입니다만, 문제라도? 6

1판 1쇄 발행 2017년 12월 20일
1판 8쇄 발행 2021년 10월 7일

지은이_ Okina Baba
일러스트_ Tsukasa Kiryu
옮긴이_ 김성래

발행인_ 신현호
편집부장_ 윤영천
편집진행_ 김기준 · 김승신 · 원현선 · 권세라
편집디자인_ 양우연
관리 · 영업_ 김민원 · 조인희

펴낸곳_ (주)디앤씨미디어
등록_ 2002년 4월 25일 제20-260호
주소_ 서울시 구로구 디지털로 26길 111 JnK디지털타워 503호
전화_ 02-333-2513(대표)
팩시밀리_ 02-333-2514
이메일_ lnovelpiya@naver.com
ㄴ노벨 공식 카페_ http://cafe.naver.com/lnovel11

KUMO DESUGA, NANIKA? Vol.6
ⓒOkina Baba, Tsukasa Kiryu 2017
First published in Japan in 2017 by KADOKAWA CORPORATION, Tokyo.
Korean translation rights arranged with KADOKAWA CORPORATION, Tokyo.

ISBN 979-11-278-4339-7 04830
ISBN 979-11-278-2430-3 (세트)

값 9,800원